Hans Bergel

Der Tanz in Ketten

Roman

Wort und Welt Verlag Innsbruck

Reihe „Erzähler heute", zweiter Band

Copyright © by Wort und Welt
Buchverlagsges. m. b. H. & Co. KG., Innsbruck
ISBN 3 85373 028 0
Alle Rechte, auch die des auszugsweisen Nachdrucks,
der fotomechanischen Wiedergabe
und der Übersetzung, vorbehalten.
Gesamtherstellung: Thaurdruck, Giesriegl Ges. m. b. H.,
Thaur bei Innsbruck
Umschlagentwurf: Delta-Grafik, Innsbruck
Printed in Austria 1977

Meiner Mutter
Meinen Kindern
Meinen Geschwistern

So lange schon kaue ich Finsternis wieder,
daß ich nicht weiß, wie das Glück ich von neuem erkenne.
So lange schon tret ich auf Lawa,
daß meine Füße den Flaum vergaßen.
Seit Jahren beißen meine Zähne die Wüste
und meine Heimat heißt Durst . . .

Gabriela M i s t r a l
(Aus „Nocturno der Vollendung")

I

Die Freunde

In der vergangenen Nacht hatte er länger wachgelegen als sonst und dem Regen zugehört, der vor dem halbgeöffneten Fenster durch die Blätter der Haselhecke und mit weichem Rauschen unten auf das Wasser gefallen war. Außer dem eintönigen Geräusch war nur einmal, vom Uferweg herauf, der Klang etlicher Schritte zu hören gewesen. Danach hatte er die Ruhe des Sees wieder so nahe gefühlt wie niemals in den Nächten vorher. Er war erst lange nach Mitternacht eingeschlafen.

Die Zeit, dachte Rolf Kaltendorff jetzt fröstelnd, ist die einzige Wirklichkeit im Leben eines Menschen.

Er stand seit einer Stunde vor der großen Fensterwand des Wohnzimmers, die Hände auf dem Rücken verschränkt, und blickte in den Regen hinaus, der im letzten Licht des Tages durchsichtige Vorhänge über die Landschaft zog. Vom See herauf, über die Wiesen, sah er den Nebel steigen. Eben noch hatten sich die ersten Schwaden vorsichtig aus der Wasserfläche zu lösen begonnen, sie waren unversehens zu Haufen und seltsamen Gebilden angeschwollen und schoben und drängten sich nun fast ungestüm nach allen Seiten über die Ufer. Es sah aus, als kochte der See unter ihnen.

Es wird Abend werden, dachte Kaltendorff, ehe der Nebel das Haus erreicht. Ob ihn die Anhöhe über der Bucht, auf der das Haus steht, abfängt? Oder wird er erst unter dem ausladenden Dach zum Stehen kommen? Oder wird er gar das Haus umzingeln?

Das Haus, dachte er aufatmend und nickte, o ja, das Haus steht nun. Freilich, noch fehlt den braungebeizten Tannenbohlen die verwitterte Sicherheit der Nachbarhäuser, der blaßrote Bruchstein, aus dem das Untergeschoß errichtet ist, wirkt fremdartig neu in ihrer Umgebung, und die Stämme der Goldwinden, die den abfallenden Gartenhang vom Uferweg trennen, sind von einer dürftigen Magerkeit, der Erdstreifen unter ihnen ist frisch aufgeschüttet. Kaltendorff blickte nach rechts, wo struppig ineinandergedrängtes, langgedientes Haselgewächs die Längsseite des Gartens abgrenzte – die Hecke war dreimal so hoch wie die Goldwindenstauden, das Dach des Hauses Riedmeier war über den Köpfen der Sträucher gerade noch zu sehen. Er wußte, daß aus den Gartenstegen nebenan auf Schritt und Tritt Büschel von Huflattich wucherten. Er kannte auch die Sprünge in den Steinplatten vor dem Hauseingang, aus denen Hahnenklee quoll. Und schon vor drei Jahren waren ihm die festen Moosknäuel an den schadhaften Stellen des Dachfirstes aufgefallen. Zeichen festgegründeten Bestands, dachte er, die es hier, bei mir, noch nicht gibt. Aber das Haus steht nun. Alles weitere wird die Zeit besorgen.

Die Zeit, dachte er wieder und fühlte, wie ihm die Kälte den Rücken hinaufkroch, die Zeit ist meine letzte Wirklichkeit...

Ohne den Schirm geöffnet zu haben, war er vor zwei Stunden durch den Regen am Ufer entlang nach Hause gekommen, hatte sich vor das Fenster mit dem Blick auf den See gestellt und den Platz seither nicht verlassen. Mit einem

Gefühl, als läge das alles unendlich weit zurück, erinnerte er sich jetzt, daß ihm unterwegs durch den Garten herauf flüchtig eingefallen war, wie er noch am Vormittag das letzte Rasenstück zwischen die Geviere der anderen gepreßt und gestampft, Wasser aus der Bucht geholt und die Stücke sorgfältig begossen hatte. Erst in den Spätnachmittagsstunden war dann wieder der leise Regen gekommen. Und während er nun daran dachte, wie hinter seinen Vorhängen die Bergrücken auf der anderen Seite des Staffelsees langsam zu verblassen begonnen hatten, beobachtete er gleichzeitig den Nebel, der gerade träge über die Landzunge geflossen war, sich lautlos in die Bucht vorschob und die ersten Gemswurzbüsche erreichte, die dort in schütterer Reihe am Ufer standen. Je näher der Nebel den Büschen kam, umso schneller schienen sich diese von der Erde zu lösen, einige sahen aus, als schwebten sie über der Erde.

Zugegeben, dachte Kaltendorff und mußte seine ganze Selbstbeherrschung aufbieten, um bei dem Gedanken ruhig zu bleiben, zugegeben, es war ein hartes Stück Arbeit – und ich habe nicht erwartet, daß es mich ausgerechnet jetzt erwischt, jetzt, wo alles fertig ist, das Haus, der Garten, die Stege, die Hecke. Aber ich habe es geschafft, dachte er und versuchte der Bitterkeit Herr zu werden. Jeder Ziegel, jeder Kübel mit Mörtel, jeder Stein und jedes Brett ist durch meine Hände gegangen. Er betrachtete die Schwielen in seinen Handflächen – jeder Baumstamm, jede Fuhre Sand, dachte er; manchmal war ich am Zusammenbrechen. Doch von dem Vorsatz, das Haus auf der Anhöhe über der Bucht allein zu bauen, war er nicht abzubringen gewesen.

Als erster hatte Riedmeier das begriffen.

Josef Riedmeier hatte den Fremden mit der harten Aussprache als erster begrüßt, als der vor drei Jahren an den See gekommen war, sich den Baugrund anzusehen – er hatte ihn eines Tages aus seinem Garten über die Haselhecke hinweg auf der Anhöhe erblickt; Kaltendorff hatte im

Frühjahrswind im kniehohen Gras gestanden und in einer eigenartigen Unbeweglichkeit auf den See hinausgeschaut. Da war er hinübergegangen und hatte den schlanken, etwa vierzigjährigen Mann angesprochen, betroffen und auf eine unerklärliche Art sofort angezogen vom Ernst, mit dem dieser ihn anblickte.

Kaltendorff erinnerte sich, wie sie nachher im Schatten der alten Flatterulme in Riedmeiers Garten gesessen und das Spiel der Flimmerstreifen über dem See beobachtet hatten, auf den blühenden Wiesen ringsum Wolken von Heuschreckengezirpe. Während des Gesprächs hatte Riedmeiers gefleckte Dogge – ein ungewöhnlich großes und massiges Tier – neben dem Gast gestanden, und als dieser aufgebrochen war, hatte ihn nicht Riedmeier, sondern der Hund bis zur Gartentür begleitet; die kurze Pfeife in der Hand, war der hagere Alte unter der Ulme stehengeblieben, das Gesicht vom Schatten der Zweige bedeckt, auf dem grauen Vollbart ein ungewisses Licht. Tags darauf, nach der Fahrt ins Murnauer Moos, zu der Riedmeier ihn eingeladen hatte, war Kaltendorff zum Kauf entschlossen gewesen. „Ich werde hier das Haus bauen", hatte er beim Abschied fast hastig, mit einem hartnäckigen Unterton gesagt. „Bald werden auch die Kinder kommen, alle drei – Sie glauben mir das doch, nicht wahr?" Riedmeier hatte genickt und war nachdenklich ins Haus hinaufgegangen.

Immer noch blickte Klatendorff zur nassen Haselhecke hinüber. Hatte dort nicht gerade die Dogge angeschlagen? In dem Schatten, der kurz zwischen den Zweigen zu sehen war, meinte er die Gestalt des Tieres im Nachbargarten zu erkennen, aber noch ehe ihm das Bild des gestreckten Tierleibes ganz bewußt wurde, blieb sein Blick wie gebannt an der Flatterulme jenseits der Hecke hängen.

Der Stamm hatte sich vom herabrinnenden Regenwasser mit einem Schwarz gefärbt, das wie ein Stück Glasfluß glühte. Es war der einzige Lichtfleck im Grau des sinkenden Abends soweit das Auge reichte. Und gleichzeitig begriff Kaltendorff, daß nicht der Laut des Hundes, noch das Stück goldschwarzen Glühens der Grund seines Aufschrekkens war. Nein, schon seit einiger Zeit hatte sich die Verwandlung der Gemswurzbüsche unten auf beunruhigende Art in sein Bewußtsein zu drängen begonnen, so als geschähe dort etwas, das ihn beträfe.

Über die Bucht war der Nebel vom See her dicht hinter den Buschreihen angekommen, und die Büsche hatten so klare Umrisse angenommen, wie er es aus dieser Entfernung bisher selbst bei hellstem Tageslicht noch niemals gesehen hatte; sogar die Kerben der gesägten Blätter waren genau zu unterscheiden. Es ging alles sehr schnell, Kaltendorff verfolgte den Vorgang mit angehaltenem Atem. Zuerst erlosch das metallene grüne Leuchten der Blätter, danach zerflossen sie, als lösten sie sich auf; und sofort darauf trennten sich auch die Büsche voneinander – sie schrumpften ruckartig zusammen, dabei schien es, als taumelten sie haltlos in einen Sog hinein, der gierig von hinten nach ihnen griff. Mit einem Mal hingen sie im Leeren und starrten wie Paare glanzloser, erblindeter Augen zum Haus herauf...

Ich bin krank, dachte Kaltendorff, ich bin sehr krank; ich fiebere, ich müßte hinaufgehen und mich ins Bett legen. Wie der Nebel die Büsche unten der Reihe nach verschlingt! Es wird dunkel. Ich bin allein.

In diesem Augenblick hörte er hinter sich ein Klirren und gleich darauf Stimmen. Er richtete sich auf und sah sich im Zimmer um. Ich muß sehr lange hier gestanden haben, überlegte er geistesabwesend und griff sich mit beiden Händen an die heißen, schmerzenden Schläfen. O ja, fiel ihm ein, o ja doch, das ist Stellas Stimme. Er lauschte verwundert. Stella? Seit wann ist Stella hier? Ist sie ins Haus gekommen, ohne daß ich sie gesehen habe?

Aber als hätte er nichts gehört, wendete er sich wieder dem Fenster zu; die Geräusche hinter ihm waren nun deutlich zu hören – Stimmen, Schritte, Lachen. Er merkte beim ersten Blick, daß er länger ins Zimmer hinter sich gesehen haben mußte, als ihm bewußt geworden war, denn er sah, daß sich der Nebel nicht mehr bewegte. Keine zehn Meter vor dem Haus lagerte er wie ein Wall über die ganze Breite des Gartens, vorgewölbt in gespenstischen Formen, haushoch aufgetürmt und in flachen Zungen über den Rasen heraufleckend – in der Hälfte des Kieswegs, auf der Höhe der Tannengruppe, ein unförmiger Haufen, in den die Umrisse einer verrammelten, verschütteten Riesenpforte eingemeißelt schienen. Das letzte, was Kaltendorff deutlich erkannte, war das Aufzucken der Lichtbündel über den Felsen des Wettersteins. Sie flammten noch einmal auf, ehe sie auseinanderfielen. Dann versperrte die Nebelwand jede Sicht. Im Garten und im Wohnzimmer war es einen Ton dunkler geworden.

Wie gut die Nähe ihrer Stimme tut, dachte Kaltendorff beruhigt. Er hörte dem Lachen der Frau zu, das durch die halbgeöffnete Küchentür herüberdrang. In Gedanken sah er ihre Hände, wie sie die Gläser auf die Anrichte stellten, nach dem Besteck in den Lädchen griffen, die Schiebetüren öffneten und die Teller auf dem weißen Tisch zurechtrückten. Es ist gut, daß Stella gekommen ist, es wird alles leichter werden neben ihr. Ich wußte, daß sie da sein wird, wenn es soweit ist. Es ist um einiges zu früh, dachte er und griff sich wieder an die Schläfen. Natürlich, sie hat auch Gisela mitgebracht. Ich höre die beiden Frauen sprechen und lachen. Ich müßte jetzt zu ihnen hinübergehen. Doch er hatte das Gefühl, als dürfe er von diesem Platz nicht weichen, wollte er den Nebel, von dessen Nähe ihm die Schläfen schmerzten, nicht herankommen lassen.

Er war so nahe ans Fenster getreten, daß die Kühle der Glasscheibe seine Stirn streifte. Noch ehe er das Erschauern spürte, das ihn befiel, hatte er die Bewegung in der Nebelpforte neben den drei Tannen zum zweitenmal bemerkt.

Ich muß sofort Stella rufen, dachte er und wich zurück. Da trat Herberth Alischer aus dem Nebel.

Der hochgewachsene Mann mit dem jungenhaft schmalen Kopf wankte kurz, ehe er den Garten heraufkam. Der Kies knirschte bei jedem Schritt. Eigenartig, dachte Kaltendorff als Alischer die Steinstufen betrat, die zur Terrasse heraufführten, eigenartig, soeben sah es aus, als schwebte er. Hat er nicht unsicher die Hand gehoben, als wollte er das Halbdunkel vor sich abtasten? Wie kommt es, daß ich das Knirschen seiner Schritte im Kies immer noch höre, obgleich ich ihn längst nicht mehr auf dem Steg sehe? Erst viel später sagte er sich, daß Herberth Alischer den Hintereingang des Hauses benutzt haben mußte, denn er hatte nicht gehört, daß die Tür geöffnet worden wäre, die von der Terrasse zu ihm ins Wohnzimmer führte. Ich verstehe das nicht, dachte er. Sein Erstaunen währte aber nicht lange.

O ja, sie werden alle kommen, dachte er, ich bin mit dem Garten gerade zum rechten Zeitpunkt fertig geworden. Gut, daß ich mir noch gestern Abend die Mühe machte, die Bücher in die Regale zu stellen, drei volle Kisten, sie trafen vor zwei Tagen aus Tübingen ein, mit jedem Buch wurde mir ein Wunsch erfüllt. Und ich sehe Herberth Alischer schon, wie er das Wohnzimmer betritt – er wird schnurstracks auf die Regale zugehen und vor den Büchern stehenbleiben, als gäbe es sonst nichts im Zimmer. Er hat von jeher eine eigene Art, mit Büchern umzugehen, sie anzufassen, sie zu betrachten und in ihnen zu blättern. Er tut es jedesmal, als begrüßte er gute, auserlesene Bekannte, als nähme er ohne Verzug das Gespräch mit ihnen wieder auf, das wegen Tagesgeschäften unterbrochen zu haben seine Freude an stummer Rede und Gegenrede in keiner Weise hatte beeinträchtigen können. Er wird blättern und lesen, manchmal kurz und mitwisserisch nicken oder lächeln und dabei jene Ausstrahlung von Zerstreutheit und unbeirrter Sammlung haben, die mir auffiel, als ich ihn zum ersten Mal sah; er wird so nach dem einen und andern Buch greifen, und erst Gisela, seine Frau, wird ihn von den Büchern wegholen können. Ohne Zeichen des Unmuts wird er ihr folgen. Woher kennt Herberth Alischer den Hintereingang, grübelte Kaltendorff angestrengt, er besucht mich heute doch zum ersten Mal?

Es war so dunkel geworden, daß sich die Gegenstände im Zimmer kaum noch voneinander unterschieden – die Sessel, der niedere Teakholztisch, der Kamin, die Bilder an den Wänden. Kaltendorff hatte eine Hand halb gehoben, mit der andern griff er suchend nach dem Fensterbrett. Danach brauchte er einige Zeit, ehe er begriff, daß vor der Nebelpforte unten neben den Tannen der alte, weißhaarige Professor Stavaride stand. Wie Alischer mußte er geradewegs aus der grauen Wand getreten sein, auch er kurz wankend, als bereite es ihm Mühe, sich aus dem Dunst zu schälen, der ihm in schmalen Fähnchen an Händen und Schultern hing, und auch ihm war die Unsicherheit anzumerken, mit der er jetzt begann, durch den Garten heraufzukommen. Und nur einen halben Schritt hinter ihm – war es möglich? – trat Peter aus den Nebelbrocken heraus, einen Buschzweig in der Hand, den er ein paarmal kräftig durch die Luft schlug. Auch Peter kommt? dachte Kaltendorff bestürzt, woher weiß er denn, daß ich mich hier niedergelassen habe? Peter Römers, der blonde Bär. Wie lange haben wir uns nicht gesehen?

Die beiden kamen in angeregter Unterhaltung über den Kies gartenaufwärts. Der Professor Stavaride ging mit den kleinen, trippelnden Schritten, deren Kaltendorff sich lebhaft erinnerte; Peter, hinter ihm, überragte ihn um Kopflänge, er lachte gerade und schob den alten Herrn behutsam vom Rand des Stegs in dessen Mitte.

Kaltendorff hatte sich vorgeneigt, er wollte die beiden Männer besser sehen, wenn sie die Steintreppe betreten würden. Doch gerade als der Professor vor der ersten Stufe angekommen war, hörte er wieder Stellas Stimme in der Küche, fast gleichzeitig Giselas schnelle Antwort. Da sah er die beiden im Garten nicht mehr.

Ach ja, Giselas Antworten, fiel ihm ein, schon immer hat mich der Ton in ihrer Stimme aufhorchen lassen. Er klingt, als gäbe es etwas, wohin nur diese Frau reicht. Der biegsame, hellfedernde Ton, der aufzufordern scheint, mitzugehen wohin diese Frau geht. Aber war das nicht eben Peters volles Lachen gewesen, dazwischen ein leises, freundliches Wort des Professors? Die beiden sind also auch schon in der Küche, dachte Kaltendorff, bei Stella, Gisela und Herberth Alischer. Er stand aufgereckt vor dem Fenster, er suchte mit den Blicken den Nebel, dessen Formen unverändert waren, als wäre er zu Stein geworden; er durfte diesen Platz jetzt nicht verlassen.

Warum gehe ich nicht zu ihnen in die Küche? Ich habe es mir seit langem gewünscht, sie endlich bei mir zu Gast zu haben. Nun sind sie da, und ich stehe wie gelähmt vor dem Fenster, seit Stunden habe ich diesen Platz nicht verlassen. Die Freunde sind hier, in diesem Haus, das ich so gebaut habe, wie mein Vater es mich lehrte.

Er vergaß die Freunde, er kam von dem Gedanken ans Haus nicht mehr los, und wie jedesmal, wenn er sich mit ihm beschäftigte, stand das Bild seines Vaters auch jetzt vor ihm. Die Räume sollen ruhig gegeneinander abgewogen sein, ohne Hast, ohne Zufall in der Anordnung, das Öffnen der Türen ein Wiedersehen mit vertrauten Maßen und Bildern, die uns Ruhe finden lassen – so ungefähr hatte sein Vater damals gesagt. Ich habe sein Weggehen niemals begreifen können, dachte Kaltendorff, ich begreife es im Grunde bis heute nicht.

Ein Mann baut ein Haus. Mitten aus der Arbeit wird er weggerufen. Er darf nicht sagen: laßt mich, ich baue ein Haus. Wortlos, auf eine erregende Art in sich gekehrt, hört er den Befehl. Er stellt die Geräte in den Schuppen und klopft den Staub von den Händen. Dann geht er. Ohne einen Blick zurückzuwerfen. Und kommt nie wieder. Die Mauern, die er bis zur Hälfte errichtet hat, beginnen zu verfallen. Sie verwildern in Frost und Hitze und werden wie unfruchtbare Erde. Weil sie ohne den Mann nichts sind. Er ist niemals wiedergekommen. Keiner kennt sein Grab. Auch nicht sein Sohn, der geblieben ist, dem er die halberrichteten Mauern hinterließ.

Geblieben mit dem Gefühl in den Händen von viel zu dicken Schaufelstielen, von viel zu schweren Schubkarren; mit dem Gefühl der Verzagtheit, die mich befiel, sooft ich einen Stein mit dem Einsatz des ganzen Körpers nicht hatte fortbewegen können, den dann der Vater mit einem ruhigen Griff von der Stelle schob; mit dem Gefühl jenes schwer zu beschreibenden Glücks, sobald er mich lachend unter den Armen faßte und an sein stoppelbärtiges Gesicht mit den hellgrauen Augen hinaufhob. Geblieben aber vor allem mit dem verzehrenden Wunsch, das Haus fertig zu bauen, dessen halbe Mauern er zurückgelassen hatte, mit diesem ständig wiederkehrenden Traum, der mich erfüllte, verfolgte und immer ruheloser machte, je älter ich wurde.

Nein, er wird nicht dabei sein, wenn heute Abend die Freunde für die Dauer dieser einen Nacht in mein Haus kommen, dachte Kaltendorff. Immer noch liegt der Nebel im Garten. Hat er das Haus nicht schon umstellt?

Es war finster geworden, als er den Kies zum letzten Mal knirschen hörte. Das mahlende Geräusch erreichte ihn, noch ehe er die Ankommenden erblickte. Zuerst erkannte er Dr. Braha, und obgleich es finster war, entging ihm auch diesmal das leichte Zittern der feingezeichneten Hände nicht – der Doktor hatte die Arme ausgestreckt und arbeitete sich mit vorgeneigtem Kopf aus dem Nebel. Warum nur fällt ihm das so schwer? Warum sieht es aus, als müßte der kluge, alles durchschauende Doktor Braha erst seine Gestalt finden, ehe er sich aus dem Nebel lösen und den Weg heraufkommen kann? dachte Kaltendorff. Und der schnauzbärtige Toma Panduru, Dr. Brahas Neffe, hinter ihm, auch er bewegte sich, als könnte er die Beine kaum heben.

In dieser Sekunde mußte jemand die Lampe auf der Terrasse angezündet haben. Ein Lichtschein riß die Gesichter der zwei aus der felsenhaft zerklüfteten Dunstwand bis dicht vors Fenster – Dr. Brahas zerknittertes Greisengesicht und Toma Pandurus buschigen Schnauzbart. Sie glitten so nahe an ihm vorbei, daß er die Tränensäcke des Doktors eine Spanne vor sich zu sehen meinte. In der Sekunde darauf war es wieder stockdunkel.

Diesmal habe ich es klar gesehen, dachte Kaltendorff bis zum Äußersten gespannt: ihre Füße berührten den Kies nicht, und die Treppe zur Terrasse hinauf schwebten sie. Wer hat das Licht draußen angezündet? Der Schalter befindet sich im Wohnzimmer, und hier ist niemand außer mir – sie sind alle in der Küche, alle.

Ich fiebere, dachte er, phantasiere ich im Fieber? Das Haus ist dunkel und leer. Ich bin allein im Haus. Ich bin krank. Die Nacht kommt ...

O ja, sie wußten es alle, daß sie Stella zu dieser Stunde in der Küche antreffen würden, und wer Stella kennt, der versteht, daß sie zu ihr gingen, dachte er nachher, als die Schmerzen in den Schläfen nachgelassen hatten. Der Gedanke beruhigte ihn so nachhaltig, daß es ihm nicht unerwartet kam, als er, noch bevor er sie hörte, die Wärme ihrer Nähe auf sich zukommen und kurz darauf ihre Hand auf seinem Arm fühlte.

„Rolf", hörte er sie wie in weiter Ferne sagen. Sie hatte sich an seiner Schulter vorbeigeneigt und blickte ihn an: „Sie sind alle gekommen. Sie freuen sich und warten auf dich. Ich habe mit Gisela alles vorbereitet. Und du stehst immer noch allein hier im Dunkeln!" Ihre großen, tiefblauen Augen, dachte er. Immer noch stürze ich in sie hinein, wie zum ersten Mal, als sie mich anblickten.

Es ist alles unwirklich an diesem Abend. Ich stehe vor dem Fenster, seit ich am Spätnachmittag das Haus wiederbetrat. Die Stimme des Arztes klingt mir seither ununterbrochen in den Ohren. Meine Haare sind noch feucht vom Gang durch den dünnen Regen. Eben hörte ich Riedmeiers gefleckte Dogge bellen. Stella steht neben mir und berührt mich. Ich fühle die Wärme ihrer Hand auf dem Arm, ich fühle, wie sie mich von meinem Platz vor dem Fenster wegzieht.

Geblendet schloß er die Augen, und sein erster Gedanke war: bestimmt war Peter das, bestimmt hat Peter die Lampe über dem Tisch angezündet. Der Reihe nach erkannte er im Licht die durchbrochene mattbraune Holzdecke über sich, das Sofa neben dem Kamin, die paar leuchtenden Bilder an den Wänden, den weinroten Teppich. Als ersten der Freunde erkannte er Herberth Alischer.

Wie hätte es anders sein können – Alischer steht vor den Bücherregalen, einen Band in den Händen. Und dort, ja, das ist Peter Römers. Er ist gerade damit beschäftigt, die drei maisgelben Wachskerzen auf dem Kaminsims in Brand zu stecken. Neben ihm der weiße Kopf des Professors ... Vor allem während der letzten Wochen, dachte er und blieb mitten im Zimmer stehen, hat sich die Atemnot eingestellt, jedesmal zerfloß dann alles, was ich anzusehen versuchte, genau wie jetzt, niemals wußte ich nachher, wie lange es gedauert hat ... Er zuckte zusammen, jemand hatte seinen Namen gerufen, laut und schallend. „Schön hast du's hier, Rolf", rief Peter noch einmal und kam mit ausgebreiteten Armen aus dem Licht auf ihn zu. Alischer hob erstaunt den Kopf, als Gisela ihm das Buch aus den Händen nahm, und blickte herüber. Da war Peter vor ihm angekommen, hatte ihn an den Schultern gepackt und an die Brust gezogen.

Und plötzlich waren sie alle auf einmal da und umdrängten ihn von allen Seiten.

Der Professor Stavaride stand ihm am nächsten. Außerstande, ein Wort zu sagen, mit bebenden Lippen, drückte er Kaltendorff beide Hände und nickte unablässig. Das Lächeln in dem Gelehrtengesicht wühlte Kaltendorff auf. Doch er kam nicht dazu, einem Gefühl nachzugeben, denn Gisela und Herberth Alischer waren jetzt da. „Grüß dich, Rolf", sagte Gisela und blieb mit leicht zur Seite geneigtem Kopf vor ihm stehen. Mein Gott, dachte Kaltendorff fast erschrocken, wie schön diese Frau immer noch ist. „Gisela", rief er und nahm sie in die Arme, „wie freue ich mich . . . Herberth, daß wir uns so bald wiedersehen, Mensch, Herberth!" Ehe er weitersprechen konnte, hatte Dr. Braha das Ehepaar Alischer zur Seite gedrängt und blieb mit halberhobenen Händen, das feine Zittern in den Fingern, hilflos vor ihm stehen. „Mein lieber, hochverehrter Freund", stammelte der kleine Doktor einige Male; er hatte feuchte Augen, er drückte Kaltendorff immer wieder an sich. „Es ist also wahr geworden, ich darf Sie noch einmal sehen, ich habe das Glück, Sie noch einmal umarmen zu dürfen! Mein Freund, mein lieber, lieber Freund . . ." Und während der stille Toma Panduru auf ihn zutrat, erklärte der Doktor dem Ehepaar Alischer erregt: „Sie müssen das, bitte, verstehen. Mit meinem Freund Kaltendorff verbindet mich nicht nur die Erinnerung ans Grauen. Nein, nein, Frau Gisela, wenn der Preis, den ich für die Freundschaft mit diesem Mann hätte zahlen müssen, noch viel höher gewesen wäre, niemals wäre er mir zu hoch gewesen. Aber Sie sind blaß, Kaltendorff", unterbrach er sich und trat neben seinen Neffen Panduru, der Kaltendorffs Hand hielt, „Sie sind überarbeitet. Man sieht es Ihnen an. Oder – Sie sind doch nicht etwa krank?" „Ach, Doktor", Kaltendorff wehrte ab, „ich bin in der letzten Zeit manchmal ein bißchen müde. Das ist alles. Nein, nein, mir fehlt nichts, gar nichts." „Ich bleibe jetzt immer bei dir, Rolf", rief Peter Römers ihm über Dr. Brahas Kopf hinweg zu, „hör mal, vielleicht gibt's

da was zu buddeln in deinem Garten, zum Beispiel einen richtigen Brunnen, einen Abfluß oder ein Blumenbeet. Ich verstehe was davon. Du streckst dich im Liegestuhl auf deiner Märchenterrasse, blinzelst auf den See hinaus und befiehlst, was ich zu tun habe. Das wäre doch was, wie?"
Er lachte, daß seine Zähne zu sehen waren, und als er einen Schritt nach vorne tat, um den Vorschlag mit Kaltendorff zu besprechen, leuchtete sein hellblonder krauser Haarschopf im flackernden Kerzenlicht über den Köpfen der anderen. „Wir bleiben alle bei ihm, alle", hörte Kaltendorff die Stimme Stellas neben sich. Als er sich überrascht nach links wendete, blickte er der Frau gerade in die Augen.

Stella, dachte er und war wieder sehr abwesend. Er lehnte sich im Sessel zurück, zu dem sie ihn geführt hatte, nahe der Zimmerlinde, mit dem Blick auf den Teakholztisch und auf die Kaminecke dahinter, wo die drei gelben Wachskerzen standen. Sie hatten sich alle gesetzt, sie unterhielten sich miteinander, sie lachten und sahen immer wieder zu Kaltendorff hinüber und nickten ihm zu. „Hab Dank für die Einladung, Rolf", sagte Gisela fröhlich. Der lebhafte Doktor fiel ihr ins Wort: „O ja, haben Sie unseren Dank, Kaltendorff. Wir wissen es alle, keiner von uns säße heute hier, hätten Sie nicht den Ausbruch aus der Hölle gewagt, keiner..."

Kaltendorff sah, wie Stella schon zum dritten Mal an ihm vorbeiging und Gläser auf den Tisch stellte, dann sah er Peter, der einen Eiskübel mit Flaschen herbeitrug. „Doch, doch", hörte er gleichzeitig den Professor zu Gisela sagen, „und wie gerne sie gekommen wäre. Aber sie hat heute Abend Besuch. Seit wir nämlich wieder in die alte Wohnung einziehen durften, hat sie auch wieder Besuch."

Ich hörte Professor Stavaride sprechen, dachte er, aber die Schritte im Kies decken seine Stimme zu. Ich sehe, daß sie sprechen und gutgelaunt sind, aber ich verstehe kein Wort. Ich kann ihre Gesichter kaum voneinander unterscheiden, der Nebel liegt auf ihnen. Ausbruch aus der Hölle?

hat Doktor Braha gesagt. Das Atmen fällt mir wieder schwerer, das Gefühl der Angst stellt sich wieder ein, ich müßte sofort hinaufgehen und mich ins Bett legen.

Ich habe stundenlang vor dem Fenster gestanden, und keine Sekunde ist vergangen, in der ich die paar Sätze nicht wiedergehört hätte, bald leise wie Flüstern, bald wie Trommelschläge, immer dieselben paar Sätze. Und jedesmal, wenn ich sie mir Wort für Wort in Erinnerung rief und vor mich hinsprach, sah ich den handflächengroßen matten Kreis, der sich dabei vom Hauch meines Atems auf der Glasscheibe vor mir niederschlug. „Sie sind sehr spät gekommen, Herr Kaltendorff, sehr spät." „Wie lange geben Sie mir noch, Doktor Bäumler?" „Ja . . . Wissen Sie . . . Ich . . . Die Endokarditis lenta . . . ich meine, die schleichende Art der Herzinnenhautentzündung . . ." „Wie lange Sie mir noch geben, habe ich Sie gefragt." „Sehen Sie . . ." „Lassen Sie das, Doktor. Ich will von Ihnen nur eines wissen: wie lange habe ich noch zu leben?" „Herr Kaltendorff, wir müssen damit rechnen, daß die sehr fortgeschrittene Entzündung in zwei bis drei Monaten . . ." „Danke, Doktor, das genügt mir." Ich stand so nahe am Fenster, dachte Kaltendorff, nicht einmal eine Spanne von der Glasscheibe entfernt, daß sich die kleine matte Fläche beim Hauchstoß jeder Silbe ein Stück weiter ausdehnte; sie erlosch erst, als ich schwieg und wieder den Stimmen der Frauen in der Küche lauschte. Das Atmen, dachte er und hob mit Anstrengung das Kinn, helft mir, ich kann nicht mehr atmen.

Da fühlte er, daß Herberth Alischer ihn aufmerksam beobachtete. Er wendete den Kopf. Sekundenlang sahen sie sich in die Augen. Auch Toma Panduru, der Alischers Bewegung bemerkt hatte, blickte ihn seit einer Weile gespannt an. Peter unterbrach sich mitten im Satz und machte Stella ein Zeichen.

Wie unter einem Schlag mitten ins Gesicht fiel Kaltendorff zusammensackend nach hinten, beide Hände mit einer schreckhaften Bewegung vor die Brust gepreßt. Alischer riß die Arme hoch, als setzte er zum Sprung an. Stella hielt den Professor, der aufstehen wollte, am Handgelenk zurück. Jetzt stand sie neben dem Sofa. Mit zwei Schritten war sie bei Kaltendorff. Er nahm es noch wahr, wie sich ihre Hand mit einer schnellen Bewegung seiner Stirn näherte. Mein Leben ist mit ihnen gekommen, dachte er und fühlte, wie der Nebel nach ihm griff und ihn mit einer ungeheuren Macht hinabzog. Es ist zu spät, hat Dr. Bäumler gesagt? Wofür zu spät? Wissen Sie nicht, Doktor, daß sich in jedem Menschenleben das Unausweichliche Stück für Stück zusammenfügt und uns am Ende die Rechnung vorlegt? Nein, Doktor, wer aus dem Abgrund kommt, hat erst recht keine Wahl. Ersparen Sie einem wie mir Ihre kindischen wissenschaftlichen Erklärungen. Ich weiß zuviel.

O ja, Peter, der Bär, dachte er später, als er wieder zurückgelehnt saß und mit einem Schmunzeln Peters polterndem Lachen zuhörte; die tiefe Stimme füllte den Raum mit Behaglichkeit. Auch Stella lachte vergnügt. So ist's recht, dachte Kaltendorff und sah die Frau an, die vor Peter stand. Ihr tiefschwarzes, sehr volles Haar schimmerte bei jeder Kopfbewegung; sie gab Peter einen Klaps auf die Wange und lachte: „Weil du es mir so schwer machst zu unterscheiden, wann du ein Narr und wann du ein Weiser bist, und weil du mich damit an der Nase herumführst, seit wir uns kennen." Aber Peter lachte nur vergnügt auf, entkorkte mit seinen breiten Händen die zweite Flasche, die er aus dem Eiskübel geholt hatte, und füllte die Gläser. Wie er dann als erstes Kaltendorff das Glas über den Tisch entgegenschob, schien sein krauser Kopf wieder zu brennen.

Sie hatten sich alle von den Plätzen erhoben; nur Kaltendorff war sitzen geblieben. Dr. Brahas Hand zitterte, das Glas, das er vor sich hielt, sah aus wie eine Goldkugel, in der die drei Kerzen wie eingehämmerte Fackeln dicht beieinander standen. „Willkommen, meine Freunde", sagte Kaltendorff mit klarer Stimme, „mein Haus sei euer Haus, mein Brot und Wein sei euer Brot und Wein. Willkommen." Als er das Glas ansetzte, schlug die große Standuhr hinter ihm neun Mal. Solange die Schläge zu hören waren, bewegte sich niemand, keiner trank, ihre ins Licht getauchten Gesichter sahen aus, als seien sie leblos. Das Sonnenrad auf der kupfernen Pendelscheibe blitzte; Kaltendorff sah die Spiegelung davon in der Glastür, die auf die Steinterrasse hinausführte; die Glasscheibe war schwarz. „Die Nacht kündigt sich an, Freunde", rief er und stand auf, „wir wollen beisammen bleiben, seid mir willkommen." Sie tranken die Gläser leer.

Es ist nur, weil ich mich so schwer wieder an sie gewöhne, dachte er. Sicher, fiel ihm ein, da ist zum Beispiel Toma Panduru, der Neffe des Doktors. Er hebt das Glas immer noch mit der gleichen auffahrenden Heftigkeit an den Mund, es stößt ihm an die Zähne und klirrt, und wie früher trinkt er jedes Glas mit einem Zug leer; sooft er es dann vor sich hält und hineinstiert, sieht es aus, als hänge der Kopf mit den traurigen Augen und dem Schnauzbart über einem Abgrund. Nein, er ist die Schwermut nicht losgeworden, er ist niemals darüber hinweggekommen; seit Venera sich das Leben nahm, betrinkt er sich jeden Abend.

Doch vor allem ist ja Peter da, Peter, der Bär mit dem Kinderherzen, der Freund mit der Unerreichbarkeit des reinen Toren; er rückt die Welt wieder zurecht; ohne es zu wissen und ohne es zu beabsichtigen, bezwingt er alle. Wie sie lachen, wenn er erzählt! Gisela wirft den Kopf in den Nacken, ich sehe das Rot ihres Gaumens, die hellbraunen Haare sind über ihre Schulter geglitten. Der Professor neben ihr lächelt, und da Gisela sich im Lachen zurückgezogen hat, fällt das Kerzenlicht voll auf seinen schönen Greisenkopf; o ja, es ist Professor Stavaride anzusehen, daß er Peter mag. Und eben schlägt Dr. Braha die Hände auf die Schenkel, lacht, daß ihm die Tränen rinnen, und bittet Peter fortzufahren.

Ich muß es überhört haben, dachte Kaltendorff, aber es kann nur Stella gewesen sein, die ihn gebeten hat, etwas zu erzählen; sie hatte sich für ein paar Sekunden neben ihn auf das Sofa gesetzt und leise mit ihm gesprochen. Er rückt die Welt wieder zurecht. Stella weiß das, und sie weiß alles über mich; Peter hatte genickt. Für die Dauer dieser letzten Nacht, scheint seine Stimme jetzt zu sagen, sollst du alles beiseite schieben, Freund Kaltendorff, ich werde dafür sorgen – lehn den Kopf zurück, laß die Schultern sinken, damit die Spannung aus dir weicht. Wir sind gekommen, dir zu helfen. Hier ist keiner, kein einziger, der dich im Stich läßt.

Kaltendorff lehnte sich zurück; Stella setzte sich in den roten Ledersessel neben ihn und griff nach seiner Hand. Da dachte er: Peter habe ich's zu danken, daß es sie in meinem Leben gibt. „Rolf", hatte er gesagt, als er damals, eine halbe Stunde vor seiner endgültigen Abreise aus der Hauptstadt, mit ihr in meiner Wohnung erschienen war, „Rolf, du gibst mir dein Ehrenwort, daß du sie wie deine Augen behüten wirst. Sie ist das Beste und Kostbarste, was diese furchtbare Stadt je hervorgebracht hat. Sie heißt Stella..."

Ich bin am Nachmittag auf den nassen Sandwegen am See entlang vom Arzt nach Hause gekommen, und nur der Gedanke, sie könnte eingetroffen sein, gab mir die Kraft, mich bis hierher zu schleppen. Die Zeit ist meine letzte Wirklichkeit. „Stella", sagte er und neigte sich zu ihr, „ich werde dir alles erklären. Die Jahre ohne dich. Meine Schuld. Mein Versagen."

Und gleichzeitig dachte er: dies alles ist reiner Wahnsinn. Ich habe mein Haus gebaut an einem See in diesem Land, mein Vater stand neben mir. Die Sehnsucht nach den Kindern hat mich ausgehöhlt und verrückt gemacht. Der junge, höfliche Doktor Bäumler mit den gepflegten Händen hat mich mißtrauisch, dann angewidert und schließlich ungläubig angesehen, als ich ihm auf seinen Wunsch aus meinem Leben berichtete – wie einen Aussätzigen, der aus den Höhlen der Unterwelt auf ihn zukriecht und eine Sprache spricht, die kein Gesunder versteht. Der Nebel ist aus dem Wasser gestiegen, und mit ihm sind der Reihe nach die Freunde durch den Garten heraufgewankt; sie sitzen vor mir, als seien sie selber Stücke Nebels. Und Toma Panduru hat Peter schon bei der Begrüßung gebeten, ihm in dieser Nacht nur von dem Sechzigprozentigen einzuschenken, nein, auch nichts von der schweren Spätlese, nein, nur vom Sechzigprozentigen. Aus dem vollen Glas, das vor ihm steht, steigt ein Geruch wie aus einer Handvoll zerriebener bitterer Kräuter, gepflückt in wilden Landschaften, durch die wir alle einst gingen und deren Erde an meinen Schuhen haftet wie an ihren. Der Pendelschlag der großen Standuhr ist wie der Schritt des Unbekannten, der immer dicht hinter uns geht ...

Aber jetzt will ich Peter zuhören, dachte Kaltendorff, für die Dauer dieser Nacht, hat er versprochen, sind wir allein.

Panduru hatte mit einem Ruck das Glas gehoben; noch ehe er zu trinken begann, klirrte es an seinen Zähnen. Peters Stimme war um einen Ton heller geworden, jede Silbe war zu verstehen. Die Stimme hatte das Klirren und den Schlag des Pendels ausgelöscht. Außer ihr gab es nichts mehr im Raum.

Jetzt will ich Peter zuhören, dachte Kaltendorff noch einmal und schloß die Augen.

II

Gaudeamus igitur

Es war im vierten Semester meines Kunstgeschichtestudiums, als uns der Lehrer für die Malerei des ausgehenden achtzehnten Jahrhunderts die Verbesserung unserer französischen Sprachkenntnisse empfahl.

Ich bat Stella, sich in ihrem Bekanntenkreis nach jemandem zu erkundigen, der mir ein paar Nachhilfestunden zu geben bereit wäre. Schon drei Tage danach begrüßte sie mich vor dem Haupteingang der Bukarester Universität mit der Nachricht, einen Lehrer gefunden zu haben. „Ein furchtbar netter alter Herr", sagte sie, während wir durch einen Korridor im Erdgeschoß gingen, „Professor, Doktor, Ehrendoktor und noch einiges. Obendrein aber ein wirklich gescheites Haus. Ich habe ihn allerdings seit Jahren nicht mehr gesehen. Er heißt George Stavaride und war früher mal was ganz Großes. Warum der heute in einem scheußlichen Zimmer in der Nähe des ‚Zündholzplatzes' haust, kann ich dir nicht sagen. Aber das stört dich doch nicht, wie?" Nein, sagte ich, das störe mich nicht. „Hier, seine Anschrift", sagte Stella rasch, drückte mir einen Zettel in die Hand und lief einer Freundin entgegen, die mit ausgebreiteten Armen auf sie zukam. „Bis morgen, Peter", hörte ich sie noch rufen.

Am Nachmittag des nächsten Tages machte ich mich auf die Suche nach der Strada Cavaleria. Ich stieg auf dem „Zündholzplatz" aus der Straßenbahn und bog, den Zettel in der Hand, in eines der Seitengäßchen, die an diesem Frühjahrstag mit betäubend süß duftenden Akazienblüten überdeckt waren; unter den tief hängenden Ästen waren weder die Häuschen hinter den niederen und verborgenen Lattenzäunen zu sehen, noch konnte ich das Ende des Gäßchens erblicken.

Mit dem Frühjahr in diesem seinerzeit berühmtesten Vorort Bukarests hatte es seine Bewandtnis, das heißt, das Fesselnde der Hauptstadt hatte für mich von jeher nicht zuletzt in den tausend Düften und Gerüchen dieses Viertels gelegen. Sie trieben an den warmen Abenden mit dem weichen Wind aus der Donausteppe herüber, an deren Rand Bukarest liegt, sie stiegen aus den winzigen Gärtchen, aus den Imbißstuben, aus den Spelunken und Kaffeeterrassen an den Straßenecken. Und in die Gerüche von fetten Würstchen, die man dort die „Kleinen" nennt, von Grillrauch, Wein- und Schnapsdunst, in das Zigeunergefiedel, das Lachen und Schwatzen mischte sich der Duft von Dahlien, Tabakblumen und Rosen — das alles trieb mit einer aufdringlichen Sinnlichkeit durch die verwinkelten Akaziengäßchen hin.

Eines dieser Gäßchen stellte sich, sofern ich dem schmutzigen Blechschild glauben durfte, als die Strada Cavaleria heraus. Eine junge, barfüßige Frau, die in einem Hof Wäsche aufspannte, bestätigte mir, daß dies das Haus mit der Nummer 53 sei und hier der Herr Professor Stavaride wohne. „Drüben", sagte sie und zeigte, eine Wäscheklammer zwischen den vollen Lippen, mit dem Kopf über den kleinen, von Blumenbeeten umrandeten Hof. „Vier Stufen tief, da wohnen sie..."

Ich verzichtete darauf, zu fragen: „Wieso ‚sie'?" Während ich auf die Tür zuging, fühlte ich, daß mir die Frau nachblickte. Ich bückte mich und trat die vier Stufen abwärts.

Auf der Tür, vor der ich ankam, war mit einem Reißnagel ein Kärtchen angebracht; in Unzialschrift stand der Name des Professors darauf. Ich klopfte. Zur Erklärung dafür, daß mich nichts mehr überraschte, als ich eine Sekunde später das Zimmer betrat, muß ich sagen, daß mich der Anblick des Kärtchens auf genau das vorbereitet hatte, was ich dann sah. Die verblaßte Schrift auf dem nachgedunkelten, mit einem Zierrand versehenen Kartonviereck, diese aus dem zweiten

Jahrhundert stammende Rohrfederschrift mit den eigenartigen Buchstabenabrundungen, die also sehr alt und in unseren Tagen nur noch Liebhabern bekannt ist – daß ich ihr ausgerechnet hier, an der vielleicht armseligsten Türe dieses Vorortviertels und außerdem zum ersten Mal nicht in einem Fachbuch, sondern im Alltag begegnete, ließ mich Ungewohntes erwarten.

Ich betrat das Zimmer.

Durch das mir gegenüberliegende, halb in die Erde, halb ins Freie gehende Fensterchen des sehr kleinen Raumes fiel ein Lichtstrahl, dessen Helligkeit sich an den blendend weißen Wänden verdoppelte, so daß es in dem Raum heller war als draußen. Der Tisch in der Mitte, das sehr breite Sofa unter dem Fenster, die Kochnische daneben – das alles lag in einer warmen Ruhe unter dem Licht.

„Fräulein Stella Avram hat mich zu Ihnen geschickt", sagte ich, als der Professor vor mir stand. Er war klein, hatte braune Augen und einen weißhaarigen Kopf, der an eine längst verschollene Welt der unverrückbaren Maße erinnerte. Noch ehe er mir die Hand reichte, wußte ich, daß sie ebenso feingliedrig war wie seine schmale, oben leicht gebogene Nase. „Lucia, darf ich dir Herrn Römers vorstellen?" war das erste, was er sagte, nachdem ich meinen Namen genannt hatte. Erst jetzt erblickte ich die auf dem Sofa sitzende, vielleicht fünfundsechzigjährige Frau. Ihr Blick, über den oberen Brillenrand mir zugeworfen, schien zu sagen: „Kommen Sie, kommen Sie nur, treten Sie näher, als seien Sie hier zu Hause, wir haben Sie erwartet!" Dabei wußte ich genau, daß mich Stella bei dem Ehepaar gar nicht angesagt hatte. Aber der Blick der Frau schien das jedem zu sagen, der zu dieser Türe hereintrat.

Bei einem Glas kalten Wassers und Erdbeerkonfitüre – sie bestand aus drei gesüßten Gartenerdbeeren und war von des Professors Frau auf kleinen Porzellantellern serviert worden – besprachen wir dann den Stundenplan. Ich hatte mich an die Helligkeit des Zimmers und an die Gesichter der beiden alten Menschen sofort gewöhnt. Das Gespräch wurde schon nach zwei Stunden wie unter alten Bekannten, ja, Freunden geführt. Als ich schließlich nach der Höhe der Kosten fragte, erklärten beide einmütig: daß sie sich glücklich schätzten, nach Jahren der Unterbrechung wieder für eine kurze Zeit deutsch sprechen zu können – ich möchte darin das Entgelt für die Nachhilfestunden sehen; nein, nein, nicht ich, sie hätten zu danken.

Ich erinnere mich, mir auf dem Heimweg Vorwürfe gemacht zu haben. Du hast das Angebot allzuleicht angenommen, sagte ich mir, diese Menschen müssen offensichtlich mit äußerst geringen Geldmitteln auskommen, und das nicht erst seit gestern, dazu in dieser engen Kellerwohnung. Daß ich selber von einem lächerlichen Stipendium lebte, von dem ich mir im allerbesten Fall monatlich zwei billige Bücher leisten konnte – und die auch nur, wenn ich mit dem unbeschreiblichen Mensafraß bis zum nächsten Mittag durchhielt –, daß ich selber also kein Geld hatte, sagte ich mir beschämt und zugleich erbost, hätte kein Grund für meine Zusage sein dürfen. Gleichzeitig aber war mir klar, daß jede weitere Erörterung dieser Fragen von dem Ehepaar abgelehnt worden wäre.

So entschloß ich mich, schon in die erste, für den kommenden Freitag anberaumte Stunde einiges von der Hartwurst und dem Käse mitzunehmen, die ich als einer der Leistungssportler der Universität dreimal wöchentlich als Sonderzulage erhielt.

Tatsächlich gelang es mir, Frau und Herrn Stavaride schon nach der ersten Französischstunde zu einem gemeinsamen Essen zu bewegen. Ich holte mein Päckchen aus der Sporttasche, und wir saßen in den warmen Abend hinein um den Tisch, aßen, unterhielten uns und lachten.

Die zwei folgenden Monate gehören zur schönsten Zeit aus meinen Bukarester Jahren.

Immer wieder hatte ich Anlaß, Stella für die Vermittlung der Bekanntschaft mit dem Ehepaar zu danken. Ich muß es freilich einige Male zu oft getan haben, denn eines Tages, als ich sie ein Stück begleitete, sagte sie: „Du solltest nicht immer wieder davon sprechen, vor allem in Gegenwart Dritter nicht. Capito, bambino?" Ich war so verdutzt, daß ich gar nicht merkte, wohin sie in dem Menschengewühl verschwand. Als ich sie am nächsten Tag auf ihre Äußerung hin ansprach, schüttelte sie über so viel Unverstand den Kopf. „Hast du Nerven!" sagte sie. „Macht sich denn einer wie du keine Gedanken darüber, wieso ein ehemaliger Lehrstuhlinhaber von der TH und der seinerzeit berühmteste Straßenbauingenieur des Landes heute in einem Loch an der Peripherie sitzt? Zeit, bambino, daß auch du endlich aufwachst. So, und mehr kriegst du von mir nicht zu hören."

Das war klar – aber ich verstand nun erst recht nichts.

Natürlich, daß Stavarides in der Kellerwohnung hausten, war mir merkwürdig erschienen. Aber da diese Wohnung heller war als alles, was ich sonst an Wohnungen in Bukarest kannte, hatte ich mir darüber keine Gedanken mehr gemacht. Ich gebe zu: eine kindliche Erklärung. Aber es war mir als die natürlichste Sache von der Welt erschienen, daß es bei so gütigen und nachsichtigen Menschen wie den Stavarides irgendwie belanglos war, wo sie wohnten. Hatten sie mir nicht selber einmal gesagt, daß das gleichgültig sei? Als ich gar zu ihrer Freude die Einzimmerwohnung in der Cavaleria das „Sonnenloch" getauft hatte, war der Fall erledigt gewesen.

Es waren also zwei Monate verstrichen, seit ich bei Stavarides verkehrte und mich bei ihnen wie zu Hause fühlte. Da ich sie nicht mehr, wie zu Beginn, nur zu den abgemachten Stunden besuchte, sondern wann immer Zeit und Umstände es erlaubten, gewann ich Einblick in die Einzelheiten ihres Lebens. So war es zum Beispiel vorgekommen, daß ich Frau Lucia mit einem Kübel vor dem Hofbrunnen angetroffen hatte; oder sie hatte sich bemüht, den großen Perserteppich – ein Prachtstück übrigens, das, wie die Karte an der Türe, auch bessere Tage gesehen haben mochte – zusammenzurollen, um ihn im Hof auszuklopfen; oder sie hatte den Dielenboden geschrubbt, der sich in einem unglaublichen Zustand befand. Ich war jedesmal froh gewesen, ihr die schweren Arbeiten abnehmen zu können, die sie allein verrichtete, denn, hatte sie mir einmal im Hof zugeflüstert: „George darf diese Arbeiten nicht machen; er ist nicht mehr ganz gesund; die Wohnung ist ein bißchen feucht." Und eines Tages hatte ich auch feststellen können, daß Frau Lucia Klavierstunden gab. Ich hatte an jenem Tag draußen warten müssen und mich dabei mit der jungen, barfüßigen Frau unterhalten, die unter der großen Akazie neben dem Zaun stand, sooft ich die knarrende Hoftüre öffnete; sie hieß Venera und war seit kurzem Witwe.

Außerdem waren Professor Stavarides Bücher für mich zur Fundgrube geworden – alles, was es in den Bukarester Buchhandlungen damals schon längst nicht mehr gab, fand ich bei ihm. Ob ich ein Werk über alte afrikanische Beschwörungsriten suchte oder die deutschen Mystiker, Pascals „Pensées sur la réligion" oder eine bestimmte Arbeit über die altorientalische Stiftmosaike, aus der mir die wichtigsten Stellen aus dem Schwedischen zu übersetzen sich der Professor zu meinem Erstaunen erbot – ich durfte mich in den Bücherregalen umsehen, so lange ich wollte. Und einmal stieß ich hinter der Larousse-Reihe auf einen kleinen, gut erhaltenen Gipsabdruck der Totenmaske Pascals. Ich war bestürzt, als ich – der Professor war mit Schreibarbeiten am Tisch beschäftigt – die Ähnlichkeit zwischen seinem und dem letzten Gesicht des Franzosen entdeckte.

Dies alles hatte sich in den zwei Monaten von selbst ergeben, und ich hatte aufgehört, unter anderem auch über die Frische und Ausdauer des Professors zu staunen, mit denen er sich der Erneuerung seiner Deutschkenntnisse widmete. Durch Stellas letzte Bemerkung jedoch war in diese Welt etwas gekommen, was mich – als ich mich an einem der Freitage zu Stavarides aufmachte – mit einer Spannung erfüllte, die mich ahnen ließ, daß ich die Frage nach ihren Lebensverhältnissen stellen würde. Ich darf hier gleich sagen, daß mir die Frage erspart blieb.

Denn als ich das Hinterhäuschen in der Strada Cavaleria Nummer 53 diesmal betrat, ging es – wenn man das in diesem Zusammenhang sagen darf – bei Stavarides hoch her. Das heißt, sie waren beide erregt, ich hörte sie streiten, und als ich nach vergeblichem Klopfen das Zimmer betrat, sagte sie gerade: „Nein, George, nein, als erster kommst du dran; du brauchst längst einen Wintermantel und ein Paar warme Hausschuhe . . ." „Lucia!" unterbrach er sie gebieterisch, „davon ist überhaupt keine Rede. Einen Wintermantel brauchst du zuerst, außerdem einen Regenschirm, vor allem einen neuen Hut und eine Menge von den feinen Strümpfen, die es jetzt geben soll!" In ihrer Ohnmacht rief sie mich zum Schiedsrichter auf. „Nein, halt!" rief er da, „zuallererst kriegen Sie ein Paar ordentliche Halbschuhe! Lucia, hast denn nicht du davon gesprochen, daß Herr Römers auf durchgetretenen Schuhsohlen herumläuft?" Sie standen beide vor mir, und auch sie war so aufgeregt wegen meiner Schuhgröße und Lieblingsfarbe, daß ich erst nach heftiger Abwehr zu Wort kam.

Ich bat sie, mir doch zunächst der Reihe nach alles zu erklären. „Mein Gott", rief er aus, „Lucia, wir haben Herrn Römers noch gar nichts gesagt."

Wir setzten uns, und bei vollen Wassergläsern und Erdbeerkonfitüre erfuhr ich, daß vor etwa einer Stunde drei Männer hier gewesen seien, o Gott, sagte sie, so junge und elegante Männer, und alle drei mit schönen, großen Sonnenbrillen. Sie hatten nach Herrn Professor Stavaride gefragt und sich vor lauter händehebendem Bedauern gar nicht genug darüber wundern können, daß sich der Herr Professor ausgerechnet in dieser „degradierenden" Kellerwohnung niedergelassen habe. Ein unerhörter Fehler, habe der eine streng gesagt, aber nirgends, nein, nirgends habe man den Herrn Professor trotz aller Bemühungen während der letzten Jahre finden können, und da müsse nun sofort, jawohl, sofort eingegriffen werden. Zunächst, freilich, seien sie nur befugt, dem Herrn Professor – und selbstverständlich auch Frau Lucia – eine erste Hilfe anzubieten. Nein, nicht allzuviel, aber vorläufig werde das wohl reichen. Und mit einem „Sie werden sehr bald wieder von uns hören!" seien sie dann gegangen, freilich nicht ohne vorher um die Unterschrift des Herrn Professors unter ein Blatt Papier gebeten zu haben. Da seien sie auch schon weg gewesen, und auf dem Tisch habe dieser gefütterte Umschlag gelegen – samt Inhalt.

Der Professor hielt, außer Atem, ein. Noch ehe er mit Frau Lucia das Gespräch über meine durchgetretenen Schuhsohlen wieder aufnehmen konnte, bat ich ihn um die Freundlichkeit, mir die Kopie des unterschriebenen Blattes zu zeigen. Er eilte, ein bißchen gebrechlich und mit winzigen Schritten, zu den Bücherregalen und holte eine alte Ledermappe herbei. Als er den Papierbogen auf den Tisch gelegt und ich einen Blick darauf geworfen hatte, verschlug es mir den Atem. Ich sah Frau Lucia, danach den Professor an, dann hob ich das Blatt näher an die Deckenlampe und las noch einmal – der Professor hatte eine Quittung über den Erhalt von 100.000 Lei unterschrieben; auf dem Blatt, links oben, war der volle Titel des Innenministeriums angegeben.

Ich habe die Kellerwohnung an jenem Abend erst sehr spät verlassen. Frau Lucia hatte sich ans Pianino gesetzt, und wir hatten das einzige Lied gesungen, das wir alle drei konnten: „Der Mai ist gekommen, die Bäume schlagen aus." Der Professor hatte meine Hand gefaßt und mich im Marschtritt um den Tisch gezogen. –

Da sich Stella, die wieselflinke, während der nächsten Tage in den Vorlesungen nicht zeigte, mir also keine Gelegenheit bot, sie aus ihrer Geheimnistuerei um den Professor herauszulocken, machte ich mich bald wieder in die Strada Cavaleria auf.

Ich kam zum ersten Mal an die verschlossene Tür. Im Hof stand Venera. Sie trug ein Gürtelkleid aus hellblauer Seide, die im Sonnenlicht über ihren Hüften leuchtete. Sie sagte mir, daß sich niemand, gar niemand im Haus befinde. „Ja, wo ist denn der Professor?" wollte ich wissen. Aber Veneras volle Lippen versicherten mir immer wieder nur – als habe sie meine Frage nicht gehört –, daß wir zwei uns allein, ganz allein im Hause befänden; sie machte eine Bewegung auf die Tür zu, als sie merkte, daß ich sie aufmerksamer anblickte. Die Tür war geöffnet, im Dämmer des Zimmers sah ich eine Flasche Wein auf einem Tisch stehen, zwei Gläser standen daneben. Die Weinflasche war voll. Da erst bemerkte ich, daß alle Fensterläden der Wohnung geschlossen waren. Die Frau blickte mich mit leicht zurückgeneigtem Kopf an; sie hatte ihr schwarzes Haar auf einer Seite in einen schwarzen Silberring gerafft. Die Sonne fiel frei auf ihr braunes Gesicht. „Venera, bitte sagen Sie mir, wo der Professor ist", bat ich und sah ihr in die Augen, „wenn Sie es mir sagen, trinke ich morgen oder übermorgen ein Glas Wein mit Ihnen." Sie sah mich an, schüttelte nach einiger Zeit langsam den Kopf und sagte kaum hörbar: „Nein, Sie werden nie mehr in diese Straße kommen, denn der Herr Professor kriegt seine alte Wohnung zurück. Und Ihnen gefallen doch nur seine Bücher." Sie stand plötzlich dicht vor mir; ich fühlte ihre Brüste. Ich neigte mich über sie und küßte sie. Als ich hinausgelaufen war und die Hoftür hinter mir zugerissen hatte, sah ich immer noch ihre weitgeöffneten Augen. Ich habe die abgrundtiefe Traurigkeit im Blick dieser Frauenaugen niemals vergessen.

Vier Tage später erfuhr ich, was geschehen war. Das

Ehepaar Stavaride hatte nicht nur die Sechszimmerwohnung in der Calea Victoriei zurückerhalten, man hatte dem Professor nicht nur seine ehemals sehr umfangreiche und wertvolle Bibliothek nebst den Bücherschränken wieder in sein einstiges Arbeitszimmer gestellt, es war ihm sogar für die fünfzehn Jahre seit seiner Entlassung das Professorengehalt rückwirkend ausbezahlt und eine sehr ansehnliche Rente zugesichert worden. Da Venera mir aber nicht sagen konnte – oder wollte sie es nicht? –, unter welcher Hausnummer die Stavarides in der Calea Victoriei zu finden seien, war ich wieder auf Stella angewiesen.

Stella war krank gewesen; als wir uns in der Universität wiedertrafen, war sie blaß, ohne aber etwas von ihrer schnellen, biegsamen Art eingebüßt zu haben. „Komm", sagte ich, „dir muß geholfen werden. Ich zahle einen Eiskaffee. Davon werden die Mädchen schön." Im selben Augenblick hatte ich eine Ohrfeige. Aber zum Kaffee kam Stella doch.

„Stella", sagte ich, „was ist mit Stavarides? Sie haben ihr ‚Sonnenloch' aufgelassen und sind – anders ist es nicht zu erklären – auf allerhöchste Order in die alte Wohnung zurückgebracht worden. Dies und noch einiges weiß ich von Venera, einer Frau, die mit ihnen zusammen in der Cavaleria wohnte; mehr aber nicht. Dahinter steckt doch was. Hör, du mußt mir die Hausnummer in der Calea Victoriei besorgen; Venera sagt sie mir um den Preis ihres Lebens nicht . . ." „Aha, Venera also", blies Stella mir den Zigarettenrauch ins Gesicht, „ich höre in einem fort Venera." „Jawohl, Venera!" sagte ich wütend, „hast du eine Ahnung, du – du Jungmädelchen." „Und ob!" lachte sie mich an, „du kaltnerviger Teutone!" „Ach, Stella, laß das jetzt", bettelte ich, „durch deinen Vater kannst du doch sicher leicht erfahren, wo Stavarides . . ." Stella funkelte mich mit einem so durchdringenden Blick an, daß ich sofort schwieg: „Meinen Vater laß aus dem Spiel. Außerdem gebe ich dir den Rat, dich nicht um die Hintergründe des Falles Stavarides zu kümmern. Ich sage dies, ohne selber mehr zu wissen. Aber mehr als du weißt ich in solchen Angelegenheiten immer, zumindest soviel, daß der Umzug der Stavarides mit Samariterbarmherzigkeit nichts zu tun hat."

Am nächsten Tag, während eines Kolloquiums über das Thema „Der Atheismus, ein Basiselement der sozialistisch-realistischen Kunst", flüsterte Stella mir zu: „Einhundertelf." Am selben Nachmittag war ich bei Stavarides in der Calea Victoriei.

Der Professor tippelte am Stock durch die großen und leeren Räume der Wohnung. Er hob immer wieder die Hände, wendete sich nach links, nach rechts und blieb schließlich mit glänzenden Augen vor den Bücherrücken stehen. „Halten Sie mich nicht für kindisch, lieber Freund", sagte er und kehrte sich zu mir, „aber ich muß Ihnen jetzt etwas sagen: ein alter Mann wie ich glaubt nicht erst seit heute an Gott, nein; verstehen Sie mich recht, wenn ich sage, daß es für mich immer fragwürdig bleibt, wenn jemand eines bestimmten Anlasses bedarf, um an ihn zu glauben." Er tippelte an mir vorbei, blieb vor jedem der hohen Fenster stehen, er ging weiter, breitete die Arme aus und sagte: „Wie Lucia sich freut! Nein, wie sie sich freut!" Draußen ging der Frühjahrstag zu Ende; in den Lindenkronen vor den Fenstern schwatzten die Sperlinge.

Da Frau Lucia sich in der Stadt aufhielt und der Professor für die nächste halbe Stunde die Ankunft eines Möbeltransportes erwartete, ich außerdem längst gemerkt hatte, daß ihn meine Gegenwart in seiner Widersehensfreude mit den etlichen tausend Büchern und den alten Wohnräumen eher verwirrte, verabschiedete ich mich – ratlos, beunruhigt, ohne Erklärung für das Vorgefallene.

Stella, die ich darum bat, gab mir endlich eine erste Erklärung. Im übrigen hat sie mir Jahre später gestanden, daß sie mich damals geliebt habe, unfähig, sich ihren Gefühlen und meinen Wünschen zu widersetzen. „Wegen deiner saxonischen Eckigkeit und wegen deines Kinderherzens, du ahnungslose Intelligenzbestie", hatte sie mich ausgelacht, „du – du karpatenwölfiger Wandergermane!" Nein, auf den Mund gefallen war Stella nicht.

Sie hatte mich am Eingang des Floreasca-Parks erwartet. Wir schlenderten am Seeufer entlang durch den Abend. Als niemand mehr in der Nähe war, berichtete sie. Was ich zu hören bekam, gebe ich hier in ihrer bündigen Art wieder: George Stavaride hatte vor dem Ersten Weltkrieg in Schweden Tiefbau studiert und sein Studium summa cum laude abgeschlossen. Das Angebot der Schweden zu bleiben, hatte er abgelehnt, war aber auf den Vorschlag eingegangen, die staatlichen schwedischen Bauinteressen in Rumänien wahrzunehmen. Schon in sehr jungen Jahren mit einer Professur an der hauptstädtischen Technischen Hochschule betraut, später zum Lehrstuhlinhaber aufgerückt, galt er bald als der verdienstvollste Straßenbauer des Landes. Er schrieb, unter anderem, ein zweibändiges Werk über den römischen Straßenbau in Mesopotamien, das ihm den Ehrendoktor einer englischen Universität einbrachte, wurde Ordentliches Mitglied der Akademie, Korrespondierendes Mitglied der Königlichen Schwedischen Akademie und schließlich Sprecher aller südosteuropäischen Tiefbaugesellschaften. Bald nach dem Machtwechsel aber in Bukarest zu Ende des Zweiten Weltkrieges hatte man ihm, wie vielen anderen seines Alters und seiner Verdienste, „Kollaboration mit westlichen aggressiven, morbiden und dekadenten Mächten", „Kosmopolitismus", „Ausbeutung der Proletarier" – und „ähnlichen Polit-Quatsch für Flachköpfe", wie Stella sagte – vorgeworfen, ihn kurzerhand als „verblödeten Bourgeois" sämtlicher Ämter enthoben und in das Loch in der Strada Cavaleria gesteckt. Er hatte froh sein müssen, seiner „Verbrechen" wegen nicht eingekerkert zu werden. In der Cavaleria habe sie, Stella, ihn und seine Frau kennengelernt, als sie, achtjährig, von ihrer Mutter zu Frau Lucia in die Klavierstunde geschickt worden sei.

„Das ist alles, was ich weiß", schloß Stella ihren Bericht.

Ich bückte mich nach einem Zweig, der vor mir im Gras lag. „Du mußt es ihm nicht ausrichten, Stella", sagte ich und warf den Zweig auf die schwarze Fläche des Sees, „aber ich danke deinem Vater."

„Komm", sagte sie, „ich muß nach Hause. Wieso das alles mit Stavarides jetzt geschieht?" Sie schüttelte den Kopf und schob ihre Hand zu meiner in die Manteltasche: „Dafür habe auch ich keine Erklärung. Solche Geschichten passieren bei uns halt am laufenden Band, die gehören ja zu ihrem Hexen-Einmaleins... Und heute Abend, das merke dir gut, haben wir zwei uns nur über deinen Heimatort auf der anderen Seite der Karpaten unterhalten, über die Berge und so. Ja, bambino, du Tagträumer? Gib mir schnell einen Kuß, bevor ich dir für immer weglaufe." Ich küßte Stella auf die Stirne; sie lachte hellauf, schüttelte den Kopf und lief weg.

Nein, das ist falsch – Stella lief mir nicht weg. Sie lief überhaupt niemandem weg. Sie war mit Zuverlässigkeit immer da, wenn man sie brauchte. Wie sie aus ihrem Vater Einzelheiten über den Fall Stavaride herausbekam, habe ich sie bis heute nicht gefragt, und ob es überhaupt einen Eindruck auf sie machte, daß der Name ihres Vaters weithin gefürchtet war, wußte ich nicht. Daß der Oberst Avram aber schon damals im Zusammenhang mit dem Professor über alles Bescheid wußte, was wir, Stella und ich, mühsam zu erfahren versuchten, sollte mir bald klar werden – er war mit den Vorgängen um das Ehepaar Stavaride dienstlich beschäftigt. Und diese Vorgänge, das ahnte damals noch niemand, sollten ihn seine Karriere kosten. –

Ich besuchte Stavarides nun wieder regelmäßig, das heißt fast täglich. Ich habe schon gesagt, daß des Professors seinerzeit berühmte Bibliothek nun wieder im Haus in der

Calea Victoriei stand – das Haus hatte übrigens Frau Lucia aus dem elterlichen Erbe in die Ehe gebracht. Ich erfuhr außerdem durch Zufall, daß die Bücher während der letzten Jahre als Eigentum der TH-Bibliothek gegolten hatten. Wie man es nun aber zuwege brachte, die zum Teil sehr kostbaren Möbel des Ehepaares in wenigen Tagen wieder zusammenzutragen, um sie – den Anweisungen von Frau Lucia folgend – wieder genau an die alten Plätze zu stellen, kann ich mir nur ausmalen. Tatsache ist, daß sie bald wieder dort standen, woher sie seinerzeit, mehr oder weniger behutsam, entfernt worden waren, um in den Wohnungen ihrer neuen Herren aufgestellt zu werden.

Ich traf Frau und Herrn Stavaride bei meinem ersten Besuch so an, wie sie in den vielen gemeinsamen Jahren vor der „Sonnenloch"-Episode in diesen Räumen von Freunden und Bekannten oft angetroffen worden sein mögen – etwas älter, sagte ich mir, sind sie sicherlich geworden, etwas weißhaariger und gebückter. Aber er saß nun wieder vor seinem Schreibtisch, Blätter und Bücher rechts und links aufgetürmt, und schrieb an einem schon im „Sonnenloch" begonnenen Grundlagenwerk. Der Professor hatte all die Jahre hindurch auch für die TH gearbeitet; natürlich stand sein Name nicht unter den Arbeiten, um deren Entwurf, Durchsicht und Korrektur ihn die neuen Lehrer und Assistenten immer wieder gebeten hatten.

Es gab ein Glas kaltes Wasser und Erdbeerkonfitüre, es gab Gespräche, Lachen und Klavierspiel, und es hatte sich an den beiden alten Menschen nichts geändert, nein, denn auch an der Eingangstüre dieser Wohnung hing das gleiche Namenskärtchen wie in der Cavaleria – Prof. Dr. Ing. George Stavaride, in Unzialschrift. „Nicht wahr", fragte mich der Professor besorgt bei einem der ersten Besuche, „es gefällt Ihnen auch hier? Sie werden uns doch noch besuchen?" Die beiden nach einer Erklärung für den jäh eingetretenen Wandel zu fragen, brachte ich nicht mehr über die Lippen, seit der Professor mir gesagt hatte, daß er die Begründung mit dem „bestimmten Anlaß" für fragwürdig erachte. Ich kannte das Ehepaar nun schon zu gut, um nicht zu wissen, daß Frau Lucia hierüber das Gleiche dachte wie ihr Mann.

Weil ich die Unerreichbarkeit dieser beiden Menschen zu ahnen begann, war es nicht eigentlich jene Bemerkung des Professors, die mich nach und nach bestürzter machte; es war vielmehr die Beobachtung, daß weder er noch sie fragte, was dem geisterhaften Umzug zwangsläufig folgen würde. Denn keiner von beiden verwendete auch nur den leisesten Gedanken darauf, in diesem Umzug erst die Einleitung weiterer Ereignisse zu sehen, in denen ihnen nichts weiter als die zutiefst beunruhigende Rolle von Spielsteinen zukam. Jemanden in die Gosse werfen oder in Paläste setzen – die Sonnenbrillen-Herren taten das eine genau so ungerührt wie das andere. Wie kommt es, dachte ich, daß diese beiden Menschen das Zufällige, das doch auch ihr Leben ausmacht, für nichtig und im gleichen Atemzug für ein Geschenk nehmen?

Wäre ich mit diesen Gedanken an den Professor herangetreten, so hätte er, wie immer an gewissen Punkten unserer Gespräche, sein Pascal-Gesicht bekommen: entrückt, mit einem Lächeln um den Mund, das an Antwort mehr weiß, als einer je fragen kann. Ein Gefühl verbot mir, darin die Unfähigkeit eines alten Mannes zu sehen, die dingliche Wirklichkeit dieser Welt zu begreifen. –

Das einzige, was ich vermißte, sooft ich in dieser Zeit zu Stavarides ging, war die unter dem Akazienbaum barfüßig und mit sehnsüchtigem Blick wartende Venera. Ich gebe zu, daß die Gedanken an sie – die vielleicht um fünf Jahre ältere – mich oft beschäftigten. An einem der nächsten Tage besuchte ich sie.

Es war ein warmer Abend, auf der Straße spielten Kinder, in den Würstchenbuden des Vorortviertels saßen schwatzende, essende, trinkende Menschen. Als ich in die Strada Cavaleria einbog, schlug mir der starke Duft der weißen Tabakblumen entgegen, die sie hier „Königin der Nacht" nennen. Unter den Akazienkronen war es dunkel. Ich traf bis zu dem Häuschen mit der Nummer 53 keinen Menschen, doch als ich die Hand zu der Hoftüre hob, hörte ich in Veneras Wohnung eine singende Männerstimme. In der Ferne leuchtete zwischen Blättern und Zweigen das Licht einer Straßenlaterne. Ich ließ die Hand sinken und wollte umkehren. Da fühlte ich die Frau. Sie stand auf der Hofseite des Zauns vor mir.

„Guten Abend, Venera", sagte ich leise, „Sie haben Besuch?" Sie öffnete die Türe, faßte mich an der Hand und zog mich hinein. „Es ist mein Bruder Stefan. Kommen Sie." Sie ging voran. Ihre Hand war warm und weich, und für einen Augenblick berührte ich mit dem Knie ihre Schenkel, als sie vor der Wohnungstüre stehen blieb. „Er trinkt", sagte sie, „er kommt öfters zu mir, um zu trinken. Sie brauchen keine Angst zu haben vor ihm."

Venera öffnete die Türe. An dem Tisch im kleinen Vorzimmer, das als Wohnraum eingerichtet war, sah ich den Mann sitzen. Breitschultrig, dunkelhaarig wie seine Schwester, die Haare in der feuchten Stirn, die Ellenbogen schwer auf den Tisch gestützt. Er hatte die starken Gesichtszüge, die mir an Venera aufgefallen waren. Als er mich sah, hob er mir das Glas mit unsicheren Bewegungen entgegen, versuchte sich aufzurichten, hielt aber, in der Bewegung wankend, ein. „Prost!" sagte er lallend, winkte mir mit der freien Hand und ließ sie auf den Tischrand fallen. „Wer ist das, Venera? Wen bringst du da?" „Er ist ein guter Junge", sagte Venera, „du mußt ihn nicht fürchten; ihr müßt euch nicht fürchten voreinander." Er nickte, trank das Glas leer, schwenkte es hin und her und lallte wieder: „So? Ein guter Junge? Niemand ist gut, Schwester, niemand. Man muß allein trinken. Niemand ist gut."

Ich hatte gegrüßt und war eingetreten. Als Venera mir den Stuhl an den Tisch schob und ich mich setzte, sah ich das eine Bein des Mannes unter dem Tisch hervorragen – Veneras Bruder trug lederne Schaftstiefel. Ich machte eine Bewegung zu Venera hin, deren braunes und ruhiges Gesicht unter dem vollen Haar wie eine reife Steppenfrucht glühte. Sie sah mich an, ohne eine Bewegung zu machen. An ihr vorbei fiel mein Blick auf die Kleiderablage, die an der Wand hinter ihr stand. An einem der Hacken hing die Uniformbluse eines Majors. Auf dem Bett hinter Stefan lag die blaue Mütze eines Offiziers vom Staatssicherheitsdienst.

„Niemand ist gut, Schwester", lallte der Mann wieder, „hörst du?" Sie legte ihm die Hand auf den Arm: „Es ist gut, Stefan, beruhige dich", sagte sie. „Und wenn ich trinken will, komme ich zu dir, weil du meine Schwester bist. Venera, bist du ein guter Mensch geblieben?" „Ja", sagte Venera, „auch er ist gut." Sie zeigte mit dem Kopf auf mich. „Und dein Professor, Venera, ist der auch ein guter Mensch? Ha, dein kleiner Professor und seine kleine Frau, die so ist, wie unsere Mutter war . . . Nichts wissen die, Venera. Ihr alle wißt nichts. Aber ich weiß! Und ich komme zu dir trinken. Denn hier hörst nur du mich."

Er trank, er schenkte mir ein Glas voll, und ich sah an seinem Blick, daß er betrunken war, daß er sich jetzt nicht mehr würde vom Stuhl erheben können. Wir stießen an. Venera lächelte und trank, dann legte sie die Hand wieder auf Stefans Arm. Sie sah mir die ganze Zeit über in die Augen. Es war sehr warm im Zimmer; Venera hatte die Tür geschlossen; während sie mich anblickte, sah ich, wie sie manchmal den Kopf neigte und zur Tür hinüber horchte. Was ihr Bruder mit schwerer Zunge sagte, schien sie nicht zu hören; sie schien nur damit beschäftigt, mich anzusehen und auf jedes Geräusch draußen zu achten.

„Aber der Mensch kann mit dem Schweigen nicht leben, Schwester", schwätzte Stefan, „er muß sprechen; tut er's nicht, wird er krank." Stefan wankte auf dem Stuhl, er schien nach etwas greifen zu wollen. „Ich – Offizier der Sicherheit. Und du – du hast deinen Heiligen über dem Bett hängen. Wie kommt das? Und den Professor wollen sie den Schweden schicken, weil die Schweden ihn sehen wollen, ha, den kleinen berühmten Mann ... Wie kommt es, Venera, daß ich mir keinen Heiligen übers Bett hängen darf? Ich bin dein Bruder, und zu Hause hing er immer dort. Ist das ein guter Mensch?" fragte er und stierte mich an, „liebst du ihn, Venera? O ja, er hat den Blick des guten Menschen, er kann einen noch ansehen, ohne daß sein Blick kalt wird. Und weil unsere Straßen Scheiße sind, müssen sie die Schweden rufen, und weil ihnen die Schweden die Straßen nur herrichten wollen, wenn sie den Professor zu sehen kriegen, müssen sie ihn also herzeigen, ha! Aber nicht in dem Rattenloch da drüben, sowas kann man nicht herzeigen, nein. So einfach ist das, Schwester, wenn sich ein guter Mensch an seinen Freund erinnert und sagt: wir wollen ihn sehen! Und darauf besteht. Dann müssen die Schweine ihn herzeigen. Und es macht ihnen nichts aus, den Schweinen. Es ist wie mit meinem Offiziersrock und deinem Heiligen Georg – ich komme zu dir, ich hänge den verdammten Rock an den Nagel und sitze unter dem Heiligen, den ich bekämpfen soll, und rede. Er löst mir die Zunge, und nachher kann ich ruhig schlafen. Bin ich ein Schwein? Alle müssen wir reden, alle. Auch der große Oberst Avram ..."

Venera erhob sich und ging hinaus; noch bevor sie die Tür hinter sich zuzog, fiel Stefan mit dem Gesicht auf den Tisch und schlief sofort ein. Bald danach kam sie zurück; sie lächelte mich an: „Ich muß ihn jetzt ins Bett legen", sagte sie, „auch wenn er noch so betrunken ist weiß er, daß er in diesem Zustand nicht weggehen darf. Er macht es mir niemals schwer. Er kommt immer nur dann, wenn er am nächsten Tag dienstfrei hat. Einmal in der Woche. Wenn er alles gesagt hat, schläft er sich aus."

„Ich helfe Ihnen", sagte ich, als sie versuchte, Stefan unter den Armen zu fassen, um ihn aufs Bett hinüber zu heben. Stefan war massig und schwer; ich schob den Stuhl, auf dem er saß, an das Bett heran und kippte den Mann hinüber. „Halten Sie ihn an den Schultern", sagte ich, „wir ziehen seine Stiefel aus." Sie packte ihn unter den Armen, und ich zog ihm die Stiefel von den Beinen. Dann löste ich seinen Hosengürtel. Sein ruhiges, im Schlaf fast schönes Gesicht lag im Licht der Deckenlampe. Venera faltete das hausgewebte Leinentuch auseinander, das am Fußende des Bettes gelegen hatte, und breitete es über ihn. „Sagen Sie, Venera", fragte ich, „haben Sie noch Geschwister?" „Nein", sagte sie und richtete sich auf, „ich habe nur meinen Bruder Stefan. Seit mein Mann starb, habe ich nur noch Stefan. Meine Eltern sind tot. Er hat früher nicht getrunken." Sie sah mich an, und wieder war die Traurigkeit in ihren Augen, die ich schon einmal gesehen hatte. Sie öffnete die Tür. „Jetzt darf sie offen stehen", sagte sie, „jetzt schweigt er, und er schläft gerne bei offener Tür."

Plötzlich hob sie die Hand zum Lichtschalter. Ich sah sie aufrecht neben der Türe stehen. Durch die weiße, ärmellose Bluse schimmerte ihre braune Haut. In der nächsten Sekunde standen wir im Dunkel.

Ich schlief in dieser Nacht bei Venera, in dem Zimmer, unter dessen Fenster das Beet mit den Tabakblumen lag, die sie hier „Königin der Nacht" heißen. –

Ich kann heute nicht mehr genau sagen, woher ich damals die Einzelheiten erfuhr, die – Stück für Stück zusammengefügt – das Bild der folgenden Tage aus meiner Sicht ergaben. Ich stand mitten in den Semesterabschlußprüfungen, in meiner Dachwohnung hatten sich Bücher, Hefte und lose Blätter angehäuft. Ich durfte, wollte ich nicht ständig hungern, die Trainingsstunden und damit die Ausgabe der Nahrungszulage nicht versäumen, mußte vor allem die endlosen politischen Sitzungen des Studentenverbandes besuchen, von denen zu fehlen sich jeder von uns hütete, und hatte eine Reihe anderer Verpflichtungen wahrzunehmen, die sich aus der Pflege meiner Bekanntschaften fast täglich ergaben. Bald drängte Stella mich, ihre Übersetzungen ins Deutsche zu prüfen – sie nahm bei einer vor Jahrzehnten nach Bukarest verschlagenen Braunschweigerin Stunden –, bald flehte mich mein Trainer an, ihm auf meiner uralten Schreibmaschine die längst fälligen Pläne für das kommende Halbjahr ins Saubere zu schreiben; außerdem gab es in jenen Tagen einige Theaterpremieren, die ich auf keinen Fall versäumen wollte.

Alles schien sich verabredet zu haben, in diesen ersten Frühjahrswochen zusammenzutreffen. Rechne ich das Ereignis hinzu, das mich damals am meisten beschäftigte – die Vorfälle um das Ehepaar Stavaride –, so darf ich heute sagen, daß meine Spannkraft ans Unglaubliche gegrenzt haben muß – ich verlor weder die Lust, allem nachzugehen, noch die Übersicht.

Im Fall Stavaride nun überstürzte sich alles Weitere. Ich hatte mir nach jenem letzten Besuch bei Venera vorgenommen, Stella über das Erfahrene zu unterrichten und sie zu bitten, mich ebenfalls auf dem laufenden zu halten.

Stella war an jenem Tag merkwürdig still; das fiel mir während unseres Gespräches auf, bei dem sie ihre sonst üblichen Bemerkungen unterließ. Sie war ernst, sah mich einigemale seltsam an, und der Gedanke durchfuhr mich, sie hätte von meiner Nacht bei Venera erfahren. Ich wurde unsicher. Plötzlich begriff ich, daß Stella nicht mehr die jungenhafte Sportfreundin war, die halbwilde Bukarester Mädchenschönheit, als die ich sie vor zwei Jahren kennengelernt hatte. Ich hörte auf zu sprechen und starrte sie an – Stella war eine schöne, junge Frau geworden.

Da tat sie etwas Unerwartetes: sie erhob sich und trat aus der Bankreihe hinaus, sie legte die Hände in die Hüften, warf den Kopf herausfordernd in den Nacken und drehte sich mit einer fast starren Langsamkeit zweimal im Kreis. Dann blieb sie stehen und sah mich an: „Gefalle ich dir?" fragte sie mit einem Ernst, vor dem ich erschrak, weil ich begriff, daß die Angst aus ihr sprach. Mit einer heftigen Bewegung setzte sie sich neben mich und begann lautlos zu weinen. Die Tränen rannen ihr über die Wangen; sie hatte die Hände auf dem Bankpult gefaltet, blickte geradeaus und weinte mit erhobenem Kopf.

Ich war unfähig, ein Wort zu sagen; ich schwieg, auch als sie nach ihrer Handtasche und dem Regenmantel griff und mit einem kurzen „Wiedersehen!" aus dem Saal ging. Sie kam während der folgenden Woche nicht mehr in die Vorlesungen.

Drei Tage nach diesem Vorfall flogen Frau und Herr Stavaride mit einer Chartermaschine vom Flughafen Baneasa in Richtung Stockholm ab – in Begleitung von „vier wissenschaftlichen Mitarbeitern", wie es in einer Zeitungsnotiz hieß.

Ich hatte das Ehepaar wenige Stunden vor dem Abflug noch einmal besucht.

Die Koffer standen gepackt im Vorraum; Frau und Herr Stavaride waren froh, ihr Reisefieber in meiner Gesellschaft ein wenig vergessen zu dürfen, wie sie mir versicherten. Die Freude des Professors darüber, die schwedische Hauptstadt, die altehrwürdige Technische Hochschule, die Schlösser der Altstadt, die Schären und das Meer, vor allem aber einige Freunde wiederzusehen, von denen er hoffte, sie noch am Leben zu finden, war fern jeder Rührseligkeit, aber unverkennbar. Ich hörte von ihm, daß die Entscheidung, ob Frau Lucia mitfliegen würde oder nicht, erst durch seine unzweideutige Erklärung herbeigeführt worden war: ohne sie werde er keinen Schritt aus dem Hause tun. Während er mir einen Brief mit dem Stockholmer Stadtwappen – dem gekrönten Frauenkopf – zeigte, erfuhr ich, daß er vor zwei Tagen „von eben denselben netten Herren", die sie in der

Cavaleria besucht hatten, auf das Höflichste zu einem Besuch beim Staatssekretär im Innenministerium, Teofil Ralea, eingeladen und kurz darauf auch abgeholt worden sei.

Der Staatssekretär, ein kahlgeschorener, kluger und harter Mann, habe ihn mit ausgesuchtem Entgegenkommen empfangen, ihm von den alten und schönen Beziehungen zu dem nördlichen Land gesprochen – „auf der Höhe des technischen Fortschritts", hatte er gesagt –, und daß es nun gelte, einen „Sendboten unserer sozialistischen Zivilisation" auszuschicken. Und dazu habe man sich nach gründlicher Prüfung der Angelegenheit für den sicherlich geeignetsten und verdienstvollsten Mann im Lande entschieden, nämlich für ihn, den Professor Doktor Stavaride; sicherlich werde er sein Vaterland auch diesmal, wie so oft, in der würdigsten Weise vertreten, habe der Staatssekretär Ralea gesagt. Er, Stavaride, habe ihm das mit bestem Gewissen und nach Maßgabe seiner Befähigung zugesichert; die Entwicklung auf dem Gebiete des Tiefbaus, insonderheit des Straßenbaus – habe er dem Staatssekretär zur Antwort gegeben – sei von ihm in den letzten anderthalb Jahrzehnten durchaus verfolgt worden, was unter anderem doch seinen zahlreichen für die hauptstädtische Hochschule und deren Lehrer in all den Jahren angefertigten Arbeiten entnommen werden könne. Er habe dem Staatssekretär auch nicht verheimlicht, daß da „bei uns manches im Argen liege" und man sehr gut daran täte, von den klugen Schweden wieder einiges zu lernen. Ein Jammer, daß man dies während der letzten Jahre hartnäckig versäumt habe.

Merkwürdigerweise habe der Staatssekretär gerade hier, sehr zum Unwillen des Professors, das Gespräch auf andere Dinge gebracht, ein wenig kühl, ein wenig frostig sogar an diesem Punkt, aber, sagte der Professor, das habe an dieser Stelle einmal deutlich zur Sprache gebracht werden müssen.

Das Gespräch sei im übrigen in vorzüglichem Einverständnis verlaufen – und hier nahm mir der Professor den Briefbogen mit dem gekrönten Frauenkopf im Wappenaufdruck vorsichtig aus der Hand, faltete ihn sorgfältig zusammen und legte ihn wieder in die alte Ledermappe zurück –, in vorzüglichem Einverständnis also, bis auf die Frage der Mitreise seiner Frau. Die Einwände nämlich, die der Staatssekretär hier vorzubringen gehabt habe, versicherte er mir in entschiedenem Ton, seien belanglos gewesen, völlig belanglos, denn fünfzehn Jahre hindurch – hätte er dem Staatssekretär gesagt – habe seine Frau nicht nur die Unzulänglichkeiten des Aufenthaltes in einer „um einiges zu schwierigen" Wohnung durch ihren Frohsinn und ihre Tapferkeit erträglich gemacht, sie habe in all den Jahren auch durch Klavier- und Nachhilfestunden, durch den Verkauf alter, ihnen beiden wertvoller Familienstücke das Geld zum Leben herbeigeschafft, jawohl Herr Staatssekretär! Nein, nein, hatte sich der Professor ereifert, als sei ich der Staatssekretär Teofil Ralea, vor dem er seine Frau zu vertreten hätte, nein, durch diese Reise in die schwedische Hauptstadt habe ein geringer Teil des Dankes abgetragen zu werden, den er Frau Lucia schulde. Und dabei sei er geblieben!

Der Staatssekretär habe das Gespräch unterbrochen, einem hinter seinem Rücken stehenden Herrn etwas zugeflüstert, genickt und ihn, den Professor, schließlich mit Freundlichkeit entlassen.

Kurz vor Mittag verabschiedete ich mich von den beiden; ich wünschte einen schönen Hin- und Rückflug, angenehme Tage im Norden und trat auf die Straße hinaus. Ich stand nachdenklich und so lange in der Calea Victoriei, bis zwei schwarze Wagen vorfuhren, um die Stavarides abzuholen. Im ersten Wagen saßen, außer dem Fahrer, drei Männer; ein vierter saß im zweiten Wagen, in den das Ehepaar einstieg. Im letzten Augenblick erkannte ich in ihm Veneras Bruder, Stefan. Er war zivil gekleidet und trug, wie die drei anderen, eine Sonnenbrille. –

Tags darauf erfuhr ich in der Universität, daß Stella wieder krank sei. Da die Stavarides abgereist waren und ich mich darauf eingestellt hatte, einige Zeit lang nichts von ihnen zu hören, gewannen meine Gedanken an die letzte Begegnung mit ihr wieder mehr Raum. Der unerklärliche Vorfall im Hörsaal, Stellas verwirrender Ernst und die Angst in ihrem Blick – das alles beschäftigte mich.

Ich beschloß, sie zu suchen.

Ich hatte Stella niemals zu Hause besucht, und seltsamerweise gelang es mir nicht, von einer ihrer Freundinnen die Anschrift zu erfahren; keine wußte sie. Schließlich ging ich ins Sekretariat und bat, mir die Adresse von Stella Avram zu nennen.

Eine der Sekretärinnen machte sich auch sofort daran, in der Kartei nachzusuchen. Sie fingerte einige Kärtchen heraus, schob sie zurück und hielt dann eines in der Hand, das sie lange betrachtete; schließlich steckte sie es wieder zwischen die anderen. Ohne mich anzusehen, indem sie sich an ihren Tisch setzte, sagte sie: „Anschrift unbekannt." „Hören Sie", sagte ich, „Stella Avram ist meine Semesterkollegin. Sie werden doch ihre Anschrift in der Kartei haben."

Die Sekretärin, eine blasse Person mit Pickeln auf der Stirne, erhob sich wortlos und ging, immer noch ohne mir einen Blick zuzuwerfen, auf eine Tür zu, an der ein Blechschild mit der Aufschrift hing: Chefsekretär. Sie klopfte und verschwand. Nach wenigen Augenblicken öffnete sich die Tür – ein junger Mann mit schwarzem, glatt nach hinten gekämmtem Haar trat heraus; die Sekretärin, neben ihm, zeigte mit dem Kopf auf mich.

„Warum wünschen Sie die Anschrift Avram?" fragte er und sah mich scharf an. Ich sagte es ihm: „Stella ist binnen kurzer Zeit schon zum zweitenmal erkrankt, wir machen uns Sorgen um sie." „Wer: wir?" wollte er wissen. „Wir", sagte ich, „ihre Kollegen und Kolleginnen." „Nennen Sie mir Namen." „Namen? Hören Sie, ich könnte Ihnen die

Namen der halben Uni nennen." „In wessen Auftrag kommen Sie?" „Mann! In wessen Auftrag . . . Hören Sie, ich brauche von niemandem einen Auftrag, wenn ich eine erkrankte Kollegin besuchen will, die außerdem meine langjährige Sportfreundin ist." „Ach so", sagte er und änderte den Ton, „Sie sind Sportler. Gehören Sie zu einer Mannschaft?" „Ja, ich gehöre der Leichtathletik-Mannschaft der Universität an." „Tja", er schien unschlüssig zu sein, dann lächelte er mich frostig an: „Stella wird morgen kommen. Es geht ihr besser. Gehen Sie jetzt."

Als ich wieder draußen auf dem Korridor stand, fiel mir ein, daß Stella mich vor kurzem einen „Tagträumer" genannt hatte. Ich weiß nicht, wieso mir das gerade damals einfiel; aber ich war nun erst recht entschlossen, Stella zu finden, auch wenn sie noch so gesund war.

Im Adreßbuch stand der Name Avram einige hundert Male: ich schlug das Buch zu; ich überlegte. Dann fiel mir ein, daß ich Stella ein paarmal bis zum Fliegerdenkmal in der Kisellef-Chausee begleitet und daß sie es dort immer eilig gehabt hatte, sich von mir zu verabschieden.

Ich fuhr zum Fliegerdenkmal hinaus. Eine Viertelstunde lang ging ich unter den alten, hohen Linden auf und ab und wußte mir keinen Rat mehr. Dann schlenderte ich in eine der Straßen des Parkviertels hinein.

Die Häuser, die hier standen, hatten alle Villencharakter; sie hatten Balkone oder Terrassen; in den Gartenhöfen Kieswege, Zierhecken und gepflegte Rasenflächen; in einem der Gärten standen drei Silbertannen. Nirgends war ein Mensch zu sehen.

Ich las vielleicht ein Dutzend Namensschilder, gab diese Form der Suche dann auf und bog in eine zweite, in eine dritte der stillen, vornehmen Straßen ein.

Es mag fünf Uhr gewesen sein, als mir eine Gruppe Schuljungen entgegenkam. „He, du", redete ich den größten an, „sag mal, kennst du Stella, die Sportlerin, Stella Avram?"

„Freilich kenne ich sie, wer kennt sie nicht!" „Prima", sagte ich, „du bist mein Mann." „Ich kenne auch Sie", unterbrach mich ein Knirps mit frechem Blick. „Sie sind der, der im vorigen Jahr bei den Uni-Meisterschaften im letzten Wechsel auf Viermalachthundert alle anderen abgehängt hat; aber ich weiß nicht wie Sie heißen, Sie haben einen komischen Namen." „Das macht nichts", sagte ich, „weißt du, wo Stella wohnt?" fragte ich wieder den ersten, „sie ist krank, ich will sie besuchen." „Klar weiß ich das! Die nächste Straße links, drittes Haus rechts. Ist sie krank?" „Ja", sagte ich, „aber sie wird bald wieder gesund werden. Dankeschön!" Als ich ein paar Schritte gegangen war, rief er mir nach: „Wann haben Sie wieder Meisterschaften?" „Im Herbst", rief ich zurück. „Laufen Sie da wieder mit?" „Ja!" Ich hörte sie aufgeregt miteinander sprechen, dann hatte ich die Straßenecke erreicht.

Ich betrat den Garten vor dem Haus. Als ich die Tür hinter mir geschlossen und mich dem Eingang zugewendet hatte, stand wie aus dem Boden gewachsen ein dunkel gekleideter Mann vor mir und verstellte mir den Weg. Er war nicht viel älter als ich. Er sah mich mit einem reptilhaften, regungslosen Blick an. „Sie wünschen?" fragte er leise. Ich kam um eine weitere Befragung herum, denn in diesem Augenblick erschien Stella in einem Mansardenfenster über uns und rief mich beim Namen.

„Sag mal", fragte ich sie, als ich in ihrem Zimmer stand, „bist du eine verwunschene Prinzessin? Was ist das für ein Zauber mit ‚Anschrift unbekannt' in der Uni, dann mit dem Zerberus da draußen . . ." Stella legte mir die Hand auf den Mund: „Sprich leiser, setz dich und sag mir, wie du hierhergefunden hast." Ich sagte es ihr, während wir uns setzten. Sie hatte eine hellblaue Hose an und einen weißen Pulli; sie war wieder blaß und ernst, kaum anders, als ich sie zum letzten Mal gesehen hatte. Doch als wir uns nun gegenüber saßen, blickte sie mir plötzlich mit einem so warmen Blick in die Augen, wie ich ihn noch niemals bei ihr gesehen hatte. „Du ahnungsloser Bär", flüsterte sie, „du bist so wunderbar dumm und mutig." „Das hat nicht viel miteinander zu tun", lachte ich, „zumindest nicht so, wie du's jetzt meinst." „Trotzdem", sie schüttelte den Kopf, griff nach meiner Hand und sagte noch einen Ton leiser: „Du bist der erste, Peter, der den Mut aufgebracht hat, mich zu besuchen." Ich sah sie erstaunt an: „Ich verstehe nicht, Stella." „Doch", sagte sie leise, „du bist der einzige, der keinen Bogen um die Tochter des Obersten Avram vom Innenministerium macht." „Aber, Stella", unterbrach ich sie, „jetzt gehst du zu weit." „Und wenn einer sich an mich heranmacht", fuhr sie fort, „dann meint der meinen Vater; und es ist niemals einer von denen, die mir gefallen; denn niemals war's einer von euch."

Wie vor Tagen im Hörsaal war ich unfähig, etwas zu sagen.

Sie drückte meine Hand so stark, daß sie schmerzte. „Nein", fuhr sie fort, „du weißt nicht, was es heißt, so leben zu müssen, nein." Sie schwieg, hielt meine Hand, sah vor sich nieder und flüsterte: „Wachen vor dem Haus, Wachen im Haus, eine Anschrift, die nicht genannt werden darf, und von jedem, der die Häuser in diesem Viertel betritt, zu wissen, daß er nur kommt, um nachher eine ‚Informationsnote' darüber zu schreiben, wie man atmet, denkt, niest, schläft . . ." Ich wollte etwas sagen, aber der Druck ihrer Hand ließ mich schweigen.

„Ich hasse sie", flüsterte sie heiser, „alle diese undurchsichtigen Oberste, diese Generale und Funktionäre von Partei und Sicherheitsdienst; gestern noch waren sie Hasadeure, bestenfalls Schuhputzer. Wie Schreckgespenster lähmen sie jeden, dem sie in die Nähe kommen. Sie fürchten einander wie die Pest, sind argwöhnisch wie räudige Tiere." Stella hob den Kopf, sie sah mich an und sagte laut: „Ich hasse es, dieser auserwählten Klasse anzugehören, dieser Sondergattung mächtiger Scheusale, mit auf ihre Jagden fahren, an ihren eingezäunten Strandplätzen baden und ihre borniertes Witzchen anhören zu dürfen — hinter jedem Busch einen pistolen- und feldstecherbewaffneten Leutnant in Zivil, der uns behütet. Vor wem denn? Vor verängstigten, geschändeten Menschen, wo du hinblickst? Vor deinem alten, zitterigen Professor, den sie in den Dreck geworfen haben und keinen Funken Scham dabei empfinden, ihn über Nacht wieder auf Hochglanz zu bringen, weil sie eine Visitenkarte vorzeigen müssen, damit sie unter gesitteten Menschen glaubhaft werden, nur um dafür etwas zu kassieren?"

Ich war aufgestanden und hatte das Fenster geschlossen. Ich blickte in den leeren Garten hinunter, in dem sich nichts regte. Als ich mich umwendete, stand sie vor mir. Noch ehe ich den ersten Schritt tat, warf sie sich mir an die Brust. Ich fühlte das Schütteln ihres Körpers, ihre Hände an meinem Gesicht, an meinen Armen, sie biß in meine Jacke und weinte, wie ich es schon einmal gesehen hatte. Als sie mich, mit nassem Gesicht, wieder ansah, waren ihre dunkelblauen Augen von den Tränen noch blanker geworden. „O, du weißt nicht, wie glücklich du mich gemacht hast mit deinem Mut, mich zu besuchen." „Stella", sagte ich, „ich wollte doch sehen, wie es dir geht." „Es ist gut", sagte sie, „es ist gut, Peter."

Sie ging hinaus. Ich hörte Wasser laufen. Es war fast unheimlich still hier — keine Rufe auf der Straße, kein Verkehr. Dann kam sie wieder, zog mich neben sich auf die Couch und steckte sich eine Zigarette an. „Rauchst du?" „Danke, nein", sagte ich rasch. Sie war ruhiger, als sie wieder zu sprechen begann:

„Doch irgendwann macht es sie alle fertig. Ich sehe es an meinem Vater. Er kommt dann zu mir herauf und spricht. Er muß sprechen; nein, zu Mutter sagt er nichts. Seit die Sache mit Stavarides begonnen hat, kommt er zu mir. Wahrscheinlich habe ich durch zwei, drei nebensächliche Fragen eine Schleuse in ihm geöffnet ... Er hat den

Professor zu bewachen. Vier seiner Beamten sind mitgeflogen. Sie müssen den Professor wieder zurückholen, koste es, was es wolle."

„Hör, Stella", unterbrach ich sie, „nimmst du ernstlich an, daß der Professor die Absicht hat, nicht wiederzukommen?"

„Es geht nicht darum!" Sie winkte ab. „Aber da ist das schlechte Gewissen, die Angst vor den Schatten, die sie werfen. Daß einer, den man wie einen Fetzen behandelt hat, die vielleicht einmalige Gelegenheit, für immer draußen zu bleiben, nicht benützt, erscheint ihnen unglaubwürdig. Weil sie das ja nicht einmal von sich selber glauben, nicht einmal mein Vater! Die ‚wissenschaftlichen' Mitarbeiter, die der Professor mitbekommen hat, mußte mein Vater unter seinen Offizieren nach dem Grad ihrer Chancenlosigkeit im Westen aussuchen. Wenn sie ihn nun aus Stockholm nicht zurückholen, wenn er dort um Asyl bittet ... Du kannst dir vorstellen, in welcher Verfassung mein Vater auf die Rückkehr von Stavaride wartet. Mein Vater war zugegen, als er vor dem Staatssekretär Ralea darauf bestand, seine Frau mitzunehmen."

Wieder schwieg Stella. „Darf ich das Fenster öffnen?" fragte ich. Sie erhob sich, drückte die Zigarette in den Aschenbecher und öffnete das Fenster. „So", sagte sie und lächelte mich an, „und jetzt mache ich uns beiden einen Türkischen, und wir tun, als säßen wir auf einer Terrasse in Riddarholmen oder im Golf von Neapel oder am Bodensee oder wo du willst, ja? Denke darüber nach, bambino, bis ich zurückkomme, und dann pack deine Zauberkiste aus."

Wir tranken. Stellas Kaffee war so großartig, daß er uns half. Wir saßen am Kai des Golfs von Neapel, hinter uns den Palazzo Reale, vor uns das Tyrrhenische Meer, und ich lud Stella zu einer Fahrt in meinem Motorboot nach Capri ein; das Brausen des blauen Mittelmeerwinds schlug uns ins Gesicht, wir schrien und lachten in einer unbändigen Freude ...

Ich unterbrach mich erschrocken und sagte: „Du, Stella, ich bin nicht zu dir gekommen, weil ich etwas über den Professor erfahren wollte!" Es dauerte eine Weile, bis ihr Blick wieder ganz bei mir war; er hatte die Wärme von vorhin, und es fiel mir wieder auf, daß sie keine Halbwüchsige mehr war, sondern eine junge Frau mit allen wachen, angespannten und aufgeschlossenen Sinnen ihres Alters. „Geh jetzt", sagte sie. An der Türe hielt sie mich zurück: „Sei nicht beunruhigt, wenn du an der nächsten Straßenecke einen bemerkst, der dir folgt. Ich werde mit meinem Vater darüber sprechen." Plötzlich strich sie mir mit beiden Händen über die Wangen. „Es war herrlich auf Capri", sagte sie. „Du warst eine wunderbare Begleiterin, Stella", sagte ich und ging. –

Was den Professor betraf, war alles Weitere der Presse zu entnehmen. Stella schob mir während einer anödenden Pflichtvorlesung über „Die proletarische Moral des wunderbaren Sowjetmenschen" eine Zeitung zu, in der in einem Satz auf Seite sieben unten rechts von der Abreise des Professors die Rede war. „Bis er zurückkommt", flüsterte sie, „wird sein Name Seite um Seite nach vorne rücken."

Schon am nächsten Tag lasen wir, daß der Professor – mit Gemahlin – in der Technischen Hochschule Stockholms vom Rektor zu einem Essen empfangen worden sei. Noch einen Tag später, daß die beiden als Gäste der Hauptstadt eine Bootsfahrt auf die drei Inseln des alten Stockholm gemacht hatten. Und dann, einige Tage danach, auf Seite zwei, Mitte oben, große Lettern, daß ihm der Titel eines Ehrendoktors verliehen worden war. In den Berichten hieß es: die Verhandlungen über Fragen gegenseitiger Hilfe in Sachen Straßenbau verliefen im Geiste des besten Einvernehmens.

Und Stella behielt recht – nicht nur der Name des Professors war im Laufe der Tage in den Zeitungen von Seite zu Seite vorgerückt, auch die Titelzeilen waren größer, die Berichte länger geworden, wie auf einen Befehl aus dem Dunkel in allen Zeitungen gleichzeitig. Und schließlich brachte dann eine der größten Tageszeitungen als erste Meldung in der Rubrik „Nachrichten aus dem Ausland", Seite eins, daß der Professor – mit Gemahlin – morgen auf dem Flughafen Baneasa von einer Regierungsdelegation erwartet werden würde.

„Kommst du mit?" fragte ich Stella, „ich will mir das ansehen." Sie schüttelte den Kopf: „Nein, aber du kannst mir nachher erzählen, davon habe ich mehr." „Wetten", lachte ich, „er kommt wieder?" Sie sah mich mit ihren wunderschönen Augen an. „Das habe ich bei Professor Stavaride niemals bezweifelt", sagte sie, „er bleibt sich selber treu, und daher können die Treulosen damit rechnen, daß er auch ihnen treu bleibt." Und dann sagte sie einen Satz, den ich damals noch nicht verstand, sie sagte: „Ich hätte mir gewünscht, er würde bleiben."

Als ich an diesem letzten Abend vor der Rückkehr des Ehepaars Stavaride ziemlich spät zu Hause ankam, fand ich zwischen Tür und Diele einen Briefumschlag. Der Umschlag war zugeklebt und trug weder Absender noch Anschrift. Ich warf den Packen Bücher, den ich unter dem Arm trug, auf das Bett und riß den Umschlag auf – eine mir unbekannte Frauenhandschrift. In einem Satz bat mich Venera dringend, sie heute abend zu besuchen. Darunter war die Uhrzeit angegeben, zu der sie den Umschlag unter die Türe geschoben hatte – sechzehn Uhr dreißig. Ich weiß nicht mehr, wieso dieser Satz mich schlagartig mit einer Spannung erfüllte, als hätte ich jemand einen Hilfeschrei ausstoßen hören.

Eine halbe Stunde nach Mitternacht traf ich in der Strada Cavaleria ein – die Straße mit den verbogenen Lattenzäunen, dem schlechten Straßen- und Gehsteigpflaster, den kleinen und schiefen, zum Teil mit Teerpappe gedeckten

Häusern. Es war still. Die Hitze des Tages hing mit einem letzten Wärmehauch aus den Akazienkronen.

In Veneras Wohnung brannte das Licht. Es fiel mir auf, daß ich zum ersten Mal diesen Hof betrat, ohne Venera unter der großen Akazie zu treffen. Ich näherte mich der Eingangstüre. Sie war eine Spanne weit geöffnet. Ich klopfte. Als auch nach dem zweiten und dritten Klopfen niemand antwortete, stieß ich die Tür auf und trat ein. Auf dem Tisch standen zwei Gedecke, eine Flasche Rotwein und ein Strauß weißer und roter Nelken, die, wie ich erkannte, im Hof gepflückt worden waren. Ich rief Veneras Namen, ohne eine Antwort zu erhalten.

Ich fand sie im Schlafzimmer; sie lag angekleidet auf dem Bett, die Nachtlampe, über die eine rote Strickjacke gehängt war, brannte.

Ich sah mit einem Blick, daß sie stark fieberte. Ich legte die Hand auf ihre Stirn. Sie war trocken und heiß; Venera atmete schwer und in kurzen Abständen. „Venera", sagte ich, „was ist los mit dir?" Sie antwortete nicht, sie öffnete nicht einmal die Augen. Ich sah mich im Zimmer um. Ich zog die Schublade des Nachtkästchens auf, ich suchte im Schrank, in der Tischlade; ich fand ihre Handtasche, durchwühlte sie, aber nirgends stieß ich auf ein Medikament, auf ein Thermometer. Vom Tisch des Vorzimmers nahm ich eine Serviette, feuchtete sie beim Hofbrunnen an und legte sie Venera auf die Stirne. „Ich komme gleich zurück. Hörst du mich, Venera?"

Ich mußte ziemlich weit laufen, bis ich eine Telefonzelle fand. Ich rief Virgil an, einen Sportfreund von der medizinischen Fakultät, der vor dem Staatsexamen stand. Es läutete endlos, ehe abgehoben wurde. Ich erkannte Virgils verschlafene Stimme. Bis er begriff, verging wieder eine Minute, dann sagte er: „Bien! Ich komme. Cavaleria 53, sagtest du? Jaja, die Gegend kenne ich, bin dort aufgewachsen – wie alle anständigen Bukarester."

Ich lief zu Venera zurück. Sie lag noch genau so da, wie ich sie verlassen hatte. Die Serviette war warm und trocken. Ich tauchte sie ins Wasser und legte sie ihr wieder auf die Stirne. Veneras Hände glühten; die Pulsschläge gingen fast ineinander über.

Bis Virgil eintraf, verging eine Dreiviertelstunde. In dieser Dreiviertelstunde ereignete sich etwas, das zum Merkwürdigsten in meinem Leben zählt.

Ich hatte ungefähr zwanzig Minuten auf dem Bettrand neben Venera gesessen, als sie plötzlich tief aufatmete und zum erstenmal sprach. „Laß deine Hand auf meiner Stirne liegen", sagte sie kaum hörbar. „Venera", fragte ich, „seit wann hast du Fieber? Seit wann liegst du denn da?" Sie schlug die Augen auf und fragte: „Ist Stefan zurückgekommen?" „Stefan? der kommt morgen." „Ich habe dich am Nachmittag gesucht", sagte sie. „Ich weiß. Ich war beim Training, anschließend hatten wir eine Sitzung, dann habe ich mit Freunden eine Arbeit durchgesprochen, die wir nächste Woche abgeben müssen. Als ich nach Mitternacht zu Hause ankam, fand ich deinen Brief. Ich bin gleich zu dir gekommen." „Du bist gleich zu mir gekommen", wiederholte sie abwesend. „Bald wird ein Arzt da sein", sagte ich. „Ein Arzt, du hast einen Arzt gerufen", wiederholte sie wieder. „Ja, einen Freund."

Von draußen war ein leichtes Rauschen in den Akazienkronen zu hören; ich hörte es durch die halbgeöffnete Türe wie in großer Ferne.

„Bring mir, bitte, ein Glas von dem Rotwein", sagte sie auf einmal mit klarer Stimme. „Wein? Ich weiß nicht, Venera, ob Wein ..." „Doch, ich möchte Wein trinken. Es ist jetzt vorbei. Es war sehr schwer", sagte sie. Ich holte die Flasche und ein Glas aus der Küche und schenkte ein. Als ich sie an den Händen faßte, um ihr zu helfen sich aufzurichten, fühlte ich sofort, daß das Fieber nachgelassen hatte. Jetzt sah ich auch, daß auf ihrem Gesicht nicht mehr die gläserne Röte lag; ihre braune, glatte Haut begann die gewohnte Farbe anzunehmen. „Woher willst du wissen", fragte sie und reichte mir das leere Glas, „daß Stefan morgen kommt?" „Ich hab's in den Zeitungen gelesen."

Sie hatte sich zurückgelehnt; das dunkle, blauschwarze Haar lag gelöst um ihr Gesicht, das mir in seiner Ruhe mit einem Mal eine Unnahbarkeit auszudrücken schien, die ich nicht begriff. Venera sah mich an und zugleich durch mich hindurch; als spräche sie zu sich selber, sagte sie leise: „Mein armer Bruder Stefan. Aber nun hat er es hinter sich."

Sie schlief ein. Nach geraumer Zeit schien es mir, daß sie kein Fieber mehr hatte; sie atmete ruhig und tief. Ich war von dem Vorgang so gefesselt gewesen, daß ich aufschrak, als sie in ihrer immer ein wenig eintönig ruhigen Art sagte: „Stefan wußte, daß du ein lieber Mensch bist. Ich werde jetzt aufstehen und ein drittes Besteck bereit stellen." Sie erhob sich und ging hinaus. Ich schenkte mir das Glas voll und trank es hastig leer. Als ich, Flasche und Glas in den Händen, hinaustrat, stand Virgil in der Türe – dürr, pockennarbig, schwarzhaarig.

„Hallo", sagte er, schwang die abenteuerliche, in allen Studentenkreisen bekannte Sanitätertasche mit dem langen, mehrmals verknoteten Trageriemen von der Schulter und starrte Venera an. „Ich gehe Wasser holen", sagte Venera und ging in den Hof. Virgil sah mit zusammengekniffenen Augen zu mir herüber, hob die Oberlippe mit dem schmalen Schnurrbärtchen leicht in die Höhe, so daß seine Zähne zu sehen waren, und pfiff einen dünnen, langgezogenen Ton. „Virgil", sagte ich, „du wirst dich jetzt setzen und mit uns essen. Und wenn du heute Abend auch nur einen deiner dreckigen Witze reißt, hau ich dir die Schnauze voll. Sie ist gesund geworden, und damit basta." Virgil zuckte aus den Schultern, kippte sich einen Stuhl mit der Lehne zwischen den Beinen durch und setzte sich. „Ein Urweib", sagte er, „wie es sie auf diesem Erdteil nur noch hierzulande gibt."

Mit einem schnellen Blick sah er mich an: „Die Klage der ganzen Geschichte meines Volkes liegt in ihren Augen, falls du das verstehst, du Deutscher. Und das, mein Lieber, ist kein Witz. – Apropos, du bist der geborene Neuraltherapeut. Kenne ich. Rarissima. Was gibt's übrigens zu essen?"

Virgil war während des Essens die verkörperte Chevalerie. Unter seinem kohlschwarzen Schnurrbärtchen sprangen die Scherze wie Hampelmänner hervor, und es gelang ihm, die Traurigkeit aus Veneras Augen für Sekunden zu verscheuchen. Dann schlief ich neben ihm auf Stefans Bett im Vorzimmer bis in den späten Vormittag hinein. Als Venera uns weckte, war es elf Uhr. Da wußte ich, daß sich das Ehepaar Stavaride seit einer halben Stunde wieder in Bukarest befand. –

Stella berichtete mir am Nachmittag die Einzelheiten, die ich den Gerüchten nicht hatte entnehmen können; was man hinter vorgehaltener Hand in Straßenbahnen und Bussen, beim Einkaufen und in den Hörsälen, in Ämtern und Gasthäusern weitergab, klang jedesmal anders, jedesmal unerhörter.

Stella erschien eine Viertelstunde vor Beginn der Nachmittagsvorlesung in der Universität; sie wußte, daß sie mich in der Bibliothek finden würde. Sie kam zwischen den Lesetischen auf mich zugelaufen, war erregt, packte mich am Arm und zog mich hinter die Vorhänge eines Fensters. „Du", flüsterte sie, „endlich finde ich dich. Hast du's schon gehört? . . . Ach, das ist alles Quatsch, was man so auf den Straßen sagt! Hör mir zu: der Professor und seine Frau, ja, die sind zurückgekommen, heute Vormittag, ja doch, um zehn Uhr. Aber ihre Begleiter haben sich in Schweden abgesetzt, um Asyl gebeten, und dabei soll es noch gestern Abend zwischen einem von ihnen und den anderen zu einer Schießerei gekommen sein, und dieser eine ist erschossen worden, es heißt, er wollte die anderen zwingen, zurückzukommen. Und mein Vater, du, ach! . . ." Sie umarmte mich, sie weinte und lachte: „Mein Vater ist sofort aus dem Dienst entlassen worden. Wir müssen schon morgen aus der Wohnung raus. Peter, begreifst du, was das für mich heißt, du! Ich bin nicht mehr die Tochter des Obersten Avram." –

Der Leichnam Stefans traf drei Tage darauf in der Hauptstadt ein; er wurde ohne Aufhebens auf dem Militärfriedhof beigesetzt. Ich stand während der Beisetzung neben Venera; Professor Stavaride und Frau Lucia standen hinter uns. Frau Lucia trug einen neuen Hut, den ihr Mann ihr in Schweden gekauft hatte. Auf dem Weg zur Straßenbahn nahm sie Venera am Arm, und ich hörte, wie sie ihr in ihrer gütigen Art vorschlug, zu ihnen in die Calea Victoriei umzuziehen. „Mein Mann und ich", sagte sie, „sind nicht mehr die jüngsten; und wir haben uns in der Cavaleria immer so gut verstanden mit Ihnen. Sie werden uns oft helfen können, Venera, und Sie werden es bei uns gut haben. Kommen Sie, bitte, kommen Sie!" Schon zwei Tage darauf hatte Venera ein Zimmer bei dem Ehepaar Stavaride bezogen. Bald nachher wurde das Viertel um den Zündholzplatz herum abgerissen und mit dem Bau von Hochhäusern begonnen. –

Am letzten Tag vor Beginn der Sommerferien gab Stella mir einen Rat: „Es wird gut sein für dich, eine Zeit lang nicht mehr in Bukarest zu leben; du warst in all diese Dinge so verwickelt, daß es jetzt gefährlich sein wird für dich – ich kann meinen Vater nämlich nicht mehr bitten, dir die Schatten von den Fersen wegzuhalten. Vielleicht setzt du im Herbst an der Klausenburger Uni fort. Du warst immer ein guter Kamerad, bambino; wenn du mal mit ein paar Freunden ‚Gaudeamus igitur' singst, denke ein bißchen auch an mich."

Als ich mich am nächsten Tag auf dem Nordbahnhof von ihr verabschiedete, hatte sie Tränen in den dunkelblauen, großen Augen.

Ich war glücklich, sie nicht allein in dieser Stadt zu wissen – einem Einfall folgend, hatte ich unterwegs zum

Bahnhof an der Wohnung meines Freundes Rolf Kaltendorff angeklopft und die beiden miteinander bekannt gemacht. Kaltendorff hatte gerade sein Studium beendet und eine Stellung als Assistent an der Technischen Hochschule angetreten.

III

Die Mutter

Kaltendorff öffnete die Augen; es war dunkel im Wohnzimmer. Erst nach einer Weile begriff er, daß es dunkel geworden war, weil die Lampe über dem Tisch nicht mehr brannte. Dafür lag nun ein perlmutterartiger Glanz auf den Händen und Gesichtern, die wie schneeige Flecken rings um den Tisch schwebten. Das Glänzen sieht aus, dachte er, als käme es aus den Händen und Gesichtern der Freunde.

Da Peter schwieg, füllte der Pendelschlag der großen Standuhr den Raum, und in der Stille wurde es nach und nach deutlicher, daß sich Peters Erzählung schon in den ersten Sätzen im Schrittfall des Pendels fortbewegt hatte; der Gedanke, daß der Schritt des Unbekannten während der ganzen Zeit durch das Haus gewandert war, ließ Kaltendorff wach werden. Im Gefühl, von einer Leere ringsum bedroht zu sein, blickte er rasch nach links, wo Stella noch neben ihm gesessen hatte. Der Sessel war leer; Kaltendorff tastete das kühle, weiche Leder ab, dann sah er sich, aufrecht sitzend, im Halbdunkel um.

Zuerst erkannte er die Stirn des Professors; unter den hochgezogenen Brauen schauten Stavarides Augen Peter an, als erwarteten sie eine Fortsetzung des Berichts. Es war keine Bewegung um den Tisch, ehe Pandurus helle Hand Kaltendorffs Aufmerksamkeit erregte – sie glitt langsam dem Fußboden zu, und zwischen ihren gespreizten Fingern wurde ein grüner Schimmer sichtbar; Panduru hatte nach der neben seinem Sessel stehenden Flasche gegriffen. Als Kaltendorff den Sechzigprozentigen ins Glas fließen und danach dessen Klirren hörte, hatten sich seine Augen soweit ans Dunkel gewöhnt, daß er auf der anderen Seite des Tisches, nahe an Giselas gesenktem Kopf, Alischers Gesicht von der Wand unterscheiden konnte. Dr. Braha hatte beide

Hände gehoben und seinem Neffen mit einem Kopfschütteln die Flasche abgenommen.

Stella ist nicht mehr hier, dachte Kaltendorff frierend; seit Peter schweigt, dröhnt der gleichmäßige Schritt des Unbekannten; hören die anderen ihn denn nicht?

Aber Stella stand halb hinter ihm; dem Kaminsims zugekehrt, schnitt sie die Dochtenden zurecht. Dabei war das Schnappen der Schere deutlich zu hören, und da sie die drei Wachskerzen mit dem Oberkörper verdeckte, fächerte sich ein Lichthof um ihre Gestalt und ließ sie vergrößert an den Wänden und an der Decke widerscheinen. Das seidige Licht, das ich zuerst sah, steigt aus der Frau, dachte Klatendorff und stieß einen Ton aus, der in der Stille wie ein Aufschluchzen klang. Aber niemand schien ihn gehört zu haben.

„Stella", sagte er leise, „bitte, zünde die Lampe wieder an, der Schalter ist neben der Tür." Aber auch Stella antwortete nicht. Da räusperte sich Peter zweimal und machte eine Bewegung mit der Hand, als wollte er die Stille und das Dunkel verscheuchen.

„Das Licht ist ausgegangen, Rolf", sagte Alischer ruhig, beugte sich vor und griff nach seinem Glas, „vielleicht ist die Birne ausgebrannt – oder ein Kurzschluß. Du hast doch ein paar Kerzen im Haus? Sag mir, wo sie sind, ich werde sie holen." Noch bevor Kaltendorff antworten konnte, erhob sich Gisela. Kaltendorff vergaß auf einmal, was er Alischer hatte sagen wollen. Er sah, wie Gisela am Professor und an Peter vorbei mit leichtem Schritt auf Stella zuging; im Gehen hob sie beide Arme und breitete sie aus.

Vor dem Kamin angekommen, blieb sie stehen und umarmte Stella. Die Umrisse der beiden Frauengesichter hoben sich in klarer Zeichnung vom Lichtfeld der Kerzenflamme ab. „Du warst eine wunderbare Begleiterin", sagte Gisela.

Im selben Augenblick war alles um Kaltendorff herum in Bewegung, Licht und Lachen aufgelöst.

Die Verwandlung war so schnell vor sich gegangen, daß er jetzt das Empfinden hatte, er habe sich eine längere Zeit außer Hauses aufgehalten, er sei eben erst zurückgekehrt und habe hier alles völlig verändert vorgefunden.

In der Mitte des Wohnzimmer stehend, sah er mit Verwunderung überall Kerzen brennen. Es war mindestens ein Dutzend. Auf dem Eckschrank neben der Vorzimmertür, auf dem niederen und langen Fensterbrett, auf einem der Bücherregale, auf dem Teppich vor der Zimmerlinde ... Er fühlte es wie Befreiung, daß ihn helles Licht umgab. Da die Kerzen in verschiedenen Höhen aufgestellt waren, fiel ihr Licht nicht nur von den Seiten, sondern auch von oben und von unten ein; an den Wänden, an der Decke waren längst keine Schatten mehr zu sehen. Das Licht erreichte die Freunde, die sich geschäftig um den Tisch herum bewegten; die Frauen gingen schon zum drittenmal eilig an ihm vorbei, ja, sie liefen fast zwischen der Küche und dem Tisch hin und her, in den Händen Teller, Gläser und Besteck.

Kaltendorff lachte fröhlich auf, als Peter mit knallendem Laut schnalzte und dann ausrief: „Auf geht's!"

Aus der Küche drang eine erste Welle von Speiseduft herüber; Peter sprang vom Sofa auf, ließ den Doktor verdutzt sitzen und rannte hinaus. Alischer hatte sein Gespräch mit dem Professor gerade beendet, als Gisela ihm etwas zurief; er neigte sich schnell an Stavaride vorbei, um mit beiden Händen nach der Porzellanschüssel zu greifen, die sie ihm hinhielt. Doch der Professor kam ihm zuvor. Er nahm Gisela das Gefäß ab, stellte es umständlich auf den Tisch und rief gerührt aus: „Ja, aber ... Meine Damen ... Stella ... Nein, diese Überraschung! Und Lucia ist nicht hier! Wie würde sie sich freuen! Nein, dieser Aufwand ..." Er faßte die blaugepunktelte Schüssel noch einige Male an, als wollte er sie auf einen immer besseren Platz rücken, unterließ es dann aber. Die Aufregung war ihm bis in die Fingerspitzen anzusehen.

Noch aufgeregter war freilich Dr. Braha. Um den Frauen nicht im Weg zu stehen, hatte er sich hinter die Lehne seines Sessels zurückgezogen. Als er seinen unbewegt sitzenden Neffen erblickte, ging er zu ihm hinüber, klopfte ihm ungeduldig, fast unmutig auf die Schulter und rief: „Aber Toma, so sieh doch, was da auf uns zukommt. Wer hätte das gedacht!" Er kümmerte sich nicht mehr um Panduru, er verbeugte sich einige Male vor Gisela und Stella und rief zwischen den Bücklingen zu Professor Stavaride hinüber: „Still, George, still doch, so laß sie gewähren! Erst genießen, dann protestieren!"

Er kam nicht weiter, denn in der Küche hatte Peter zu einem begeisterten Gesang angesetzt, mit dem er jedes Geräusch übertönte. „Dies ist der Tag des Herrn!" schrie er, und dazwischen hörte man ihn mit Töpfen und Löffeln hantieren. „Duftwolken von umwerfender Verheißung sendet er seinen darbenden Völkern", verkündete er und kam ins Wohnzimmer herein, die Hemdärmel hochgestreift, in jeder Hand eine große Stielpfanne, die er verwegen schwenkte.

Die Aufgeregtheit der beiden alten Herren wurde verständlich, denn was Peter da vor sich hertrug, war eine nach Anblick und Geruch für den Kenner eindeutige Angelegenheit – eine Hirtenspeise, wie sie in Stavarides und Brahas Heimat üblich war; Stella hatte sie zubereitet. Nach einigen halsbrecherischen Pirouetten vor dem Tisch angekommen, stellte Peter die Pfannen auf die Untersätze. Der Doktor warf beide Arme in die Höhe und rief: „George, es ist wahrhaftig schnapsflambierte Schafleber!"

Stella hatte die Leberstücke zu dünnen Scheiben zerschnitten, sie hauchleicht angebraten und danach mit säuberlich der Länge nach gespaltenen Streichhölzer durchspickt; doch jetzt erst – dem Brauch getreu vor versammelter Tischgesellschaft – schritt sie zum letzten Akt der Zeremonie: sie nahm der neben ihr wartenden Gisela die Flasche aus der Hand, rief Peter zu: „Platz da!" und übergoß die Leberscheiben mit dem doppelt gebrannten Wildapfelschnaps. Sofort verbreitete sich der Duft im Raum. „Los, Peter, gib schon her", drängte sie und griff nach der Schachtel, die er bereit hielt. Mit zwei schnell angerissenen Streichhölzern steckte sie die Flüssigkeit in beiden Pfannen gleichzeitig in Brand. Dr. Braha und Peter fuhren zurück, als die Flammen mit einem Knall hochsprangen und nach allen Seiten über das Fleisch schossen; sie entzündeten sich an den Schwefelköpfen zu einem Feuerwerk, das prasselnd und in blauen Zungen an den Pfannenrändern entlangleckte. Dr. Brahas Erregung war nicht mehr zu überbieten.

Sie lachten und sahen zu, bis die eingesteckten Hölzchen nur noch als verbogene Kohlenreste aus den rötlich abgeflammten, großporigen Scheiben ragten.

„Oh, oh", stöhnte der Doktor.

„Doch dies war nur der erste Streich", kündigte Peter an und rannte in die Küche; wieder hörten sie ihn singen und Töpfe hin und her rücken. Als er diesmal hereinkam, trug er eine bunte Schürze vor dem Bauch, die Stella ihm eilig umgebunden hatte. Er war rot im Gesicht, auf den flachen Händen hielt er eine rechteckige, zitronenfarbene Tannenplatte. „Wiedewiedewitt-Bumbum!" sang er und rief: „Alle singen und marschieren mit." Sie stapften im Kreis hinter ihm durch das Wohnzimmer. Wieder vor dem Tisch angekommen, setzte er die Platte mit einem Schwung zwischen die großen Pfannen, zeigte mit beiden Händen auf den goldgelben Kegelstumpf, der auf der Holzplatte dampfte, und schrie: „Ist das nicht wie bei Muttern daheim?"

Dr. Brahas Gesicht hatte sich verklärt, er redete in einem fort auf Panduru ein: „Laß doch, bitte, die elende Flasche, Toma! Sieh nur, was Peter uns gebracht hat!"

Indessen war Peter vor dem Tisch niedergekniet, er griff nach einem bereitgelegten Zwirnsfaden, spannte ihn und begann, den Kegelstumpf in Stücke zu zerlegen. Er schwitzte, das Wasser rann ihm an den Mundwinkeln vorbei. „Butterweich muß das Ding werden, superbutterweich", hatte er vor einer Viertelstunde in der Küche erklärt, das grobkörnige Maismehl, Kukuruz genannt, ins kochende Salzwasser geschüttet und sich mit einem großen Holzlöffel ans Umrühren gemacht. Er hatte mit fachmännischer Verbissenheit solange drauflosgerührt, bis das Mehl vom Wasser aufgesogen, die letzten Knoten zerdrückt und das Ganze zu einem stehfesten Brei aufgequollen war. Jetzt, wie er hemdärmelig kniete, stieg ihm der Dampf ins Gesicht. Nach jedem Schnitt mit dem Faden neigte sich eine Scheibe weich zur Seite und gab neue Dampfwölkchen frei; er atmete sie ausgelassen ein und rief zu Professor Stavaride hinauf: „Riechen Sie das, Herr Professor? Würziger Donausteppenwind duftet mir aus dem warmen Maisgold entgegen! Der Bărăgan breitet sein Brot vor uns aus!"

„So zieh endlich deine Ellenbogen ein, Peter", unterbrach ihn Gisela. Sie hatte angefangen, Preiselbeeren in die geschliffenen Glasschalen zu füllen; der Professor hielt ihr mit aufgeregter Zuvorkommenheit die Schüssel unter den Löffel. Auch der Doktor war beschäftigt, er mußte die Pfannenstiele festhalten, während Stella die Leberscheiben verteilte. Als sie damit fertig war, hatte Peter den ganzen Maisklumpen in Würfel und Scheiben aufgeschnitten, er atmete schnaufend ein, sagte: „Mahlzeit!" und schob sich, immer noch kniend, einen Suppenlöffel voll Beeren in den Mund; sein Hemd war auf der Brust durchnäßt, der Schweiß stand ihm in dicken Perlen auf der Stirn. „Oh!" stieß er nach dem ersten Schluck überwältigt hervor, zerbiß die letzten Beeren und ließ die Hand sinken, „du, Herberth, riech doch mal!" Er schluckte die Beeren hinunter und hielt Alischer eine volle Schale unter die Nase. „Aber das da", schrie er auf und schaute sich im Kreis um, „das da schmeckt nach dem kühlen Aroma der Südkarpatenwälder! Der Föhn stürmt über die Gipfel! Kinder, es schmeckt nach Heimat!"

Sie aßen und tranken. Sie lachten über Peters pausenlose Einfälle, denn auch mit dem Apfelschnaps, mit den winzigen, beißend scharfen Trockenpaprika und dem schweren und übersüßen Cotnarwein beschwor er die Landschaft zwischen dem Karpatenhochland und dem Schwarzen Meer, dem uralten Pontus Euxinus, in wilden und bunten Bildern. Er aß und steckte mit seinem Hunger und seinen Schwätzereien alle seine Zuhörer an. Und so entging ihnen, daß Kaltendorff seit einigen Minuten unbeteiligt zwischen ihnen saß, seine Aufmerksamkeit auf etwas gerichtet, das sich nicht in diesem Raum abzuspielen schien. „Herberth, mein Glas ist leer", schrie Peter gerade.

Stella war in die Küche gegangen, und da Peter eben eine Pause einlegte, hörte Kaltendorff, daß sie den Wasserhahn aufdrehte. Dann hörte er das Geräusch des fließenden Wassers. Er war nur einen Augenblick darüber verwundert, wie übergangslos sich das Rauschen des Wassers mit den Bildern der heimatlichen Landschaften vermischte. Er legte Messer und Gabel neben den Teller und lauschte.

Das gleichförmige Rauschen des Wasserstrahls, der bald über Stellas Hände, bald über den Gegenstand glitt, den sie abspülen mochte, hatte Beruhigendes – und Kaltendorff wußte sofort, daß ihn dies Geräusch in seinem Leben schon einmal berührt hatte. Nein, an Einzelheiten erinnerte er sich zunächst nicht, aber soviel war ihm gleich bewußt, daß es mit Frauenhänden zusammenhing und daß es unendlich weit in seinem Leben zurücklag. Aber jetzt war es da und ließ ihn aufhorchen. Er hatte schon eine Bewegung gemacht, sich zu erheben und in die Küche zu gehen. Da fiel ihm plötzlich alles wieder ein.

Drei Tage, nachdem sie durch Peter miteinander bekannt geworden waren, hatte Stella in der Tür seiner Bukarester Wohnung vor ihm gestanden. Eher erschrocken als überrascht, hatte er geöffnet und sie gebeten, einzutreten, außerstande, mehr als eine nichtssagende Höflichkeitsfloskel vorzubringen; sie so bald wiederzutreffen, hatte er nicht vorausgesehen, aber über den starken Eindruck, den sie bei ihm hinterlassen hatte, war er sich die ganze Zeit über im Klaren gewesen. Nun stand sie vor ihm, sah ihn an, und er konnte sich nicht bewegen. Nur der ohne jede Scheu aus ihren ungewöhnlich schönen Augen sprechende Freimut half ihm über die erste Befangenheit hinweg.

Denn nachdem sie eingetreten und in dem sehr kleinen Vorzimmer dicht neben ihm stehengeblieben war, hatte ihn die Nähe dieser Augen sofort benommen gemacht. Sie waren auffallend groß und in jener Art mandelförmig geschnitten, die bei den Frauen der Donautiefebene häufig zu sehen ist. Auf eine unübersehbare Weise in den Außenwinkeln nach oben geschwungen, bogen sich selbst die langen Wimpern in diese aufsteigende Linie hinein, die mitten in der Bewegung einzuhalten schien. Dadurch erhielt das tiefe Dunkelblau der Iris einen Ausdruck unablässigen Fragens. Er war von solcher Gesammeltheit, daß Kaltendorff, als ihn die junge Frau lächelnd anschaute, ohne seinem Blick auch nur mit einer Andeutung auszuweichen, sich versucht fühlte, bald zustimmend zu nicken, bald wieder zu fragen, was sie soeben gesagt habe, obgleich kein Wort über ihre Lippen gekommen war.

„Ich soll Ihnen von Peter Römers noch einiges ausrichten", sagte sie, „es fiel ihm erst auf dem Bahnhof ein." Ihre Stimme riß ihn aus der Benommenheit; er nahm ihr den Mantel ab. „Im übrigen", fuhr sie fort, „wohne ich seit kurzem nicht weit von hier – in dem neuen Wohnblock auf der andern Straßenseite."

Er hatte sich einigermaßen gefangen. Er bat sie in sein Arbeitszimmer, das ihm zugleich als Wohn- und Schlafzimmer diente. In der Tür angekommen, blieb sie jedoch stehen, blickte hinein und schlug dann, von Herzen auflachend, die Hände zusammen. „Nein", rief sie, „nein, wenn ich an Peters Räuberhöhle unter dem Dach denke, an das

Urchaos dort! Lustig, ich habe angenommen, daß es bei allen Freunden Peters genau so aussehen müßte . . ." Mit einem Mal kühl, indem sie das Zimmer betrat, fragte sie: „Sie sind ein sehr ordentlicher Mensch, Herr Kaltendorff?" und blickte ihn kurz über die Schulter an.

Er war die Antwort schuldig geblieben. Keinesfalls war er ein Pedant, aber er hatte es sich früh angewöhnen müssen, selber und allein für Ordnung und Sauberkeit in seiner häuslichen Umgebung zu sorgen. Dabei hatte er eine Faustregel entwickelt, an die er sich unter allen Umständen hielt, nämlich alles, was er in die Hand nahm, nach der Benützung wieder dort abzustellen, woher er's geholt hatte, damit sparte er Zeit. Und die brauchte er für seine Arbeit.

„Nehmen Sie, bitte, Platz, Fräulein Stella", sagte er „darf ich Ihnen eine Tasse Tee aufwarten?" „Danke, nein. Tee, sagten Sie? Nein, nein." Ihre Antwort hatte zerstreut geklungen, und er fand erst nach einiger Zeit heraus, warum – sie hatte seinen großen, mit Büchern über und über beladenen Schreibtisch erblickt. Sie ging auf den Tisch zu, blieb vor ihm stehen und betrachtete die Bücher.

„Sie sind auch ein sehr kluger und gebildeter Mann, Herr Kaltendorff?" fragte sie, „Ihr Freund Peter behauptet das von Ihnen." Sie griff ein paar Bücher heraus, schlug sie auf und legte sie wieder zurück. Mit lauter Stimme las sie: „Statik, Wärmelehre, Akustik, Lichtwellen, Kybernetik . . ." Sie unterbrach sich erschrocken. „Mein Gott", sagte sie, „ist das alles nicht ein bißchen – ein bißchen unheimlich?" Sie hatte sich umgewendet und sah ihn voll an. Ihre Augen erschienen ihm noch ausdrucksvoller als bisher. Wieder wich sie seinem Blick nicht aus, als sie sagte: „Eigentlich dürfte es mich nicht überraschen. Ich habe mir nämlich immer schon vorgestellt, daß die Menschen, die die Röntgenstrahlen entdecken, den Explosionsmotor bauen und die Quantentheorie ergründen, so aussehen wie Sie." Nach einer Pause fügte sie hinzu: „Ernst, schweigsam – und auch ein wenig einsam."

Diese Augen, dachte Kaltendorff und schüttelte, wieder benommen, den Kopf. „Nein", sagte er rasch, „nein, ich erfinde nichts. Ich bin Lehrer, ich gebe weiter, was andere erfanden. Das ist alles. Aber Sie sagten ‚unheimlich'. Wieso? Ich verstehe das nicht."

Statt einer Antwort lächelte sie jetzt, sie hatte ihre Sicherheit wiedergewonnen. „Einen Tee trinke ich nicht, danke. Aber ich habe gerade eine Tüte Kaffeebohnen gekauft und mahlen lassen. Darf ich Sie zu einer Tasse türkischen Kaffee einladen, Herr Kaltendorff? Oder mögen Sie den nicht?" „Doch, o ja", sagte er, „natürlich mag ich ihn. Ich trinke Tee bloß deshalb, weil ich da mit der Zubereitung nicht zuviel Zeit verliere. Beim Tee geht das alles viel schneller und einfacher. Ich habe nämlich immer viel Arbeit." Stella lachte fröhlich auf. „Sehen Sie", rief sie, „da haben Sie es, das ‚Unheimliche', das ich meine. Keine Zeit verlieren, sagen Sie! Warum eigentlich nicht? Was heißt das: Zeit verlieren? Kann man das überhaupt, Herr Kaltendorff?"

Nein, dachte er, nein, solange ich in solche Augen blicken darf, ist keine Zeit verloren. Was mache ich nur, wenn sie geht und ich wieder allein bin?

Niemals vorher war er sich in seiner Wohnung, in der Nähe seiner Bücher und Papiere so unbeholfen vorgekommen wie in der Gegenwart dieses Wesens, das, halb Mädchen, halb Frau, mit zwei Griffen erledigte, wozu er einiger Umstände bedurft hätte. Noch ehe er es recht begriff, war sie mit dem elektrischen Kocher beschäftigt, den sie auf dem Fensterbrett entdeckt hatte. Ohne ihn zu fragen, holte sie aus dem schmalen Wandschränkchen, das über dem Kocher hing, eine Aluminiumkanne hervor, die alt und zerbeult war. Aus dem Nebenzimmer, einem winzigen Raum, den er als Abstellkammer benützte, brachte sie Wasser und stellte danach die Kanne auf. Im Vorbeigehen hatte sie dabei die

Lederhandschuhe von der Schreibtischecke genommen und in die Tasche seines Mantels geschoben, der an einem altmodischen Kleiderständer hinter der Tür hing. Abermals im Nebenzimmer beschäftigt, lachte sie vergnügt und rief: „Ach, lassen Sie mir die Freude mit dem Kaffee, Herr Kaltendorff. Ich werde trübsinnig, wenn nicht jemand da ist, den ich bemuttern darf . . ." Das Lachen in den Augen, kam sie wieder herein. Er stand immer noch ein wenig steif in der Mitte des Zimmers, so als würde alles, was es hier gab, nicht mehr ihm gehören. Er wollte etwas sagen, aber da blieb sie plötzlich stehen und blickte an ihm vorbei in die Ecke hinter dem Schreibtisch, wo der Bücherschrank mit der Glastür stand. Sie zögerte, ehe sie um den Tisch herum zum Schrank ging. Er sah, wie sie den einen Türflügel öffnete und unsicher nach dem schwarzgerahmten Bild griff, das auf dem obersten Regal an den Büchern lehnte. Er machte eine auffahrende Bewegung. Doch da war es schon zu spät. Im Zimmer war es still geworden.

Das Bild in beiden Händen, als befinde sie sich allein im Zimmer, ging sie zu dem Spiegel, der an der Wand neben dem Fenster hing. Sie blieb stehen, blickte auf das Bild, dann ins Spiegelglas. Durch das geschlossene Doppelfenster war das Klingeln einer Straßenbahn zu hören; kurz darauf hupte ein Wagen dreimal. Kaltendorff sagte in die Stille: „Das ist meine Mutter. Sie starb, als ich fünf Jahre alt war."

Er war hinter die Frau getreten, die das Foto immer noch in beiden Händen hielt und bald in den Spiegel, dann auf das Bild blickte. Ihr volles, schulterlanges Haar, nur zwei Spannen von seinem Gesicht entfernt, hatte sich in der Mitte geteilt und gab ein Stück ihres Nackens frei. Sie ging zum Sofa, setzte sich und sah ihn an. Ihr Gesicht war verändert.

„Ich weiß nicht", sagte sie stockend, „was ich davon halten soll, aber . . . Ich . . . Herr Kaltendorff, finden Sie nicht auch, daß ich Ihrer Mutter sehr ähnlich sehe. Ich meine . . . Es ist doch . . . Diese Ähnlichkeit . . ." „O ja", er stand vor ihr und nickte, „ich sah es schon vor drei Tagen, als Sie mit Peter zur Tür hereinkamen. Und ich habe seither oft daran denken müssen." „Sie haben also nur noch Ihren Vater?" „Nein, nein – mein Vater fiel im Krieg."

Diese Augen, dachte er gleichzeitig, ich werde sie nicht mehr wegdenken können aus meinem Leben. Was mache ich, wenn sie geht?

Mit dem Gefühl, ihrer Aufforderung nachzukommen, sprach er weiter:

„Ich war noch nicht dreizehn, als die Todesnachricht kam. In den Jahren danach wuchs ich bei meinem Großvater auf. In der Banater Heide. In der Nähe Temeschburgs. Mein Großvater war Bauer. Er hatte drei Söhne, die alle im Krieg fielen. Einer vor Odessa, einer in der Bretagne – der jüngste in Berlin, das war mein Vater. Da waren wir nur noch zu zweit, mein Großvater und ich. Sonst war niemand mehr da. Und eines Tages, kurz nach Kriegsende, jagten sie uns aus dem Haus. Wir richteten uns im Schweinekoben ein. Etwas anders gab's nicht für uns. Dann starb auch der Großvater. An einem Morgen, es war der erste Weihnachtsfeiertag, lag er tot neben mir, den Arm um mich gelegt. Es war bitterkalt. Ich war gerade vierzehn Jahre alt geworden. Seither bin ich allein. Ich . . . Ich habe nur zwei deutliche Erinnerungen aus meiner Kindheit. Das eine sind die Hände meiner Mutter – sie waren immer da, sooft ich in Not geriet. Das andre sind die halberrichteten Mauern des Hauses, das mein Vater zu bauen begonnen hatte, ehe sie ihn holten und in den Krieg schickten."

Stellas Blick war nicht von ihm gewichen, während er gesprochen hatte. Er war zum Schreibtisch gegangen und hatte sich auf den Stuhl gesetzt. Das Summen des siedenden Wassers füllte das Zimmer. Und jetzt erst trennte sich Stella von dem Bild; sie stellte es auf den Tisch und ging zum Kocher. „Und – Sie sind jetzt Assistent an der Technischen Hochschule?" fragte sie. Aber es hatte nicht wie eine Frage geklungen, auf die sie eine Antwort erwartet hätte, nein, es hatte geklungen, als hätte sie mit der Frage in die Tiefe eines ihr unbekannten Raumes hineinhorchen wollen, in dem sie den schlanken, ernsten Mann suchte, der vor dem mit Büchern beladenen Tisch saß – aufrecht und in einer Weise in sich gekehrt, die wie eine unsichtbare Schutzwand wirkte.

Nachher, als sie den Kaffee tranken, glitt ihr Blick immer wieder zu dem Bild hin. Dazwischen sah sie Kaltendorff unverhohlen forschend an. „Sie sind auch jetzt noch allein?" fragte sie. Zum erstenmal bemerkte er, als er sie nun lange ansah, daß im Dunkelblau ihrer Augen, von den Lidspalten ausgehend, ein brauner Glanz schimmerte. „Ja und nein", antwortete er, „ein Bruder meiner Mutter lebt noch – in Tübingen. Er ist unverheiratet und vermögend, mein einziger lebender Verwandter. Ich stehe im Briefwechsel mit ihm." „In Tübingen?" fragte sie „Wo ist das?" „Am Neckar, in Deutschland." „In Deutschland?" Sie hob den Kopf, „aber – in welchem Deutschland?" „Drüben", sagte er leise, „im Westen." „Ach ...", sie ließ die Hand mit der Tasse sinken und sah ihn erschrocken an, „so weit weg? Sie Armer ..."

Sie sprachen dann nichts mehr; sie tranken den Kaffee aus, und danach spülte Stella im Nebenzimmer die Tassen und Löffel ab. Kaltendorff, der vor dem Schreibtisch sitzen geblieben war, hatte dem Geräusch des fließenden Wassers im Nebenraum immer aufmerksamer zugehört, nur das gleichförmige, beruhigende Geräusch des fließenden Wassers war zu hören gewesen.

Und wie er saß, begann ihn ein Gefühl zu beherrschen, das wie eine Ahnung war von einmal erfahrenen Zärtlichkeiten und Geborgenheiten, wie Erinnerungen, als habe es Augenblicke wie diese in seinem Leben schon einmal gegeben. Alles, was diese Minuten ausmacht und erfüllt, wird bleiben, dachte er, auch wenn die Frauenhände, die nebenan das Geschirr unter den Wasserstrahl halten, längst nicht mehr da sind. Hände, dachte er und wagte kaum zu atmen, die jeden Gegenstand, den sie anrühren, vetraut machen, die allen Dingen das Fremde und unbekannte nehmen. Wie die Hände der Mutter – das einzige, dessen ich mich entsinne, sobald ich an die Mutter denke.

Er griff nach dem schwarzen Rahmen, es war ihm plötzlich zumute, als sehe er das Bildnis des schönen Frauengesichts mit den ausdrucksvollen Augen zum ersten Mal in seinem Leben. Und zugleich stellte sich das sichere Empfinden ein, daß er von dieser Stunde an nie mehr allein sein würde. Doch als ihn der Gedanke streifte, Stella könnte, während sie drüben das Kaffeegeschirr abspülte, den Grund seines Schweigens verstanden haben, wurde er unruhig – nein, er wollte nicht betteln, und er verbot sich den Gedanken sofort. Er wußte nicht, daß sich die im Nebenzimmer über das Wasserbecken gebeugte Frau die Tränen aus den Augen wischte.

Erst als sie wieder im Vorzimmer standen, Stella den leichten Mantel schon um die Schultern, brach sie das Schweigen: „Ich darf doch noch vorbeikommen und uns einen Kaffee kochen?" fragte sie. Danach hatte er ihr hinter der geschlossenen Tür nachgelauscht, bis ihr Schritt im Treppenhaus auf den knarrenden Stufendielen verklungen war. Das Bild der Mutter war während des ganzen folgenden Jahres auf dem Schreibtisch stehengeblieben. Da, wo Stella es hingestellt hatte ...

Ist das ihre Hand? dachte Kaltendorff. O ja, es ist ihre warme Hand, sie ist noch feucht vom Wasser. Mit einer zerfahrenen Bewegung sah er sich um, Peter mußte soeben seinen Teller geleert haben, denn er warf Gisela einen bittenden Blick zu, und sie kam seinem Wunsch nach, sie füllte ihm lachend den Teller randvoll. „Ganz exzellent, meine sehr verehrten Damen", sagte Professor Stavaride, und Dr. Braha rief: „So ist's, George, besser könnte es gar nicht schmecken."

Die Hand ist noch feucht, dachte Kaltendorff, aber ich fühle ihre Wärme. „So iß doch, Rolf", sagte Stella „träumst du denn? Die Leber wird kalt. Ach, ich hatte noch kurz in der Küche zu tun, aber jetzt werde ich mich um dich kümmern." „Zum Wohle, meine Freunde", sagte Kaltendorff aufgeräumt; er hob das Glas und stieß mit Stella und Dr. Braha an.

Da Peter seinen Hunger einigermaßen gestillt hatte, brachte er sie mit seinen Späßen nun erst recht in Fahrt; er tat es ausgiebig, mit abgründigem Genuß und keine Sekunde um eine Antwort verlegen; mit bärenhaftem Behagen breitete er seine Flunkereien vor ihnen aus wie exotische Paradiese, denn der volle Bauch und die feuchte Kehle ermunterten ihn, den Rattenfänger des Wortes, Gefilde zu betreten, die nur Welteroberern vorbehalten sind. Und sie waren auch diesmal mit seinen Schnurrpfeifereien, mit dem Trinken, Essen und Schwatzen so beschäftigt, daß keinem auffiel, wie geistesabwesend Toma Panduru an dem einen Kopfende des Tisches saß, von Zeit zu Zeit vor sich hinnickte, murmelte und nach der Flasche griff, die auf dem Fußboden neben dem Sessel stand. So hoben sie jetzt überrascht die Köpfe, als er in einem Augenblick der Ruhe zu sprechen anfing — mit einer Stimme, die von einer anderen Welt zu kommen schien. Als erster blickte Dr. Braha besorgt zu ihm hin. „Peter", sagte Panduru heiser, „haben Sie Venera nachher noch gesehen?"

Dr. Braha wurde blaß. Er ließ die Hand mit der Gabel sinken. Peter, die Serviette vor dem Mund, schob sich mit einem Ruck auf dem Sofa nach hinten und schüttelte heftig den Kopf. „Venera?" sagte er kauend und hob kurz die Schultern, „nein, Toma, nein, ich habe Venera nie mehr gesehen. Aber wieso . . . Nein", er schluckte noch einmal, „ich habe sie nicht wiedergesehen, und Sie wissen das . . . Das heißt, Sie wissen, daß ich nach meinem Ortswechsel, bis auf das eine Mal, nie wieder in der Hauptstadt war — bis auf das eine Mal, Toma. Erinnern Sie sich? Aber das war Jahre später, ich hatte mein Studium längst beendet und arbeitete seither in Klausenburg. Toma, als Sie mich auf Stellas Bitte damals aus Klausenburg für eine Nacht nach Bukarest holten, da – mein Gott, da war ich doch nur wenige Stunden in Bukarest, und Venera sah ich dabei nicht, die war damals doch nicht mehr . . . Versuchen Sie, sich zu erinnern. Ich habe Venera und dem Professor aus Klausenburg auch niemals geschrieben, noch schrieben sie mir, weil das alles viel zu gefährlich gewesen wäre, weil doch kein Brief, keine Postkarte an der Zensur vorbeikam. Und als Stella mich damals durch Sie herbeiholen ließ, als wir damals den Zug nach Bukarest auf dem Klausenburger Bahnhof erst in letzter Sekunde erreichten – ach, Toma, warum nur fangen Sie damit an! Als ich mich in jener Nacht zu Professor Stavaride in die Calea Victoriei schlich, da hatte sich Venera schon seit langem . . . Dies alles wissen Sie doch ebensogut wie ich, Toma . . ."

„Ich habe sie gut gekannt", unterbrach Panduru ihn, als habe er ihm überhaupt nicht zugehört; er hielt das Besteck verkrampft in den Händen.

„Toma", sagte Peter beschwörend, „Bitte hören Sie mir zu. Jeder von uns hier weiß, was Venera Ihnen bedeutete. Und nun versuchen Sie, bitte, sich zu erinnern: als Sie mich in jener Nacht aus Klausenburg nach Bukarest holten, hatte das mit Ihnen und Venera nichts zu tun. Es ging allein um Rolf Kaltendorff, um sonst nichts. Seinetwegen hatte Stella Sie zu mir nach Klausenburg geschickt . . ."

Peter neigte sich vor. Es war ihm anzusehen, daß er versuchte, Panduru mit seiner ganzen Beredsamkeit abzulenken, er brachte das Gespräch wieder auf Kaltendorff: „Wir alle mußten damals schnell handeln, Toma. Wir mußten alle einspringen, auch Sie, und keiner durfte zaudern. Und außer uns durfte auch keiner etwas von dem Plan erfahren, ja, nicht einmal wir wußten, welche Rolle Stella dabei jedem von uns zugedacht hatte. Wir mußten alles wagen, wenn es gelingen sollte. Und — denken Sie nach — mit Ihnen und mit Venera hatte das nichts zu tun. Nein", sagte er verwirrt, da er merkte, daß es ihm nicht gelingen würde, Panduru von den Gedanken an Venera abzubringen, „nein, Toma, ich habe Venera also nach dem Abbruch meines Studiums in Bukarest nie wieder gesehen", fügte er leise und verzweifelt hinzu.

„Ich habe sie gut gekannt", wiederholte Panduru, als habe er auch diesmal kein Wort von Peters Erklärungen gehört, „sagten Sie, daß es damals um Herrn Kaltendorff ging? Das sagten Sie doch, Herr Römers, wie? Nein, o nein, als ich Venera kennenlernte, ging es nicht um Herrn Kaltendorff..." „Aber, Toma", unterbrach ihn Peter, „Sie werfen das durcheinander..." „Ich bitte Sie, mir zuzuhören", sagte Panduru, „ich muß einiges darüber sagen. Ich hatte Venera durch Stella kennengelernt, jaja, durch Stella." Trotz seiner offensichtlichen Erregung sprach Panduru eintönig, teilnahmslos: „Und Venera brachte meine Schwester Anca dann zu Professor Stavaride; ich habe damals daran geglaubt, daß sie uns helfen könnte. Ich weiß nicht, wieso." Er sah Dr. Braha an, legte das Besteck neben den Teller und griff nach dem Glas; gehetzt trank er einen Schluck. „O ja, damals glaubten wir noch daran, daß es einen Menschen geben müßte, der meinem armen Vater helfen würde. Aber auch der Professor konnte nicht helfen", sagte er mit blutleerem Gesicht, „Venera konnte es nicht, der Professor nicht, und du", sagte er unvermittelt laut zu Dr. Braha, „du warst ja nicht mehr da, dich hatten sie schon längst geholt, und überhaupt war damals jeder so furchtbar allein, denn aus jeder Familie hatten sie einen geholt . . . O Gott, wer hätte da schon helfen können."

Um den Tisch war jede Bewegung erstorben. Die Kerzenflammen, bisher bewegt durch die Lebhaftigkeit der Tafelnden, brannten senkrecht mit starren, fast tot nach oben gerichteten Spitzen.

Der Doktor legte die Hand behutsam auf Pandurus Arm. „Toma", sagte er ruhig, „helfen konnte damals niemand. Alle waren wie gelähmt. Auch ich hätte es nicht gekonnt, selbst wenn ich dagewesen wäre. Du darfst dir also keine Vorwürfe machen. Du und Anca, ihr habt alles getan, um euren Vater zu retten. Nicht wahr, lieber George", sagte er zu Professor Stavaride, „die Ohnmacht war grenzenlos?" Der Professor schüttelte den Kopf: „Nein, niemand wollte helfen, keiner, bei dem ich's versucht hatte. Die Angst saß in allen." „Denke nicht mehr an Venera, lieber Neffe", sagte der Doktor, „versuche wenigstens, nicht mehr an sie zu denken."

Peter hatte sich erhoben. Einen Augenblick lang unschlüssig, schien es, als wollte er sich über den Tisch neigen und Panduru umarmen. „Warum quälen Sie sich immer noch damit?" sagte er, „glauben Sie mir, Venera wäre unglücklich, wüßte Sie, daß Sie darüber nicht hinweggekommen sind. Hören Sie, Toma?"

Panduru sank wie leblos in die Sessellehne zurück. –

Wieso stehe ich vor dem Fenster, wann bin ich hergekommen? dachte Kaltendorff. Es ist immer noch finster im Garten. Das Kerzenlicht hinter mir ist zu schwach, um den Nebel zu erreichen, ihn zu erhellen und zu durchdringen. Ich sehe ihn nicht, aber ich weiß, daß er vor dem Haus steht und wartet. Alles was ich sehen kann, ist mein Gesicht auf der Glasscheibe. Morgen früh werde ich die elektrischen Sicherungen im ganzen Haus überprüfen, dachte er, ich werde die Beleuchtung vom Keller bis zum Dachboden in Ordnung bringen. O ja, es gefällt ihnen beim Licht der vielen Kerzen, sie sind nun endlich meine Gäste. Ich wagte nicht mehr zu hoffen, daß sie kommen würden.

Die Uhr neben ihm schlug zehn. Es war, während sie schlug, totenstill im Haus.

Wie erschreckend Panduru damals aussah, dachte er, in seinem Entsetzen, in seiner Hilflosigkeit. Dreimal hatte Stella wiederholen müssen, daß sie nichts, aber auch gar nichts für ihn zu tun in der Lage war, erst dann hatte er begriffen. Und obgleich ich Stella erst seit kurzem kannte, wußte ich, daß sie sich in jenem Augenblick nichts sehnlicher wünschte, als wieder die Tochter des mächtigen Oberst Avram vom Innenministerium zu sein, nur um dem Erbarmungswürdigen helfen zu können.

„Nein", hatte sie einige Male hintereinander gesagt und war im Zimmer auf und ab gelaufen, „nein, das darf nicht wahr sein. Sind das denn noch Menschen? Rolf, was tun wir nur? Wir müssen Tomas Vater helfen." Sie hatte vor mir gestanden, durch mich hindurchgesehen und danach wieder begonnen, das Zimmer zu durchqueren. In ihrer Aufgebrachtheit entwarf sie ein Dutzend Rettungspläne, ließ sie aber alle wieder fallen. „Mein Vater kennt doch eine Reihe von diesen Leuten in den Ministerien, in der Partei", sagte sie, „o ja, da ist zum Beispiel der mit allen Salben geschmierte Doktor Tomaşcu, der vor kurzem Staatsanwalt geworden ist! Ihn, jawohl, ihn müßte er bitten. Aber – nein, genau bei dem tut er's nicht. Doch vielleicht kennt Venera noch einen der Freunde ihres Bruders Stefan, irgendeinen in blauer Offiziersuniform, einen von der Sicherheit, die kennen sich doch alle. Einen mit etwas besseren Verbindungen, der an der richtigen Stelle ein Wort fallen läßt, auf einer Jagd, bei einer Party; man müßte ihn mit Geld, mit einem Wagen aus dem Westen ködern. Du, Toma", hatte sie ausgerufen und war auf Panduru zugeeilt, „Toma, da fällt mir ein, daß Venera, eine Bekannte, seit kurzem bei Professor Stavaride wohnt. Hör, vielleicht kann sie den Professor einschalten, der ist ihnen heute wieder so wichtig, daß er einiges fordern darf. O ja, man muß Professor Stavaride durch Venera bitten lassen, zum Staatssekretär Teofil Ralea zu gehen, das ist der, der ihm seinerzeit den Paß nach Schweden gab. Und

der Professor wird gehen, der fürchtet sie nicht, ich weiß das
... Ach, dürfte ich mich nur bei ihm zeigen, aber hinter mir
sind sie ja auf Schritt und Tritt her. Wie fangen wir das
bloß an?..."

Mit einem Mal ruhig, hatte sie Toma übergangslos für
den nächsten Abend in meine Wohnung bestellt. „Hier bei
mir dürfen wir uns nicht noch einmal treffen, das fällt auf",
hatte sie gesagt und ihn zur Tür hinausgeschoben: „Morgen
Abend bei Herrn Kaltendorff."

Kaum war er draußen gewesen, hatte sie das Licht ge-
löscht, sich eine Zigarette angesteckt, sie aber gleich wieder
ausgedrückt und sich vor das Fenster gestellt. Nach einer
Minute sagte sie: „Er ist allein. Sie haben ihm noch keinen
auf die Fersen gesetzt. Dreh, bitte, das Licht wieder an. Ich
komme bald zurück." Dann war sie zu Virgil hinaufgegangen, dem Frauenarzt, der im Stockwerk über ihr wohnte,
um ihn zu bitten, sofort in die Calea Victoriei zu fahren und
Venera für den kommenden Abend in meine Wohnung zu
bestellen. Fünf Minuten später hatte sie mir mitgeteilt, daß
Virgil prompt zugesagt habe. „Venera? Venera?", habe er
gesagt, „ach, ja doch, das ist die großartige Frau, zu der
mich Peter einmal mitten in der Nacht holte. Natürlich erinnere ich mich – das ist die Frau, die den Tod ihres Bruders
mitstarb. Werde ich niemals vergessen. Selbstverständlich,
Stella, ich fahre gleich los."

Und so hatte Stella tags darauf die Geschwister Toma und
Anca Panduru in meiner Wohnung mit Venera zusammen-
gebracht. Damals hatte ich diese Frau zum ersten und auch
zum letzten Mal in meinem Leben gesehen – sie ist mir un-
vergessen geblieben. Ohne Zögern versprach sie, Anca Panduru mit Professor Stavaride bekannt zu machen, nein, sie
könne nicht helfen, denn niemals habe ihr seliger Bruder sie
einem seiner Kollegen vorgestellt, wohl mit gutem Grund.
Aber sie werde den Herrn Professor sehr herzlich bitten,
sich für den verhafteten Vater der Geschwister beim Staats-

sekretär Ralea zu verwenden, und so wie sie den Professor kenne, werde er's bestimmt, und ohne Furcht, versuchen. Am besten, hatte sie hinzugefügt, wäre es freilich, wenn Anca allein in die Calea Victoriei zu den Stavarides käme, sobald sie, Venera, Nachricht geschickt habe – denn Anca sei, wie sie sähe, gefaßter als ihr armer Bruder. Schon im Gehen, hatte sie sich noch einmal umgewendet und Toma lange angeblickt. Da war mir schlagartig bewußt geworden, daß die beiden Menschen in den paar Minuten eine tiefe Zuneigung zueinander gefaßt hatten . . .

Kaltendorff blickte auf. Er hatte Stellas Stimme hinter sich gehört; sie klang anders als sonst. Die Bilder, die sich auf der Glasscheibe gezeigt hatten, verloren sich, und als er die Bewegung der Freunde spürte, fiel ihm ein, daß die Kerzenflammen während der verflossenen Minuten immer wieder aufgeflackert waren. Ich habe das in der Spiegelung gesehen, ja doch, dachte er, Peter ist zweimal ins Vorzimmer oder in die Küche gegangen und hat etwas geholt, und der Doktor, auf Toma einredend, hat einige Male die Hände gehoben. Aber warum nur hat Stellas Stimme diesen ungewohnten befehlenden Klang?

Er wollte zum Tisch gehen, um zu fragen, was vorgefallen sei. Da kam Panduru ihm auf halbem Weg entgegen, faßte seinen Arm mit einem harten Griff und drängte ihn zum Fenster zurück.

„Kaltendorff", sagte er gepeinigt, „so hören wenigstens Sie mir zu . . . Für einen Augenblick meines Lebens, für einen kurzen Augenblick hat Venera mich aus all dem herausgeholt, was ich durch die Umstände geworden bin. Ach, schweigen Sie, was wissen Sie davon! Hören Sie mir zu, ich muß das jetzt sagen. Ich suchte mir damals meine Arbeitsplätze, meine Baustellen in den entlegensten Gegenden aus, da wo sonst niemand hin wollte. Ich mußte allein sein. Ich hatte Angst vor den Menschen. Und ich lud Venera manchmal ein, etliche Tage bei mir zu verbringen – in den Wäldern, in den Bergen. Sie kam jedesmal, und solange sie bei mir war, trank ich nicht. Und ich weiß nicht, Kaltendorff, wieso mir in dieser Nacht in Ihrem Hause zumute ist, als wäre sie auch hier, als müßte ich nur, wie damals, ein Stück durch den Wald, über die Wiese laufen, um ihr zu begegnen. Sie hören mir doch zu? . . . Da war das Bauernhaus, am Rande des Bergdorfes Tatar in den Ostkarpaten, in dem sie für ein paar Tage ein Zimmer bezogen hatte. Ich mußte noch bis spät in den Abend hinein auf der Baustelle arbeiten, aber dann lief ich los. Ich war glücklich, denn sie hatte mir am Nachmittag sagen lassen, daß sie angekommen war. Es war finster, als ich aus dem Wald trat, ich fand den Weg über die abschüssigen Wiesen nicht. So lief ich schnurstracks ins Dunkel. Es machte mir nichts aus. Ich stolperte durch eine Rinne und fiel hin. Aber ich lachte nur, als ich mir die warme, körnige Erde von den Handflächen ins Gesicht wischte und drückte. Ich rannte weiter, bergab, in großen Sprüngen mitten ins Mondlicht und in den tintenblauen Himmel hinein. Und plötzlich sah ich unter dem Sternenhimmel die großen Buchenkronen über dem Haus, in dem sie wohnte. Ich blieb stehen. Harter, beißender Duft von Brennesseln schlug mir von allen Seiten entgegen. Ich blickte mich um, da erst sah ich, daß ich mitten in eine Brennesselinsel hineingeraten war. Aber ich lachte wieder nur und dachte an sie; der beißende Brodem rings um mich schien zu kochen. Die Hunde auf dem Hof hatten mich gehört, sie schlugen an. Auf einmal war das ganze Haus aus seiner Einsamkeit gerissen; hinter einem Fenster wurde es hell, ich hörte eine Tür gehen, ich hörte Schritte und gleichzeitig die Pfoten der heranspringenden Hunde auf den Steinplatten. Ich lief aus den Brennesseln hinaus und auf die Toreinfahrt zu. Ich hielt Venera in den Armen . . . Die Hunde stürmten an uns vorbei, Äste brachen am Waldrand. Dann war es mit einem Mal still . . . Ich weiß nicht, was es an der Frau war, das mich sagen ließ: Komm mit, ich will dir die Brennesseln zeigen! Ich ging vor ihr, aber ich zog sie nicht mit, nein, es war, als gäbe es keinen andern Weg mit ihr. Ich trat in die Spuren, die ich kurz vorher getreten hatte. Mitten in den Stauden blieb ich stehen, wir hatten den Brandgeruch der Blätter um uns wie ein Feuer, das jetzt nach uns griff. Weit oben jagten die Hunde am Waldrand. Ein jähes Verlangen war da, das Gesicht in die spitzrandigen Nesseln unter mir zu tauchen; ich spürte, daß es von der Frau kam. Ich sah sie an. Sie hatte den Kopf zurückgeneigt, ihr Gesicht lag im Licht des Mondes, ihre Lippen hatten sich geöffnet. Und als der spröde Nesselduft vor einem Luftzug wie eine Lohe zu uns heraufschlug, riß Venera mich in die Stauden hinab und über sich..."

Panduru starrte Kaltendorff an und stieß hervor: „Verstehen Sie, daß mich die Erinnerung an die Kraft dieser Frau bis heute trägt? Obgleich ich nur wenige Monate mit ihr zusammensein durfte. Auch sie haben sie zu Tode gejagt."

Er ließ Kaltendorff stehen, ging zu seinem Stuhl und griff hastig nach der Flasche. Aber noch ehe er das Glas hob, mit seinem vor Schmerz entstellten Gesicht, stand Stella neben ihm – es sah aus, als wollte sie ihn gegen alle anderen beschützen. „Eßt und trinkt!" sagte sie mit gebieterischem Ton in die Stille, „eßt und trinkt von dem bitteren Donausteppenwind, von dem herben Karpatenduft! Ist einer unter uns, der vergessen hat, wie dort das Brot und die Tränen schmecken?"

Warum ist sie so erregt? dachte Kaltendorff. Doch was er dann sah, ließ ihn alles vergessen.

Stella stand barfüßig in der Mitte des Zimmers. Ihre Fußnägel glitzerten über dem Teppich. Das Licht der Kerzen schien einige Töne heller geworden zu sein; es umspülte die Frauengestalt von allen Seiten, als sei es nur auf sie gerichtet. Sie trug nicht mehr das hellblaue Samtkleid, in dem er sie eben noch gesehen hatte, nein, sie hatte jetzt eine durchsichtige weiße Trachtenbluse an – wie damals in den Maramurescher Bergen bei ihren Verwandten. Die langen, weit gebauschten Ärmel bunt bestickt, die Stickerei mit viereckigen und runden Blattgoldplätzchen durchsetzt. Bei jedem Atemzug, der die Brust der Frau bewegte, glühten um den Halsansatz und die Schultern Flammen auf. Der schwarze, um die Hüften geschürzte Rock, der sie noch schlanker machte, war wie ein Stück dunkler Erde, aus der sie zu wachsen schien. Und auf den waagrechten Streifenmustern der Teppichschürze, eingetaucht in ein schmerzhaft verhaltenes Blaßrot von ergreifender Wehmut, drängten sich winzige Menschengestalten mit ausgestreckten Armen, dazu Vögel und Bäume, die Hände hatten und sich alle an den Händen hielten und aussahen, als klammerten sie sich, in einem stummen Reihentanz erstarrt, an die aufrecht stehende Frau in der Tracht einer Hirtin, über sich einen purpurn verspielten Himmel, der von ihrer Not nichts wußte.

Kaltendorff trat einen Schritt auf Stella zu und blieb stehen. Ihr Gesicht glomm in einem leuchtenden Braun, das die Glätte von Glas hatte. Sie hielt die Augen halb geschlossen, die Haltung des Kopfes war eine einzige Gebärde der Abweisung. Sie verschränkte die Arme unter der Brust, ihr Mund bewegte sich, als spräche sie im Traum. Was sie in klagenden Lauten sang, kam aus der Erde:

> „Sie haben meine Schäfchen geraubt,
> sie haben mich gebunden.
> Der Fremde ist gekommen
> mit seiner wilden Horde.
> Er hat mir die Rüden erschlagen
> und die Lämmer genommen.
> Die starken Böcke,
> die gestern stolz geblökt,
> hat er hohnlachend übers Feuer gesteckt.
> Er hat mein Herz in die Flammen geworfen."

Kaltendorff hatte das Fensterbrett hinter sich mit beiden Händen umklammert. Sein Gaumen war trocken wie heißer Sand. Er hörte Panduru wie in weiter Ferne trinken, das Glas klirrte an den Zähnen, als bisse der Mann, vor Grauen halb irr, hinein. Nein, dachte Kaltendorff verzweifelt, nein, sie steht da und keiner kann ihr helfen. Auf den Bergen und in der Steppe brennen die Feuer. Die Horden kommen. Die Sturmglocken und die Notfeuer schreien: helft! Hilft uns denn keiner?

Plötzlich erlosch die Helligkeit um ihn, und es war wieder jenes Halbdunkel im Raum, das Wärme in alle Gegenstände brachte. Stella stand vor ihm.

Er sah, daß sie das hellblaue Samtkleid trug, das sie schon den ganzen Abend angehabt hatte. Ihr Gesicht mit den warmen Schatten auf den Wangen, das volle, schwarze Haar, das ihn streifte, als sie sich an ihn lehnte – dies alles war vertraut, als redeten alte Bekannte zu ihm, deren Nähe Sicherheit und Gewißheit bedeutet. Er erkannte die schimmernde Linie ihres Halses, als sie sich das Haar auf eine Seite strich. Da war er mit einem Mal zu Tode erschöpft, und der Wunsch übermannte ihn, sich in die sanft ausschwingende Linie des Frauenhalses hinabzuneigen und dort bis ans Ende der Tage auszuruhen. Abgehetzt ließ er den Kopf auf die Schulter der Frau sinken. „Du Liebes", flüsterte er, „hilf mir, damit fertig zu werden. Ich habe Angst. Ich wußte, daß mit euch alles wiederkommen würde. Dennoch mußte ich euch rufen. Laß mich, bitte, jetzt nicht mehr allein."

Sie strich ihm über den Kopf. „Komm", sagte sie, „wir müssen Toma helfen. Er muß es jetzt loswerden, er hat schon zuviel getrunken, wie jedesmal." Sie schwieg. Dann sagte sie sehr ruhig: „Alles was ich habe, ist bei dir sein zu dürfen." Mit einer vorsichtigen Bewegung hob sie seinen Kopf von ihrer Schulter und blickte ihm in die Augen. Der gequälte Zug um seinen Mund verschwand. Er lächelte. Dann nahm sie seinen Arm.

Erst als sie sich gesetzt hatten, sah er, daß der Tisch abgeräumt war. Nur die Gläser standen noch auf den Untersätzen aus buntem Bast. Im Eiskübel neben Peter Römers lehnten drei Flaschen. In den Tellern lag Gebäck, und in zwei schwarzen Steingefäßen steckten Salzstangen. Die Freunde saßen alle um den Tisch versammelt.

„Peter", sagte Gisela mit dem geschmeidigen Ton in der Stimme, der ihn auch diesmal aufhorchen ließ, „gib mir die Flasche, bitte, die du Toma weggenommen hast. Ja, dort unter dem Kissen steckt sie, neben dir." Ohne zu widersprechen, holte Peter die Flasche aus dem Versteck und reichte sie ihr. „Du weißt es ebensogut wie wir alle hier, daß es damit nicht getan ist", sagte sie und stellte die Flasche vor Panduru auf den Tisch, „Toma, bitte nicht mehr so viel, ja?"

Panduru saß mit schwer aufgestützten Armen. Er sah die Frau an. Dann erhob er sich langsam und drückte, als er stand, die Knie gegen die Tischkante. Als er nicht mehr wankte, beugte er sich vor und strich Gisela über die hellbraunen Haare; seine Hand war ruhig und sicher. „Du warst immer so klug", sagte er und nickte, „o ja, Gisela, du bist so klug, weil du gut bist."

Er setzte sich, griff nach der grünen Flasche und schenkte sich das Glas bis zur Hälfte ein. Als er zu sprechen begann, war seine Stimme rauh – wie immer, wenn er etwas sagte.

IV

Die Sache mit Kolár

Jedesmal, wenn ich trank — begann Panduru —, beobachtete ich das langsame Erlöschen des Ringes, der sich während des vierundzwanzigstündigen Stehens der Flüssigkeit an der Innenwand der Flasche abgezeichnet hatte. Ich trank in großen Abständen. Aber auch beim letzten Glas meinte ich den Ring zu sehen, der die Höhe angab, von der ich ausgegangen war. Netzte der Sechzigprozentige so stark? Hielt die Körnung des rauhgriffigen, von Schlacke und Mergel übermäßig durchsetzten Flaschenglases die Flüssigkeit fest? Oder gab es den Ring nur in meiner Vorstellung? Ich weiß es nicht.

Ein Geheimnis war es mir längst nicht mehr, daß ich im Gespräch mit der Flasche einen Zustand schwebender Ausgeglichenheit suchte. Ich gebe zu: böse, ja feindselige Schadenfreude lag darin. *For a man's house is his castle.* O ja, meine Flasche war meine Burg.

Wenn Anca das Geschirr abgetragen und mit ihrem schneeweißen Lappen den Tisch abgewischt hatte, stellte sie Glas und Flasche wortlos vor mich hin und wünschte mir in der weichen Sprache unserer Heimat eine gesegnete Nacht. Wir stammen von dieser, der moldauischen Seite der Ostkarpaten, und in unserer Sprache scheint es keine Mitlaute zu geben.

Ich trinke seit dem Krieg, am liebsten den sechzigprozentigen Branntwein, an dem ich den Zuschuß bitteren Mandelschalengeschmacks besonders mag. Niemals habe ich Anca gefragt, wo sie das schwer aufzutreibende Getränk besorgte, aber es hatte niemals gefehlt, seit sie nach dem Tod unserer Eltern mit mir zog. Auf der Baustelle im Waldkessel der Höhe 1004 war ich der einzige, der nach dieser Flasche verlangte, obgleich unsre Schenke jedem offen und die grüne

Flasche in der Reihe der anderen auf einem der Tannenholzbretter stand; die Arbeiter, vorbeikommende Jäger und Holzfäller fragten nur nach dem in dieser Gegend üblichen, wie Quellwasser harten und klaren Pflaumenschnaps. –

Der Frühherbst zieht sich dort oben in den Ostkarpaten über einige Wochen hin. Die Buchen auf den schrägen Haldentafeln hoch über den Tälern stehen regungslos nach dem Feuer des Sommers, das sie purpurn zurückgelassen hat; die Farne am Waldrand magern ab, aus den Brennnesselschneisen schwelt um die Mittagsstunde heißer und scharfer Dunst. Und an den Abenden legt sich ein dunkler Ton in die Luft, den ich nur dort gehört habe und der mich, sobald Anca das Fenster öffnete, jedesmal veranlaßte, aufmerksam zu lauschen: ein Geräusch wie von wandernder Brandung kam aus den Tannen, und die Vorstellung beschäftigte mich, es sei eine vergessene Sprache, die nur noch nachts zu hören ist. Gäbe es unsere Rufe, das Knallen der Sprengungen, die Axtschläge und ihren Widerhall nicht, wäre sie sicherlich auch tagsüber zu hören, sagte ich mir.

Nein, ich bin kein Zeichendeuter; wäre mir damals einer mit diesen Dingen gekommen, ich hätte abgewinkt. Dennoch steht für mich heute fest: es waren diese Abende in den moldauischen Bergen, die das erste Alarmzeichen in der Sache mit Kolár gaben.

Doch will ich auch Nelius – wir nannten ihn seit der Schulzeit so, er hieß Cornelius Brega und stand als Chef dem ausgedehnten technischen Überwachungsdienst der Baustellen vor –, ich will also auch Nelius Gerechtigkeit widerfahren lassen. Er hatte schon als Halbwüchsiger von sich reden gemacht. Seine außergewöhnlichen Fähigkeiten, sein fiebrig gespannter Ehrgeiz hatten uns von eh und je bewogen, ihm in jeder Lage den Vortritt einzuräumen. Bis zu seinem unglücklichen Ende schrieb mir seine Verwöhntheit eine Grenze vor, die uns zeitlebens voneinander trennte. Und so hatte es mich auch nicht überrascht, als ich eines

Tages hörte, daß er – wie es hieß – „seinem besten Freund die Frau ausgespannt" habe. Als sich die Ereignisse im Waldkessel auf der Höhe 1004 zutrugen, war er ein vierzigjähriger Mann in hoher Stellung.

Das Ganze begann, als ich nach der Übergabe meines letzten Monatsberichts aus der Hauptstadt zurückkehrte und nach einstündigem Aufstieg von Tatar am Abend im Waldkessel eintraf. Von den Arbeitern, die ich übers Wochenende beurlaubt hatte, war noch keiner zurück. Nur Ancas Mann, mein versoffener Schwager, den ich Anca zuliebe als Nachtwächter auf meinen Baustellen unterbrachte, trieb sich in den leeren Baracken herum. Ich weiß nicht mehr, warum ich wütend wurde, als ich ihn erblickte. Ich kehrte vor der Tür meines Zimmers um und ging, entgegen meiner ursprünglichen Absicht, durch das Dunkel in den Speiseraum hinüber.

Anca lächelte, und wir umarmten uns; ich hängte ihr die Perlenkette um, die ich mitgebracht hatte. Danke, nein, ich wünschte nichts zu essen; wie sie den Tag verbracht habe, fragte ich. Und während ich zu meinem Tisch ging, mich setzte und die grüne Flasche zum Glas hinneigte, stand sie hinter der Theke und beobachtete mich – anders als sie es sonst tat. Ich bemerkte es und, plötzlich von ohnmächtiger Wut beherrscht, murmelte ich: „Versoffenes Schwein . . ." und hatte gleichzeitig begriffen, was vorgefallen war. Ich sprang auf. Anca hob bittend die Hände. Ich sah die Flasche an und suchte den Ring. Dann stellte ich sie hart auf den Tisch zurück und ging, ohne mich umzublicken, in mein Zimmer.

Ich schlief in der Nacht unruhig; ich stand einige Male auf und trat vor die Baracke ins Freie; ich fragte mich immer wieder: wem nur hat sie meine Flasche gegeben?, und ich fühlte, daß etwas geschehen war, was nun nicht mehr rückgängig zu machen war, ich ahnte, daß sich ein entsetzliches Ereignis angekündigt hatte.

Als ich am Morgen vor Tag zu den Arbeitern hinüberging, wehte um die Barackenecken eine schartige Kühle. Die Männer waren angekommen, umstanden schwatzend den Kanonenofen im großen Schlafraum, und eine Schnapsflasche machte die Runde; im Hintergrund erkannte ich das Triefgesicht meines Schwagers und wußte im gleichen Augenblick, daß er mit meiner Flasche nichts zu tun hatte.

Ich sah sofort, daß Trifa, der Sprengmeister der Baustelle, fehlte. Ich fragte nach Garuga, dem zweiten Sprenger, einem Koloß von Mann; der hielt mir seine verbundene Hand vor die Nase. Ob ich denn nicht trinken wolle? fragte der alte Condor und wischte mit dem Rockärmel über den Flaschenmund. Ich fuhr ihn an: „Wir können die Arbeiten nicht unterbrechen, bloß weil das Schwein von einem Trifa angeduselt irgendwo im Straßengraben liegt. Los, wir sprengen!" Trifa, ein Zigeuner, war Sprengmeister und Lokführer der Baustelle, unzuverlässig wie nur je ein Zigeuner, aber seit Jahren wie der treueste Hund auf allen Baustellen hinter mir her. „Los", sagte ich noch einmal und ging auf die Türe zu. „Aber", wimmerte der Alte und griff nach der Mütze. „Mach, was ich dir sage", schrie ich und riß die Türe auf.

Die Männer verteilten sich im Kessel, der wie ein riesiger Steintrichter mit seinen grauen Wänden rings um uns lag. „Herr Ingenieur Panduru", hörte ich den Alten wieder hinter mir, „ohne Trifa..." „Laß die Winde anbringen", unterbrach ich ihn, „ich werde selber bohren." Garuga half mir mit seiner heilen Hand beim Umschnallen der Sitzgurten.

Sie zogen mich zu dritt in die Wand hinauf. Es ging sehr schnell, schon nach Sekunden sah ich die bereiften Teerplatten der Dächer unter mir, die Gestalten der Männer verkürzten sich unter den Hutkrempen, im Surren der Seile verstand ich jedes Wort, das sie sprachen. „Herr Ingenieur", rief Garuga, als ich etwa zehn Meter hoch war, „nein, dort hat die Wand Sprünge, dort dürfen Sie nicht ansetzen. Los", rief er den beiden anderen zu, „er muß ein Stück weiter hinauf."

Ich stieß mit dem Kopf in die streichende Morgenluft. Die Gurten schnitten in die Muskeln, der schwere Hammer drückte auf die Schenkel. „Bitte, geh schlafen", hörte ich Ancas sanfte Stimme tief unter mir, „heute gibt's nichts mehr." Gleichzeitig sah ich die nach allen Seiten ausgreifenden Risse in der feuchten Wand vor mir.

Sie schindet sich für das versoffene Schwein, verdammt nochmal, und mir soll keiner an meine Flasche ran. „Motor anlassen", schrie ich wütend. „Herr Ingenieur", hörte ich wieder Condors Stimme, „ich bitte Sie!" Ich sah ihn quer durch den Kesselgrund laufen, aber noch ehe er bei der Motorlore ankam, knatterte es los und füllte mit einem Mal von unten aufsteigend den ganzen Kessel. Als letztes sah ich die Tannenwurzeln in der Wand über mir; sie spreizten sich genau über meinem Kopf in das streifige, fahle Grau des Himmels wie die Finger einer Riesenhand. Ich starrte hinauf, hob den Hammer und setzte den Meißel an.

Da fiel mir ein, daß Trifa vor drei Tagen von dem überhängenden Block gesprochen hatte, der nun vor mir lag. Granit, Herr Ingenieur, hatte er gesagt, Granit mitten im Kalk, hm, hatte ausgespuckt, sich mit dem Handrücken über den Mund gewischt und kurz erklärt: „Der, wenn man ihn anrührt, haut die ganze Wand auseinander. Den muß ich mir erst näher ansehen. Für heute reicht's mir." Er war saufen gegangen und seither nicht wiedergekommen.

Als ich die Schaltklappe niederdrückte, begann mir der wildgewordene Griff gegen den Magen zu hämmern, daß mir übel wurde; das Dröhnen klirrte über mich hinaus und schüttete das Rattern des Motors zu. Ich preßte den Hammer mit ganzer Kraft in den Spalt. Anca, dachte ich, warum hast du meine Flasche einem andern gegeben? Warum hast du das getan? Ich entspannte die Hand an der Schaltklappe, schob die Brille in die Stirn und schnaubte den Staub des heißgemahlenen Steins aus der Nase. Der Wald rauschte noch eine Weile. Dann ließ ich mich ein Stück höher ziehen.

Als ich den Granitklotz von der Seite maß, überkam mich wieder dieser ohnmächtige Zorn. „Lockert die Seile", schrie ich, griff mit beiden Händen nach dem Bug vor mir und zog mich hinauf, das Gesicht dicht am Stein. Ich muß den Riß drüben erreichen, dachte ich erregt, der fällt ihm in die Seite, und wenn es mir gelingt, ihn für die Sprengkapseln auszubohren, ist er erledigt. Ich mußte jetzt nicht mehr am Schenkel vorbei in den Kesselgrund hinabblicken. Im Grau unten bewegte sich Garugas weißverbundene Hand. „Herr Ingenieur", zeterte Condor mit hoher Stimme. „Anca" schrie ich, „bring den Alten zum Schweigen. So lockert endlich die Seile!" Der Schweiß war mir ausgebrochen. Ich habe sonst nichts mehr, Anca, du bist die einzige, die das versteht. Nichts als die grüne Flasche. Warum hast du einen in meine Burg gelassen?

Da ich nicht mehr in der Fallinie der Winde lag, hing das Seil schlaff durch und lief erst ein Stück weiter drüben wieder in die Senkrechte; ich lag frei in der Wand. Vorsichtig griff ich nach der Schaltklappe und drückte. Der Hammer sprang mir ins Gesicht, der Lärm dröhnte über mich hinweg. Aber ich konnte den Meißel in dem Riß halten. Erst als ich die Klappe wieder losließ, traf mich der herausgleitende Hammer mit Wucht von oben gegen die Schulter. Ich verlor sofort den Halt und stürzte kopfüber in die Wand hinaus. Ich prallte gegen die Gurten und hörte die Männer unten aufschreien. Ich schlug mit dem Rücken, dann mit dem Kopf gegen den Stein.

Es war Tag geworden, als ich mich abseilen ließ. Nein, dachte ich benommen und blickte in die Gesichter, die einen Kreis um mich bildeten, nein, Anca, versteh wenigstens du mich. Garuga schnallte mir die Gurte ab. Als ich in meinem Zimmer den Staub von den Kleidern klopfte und mir Jod auf die Schürfungen goß, hörte ich draußen Rufe und Schritte; die Männer liefen in Deckung. Die Entladungen brachten die Fenster zum Klirren. Ich wusch Hände und Gesicht und trat hinaus. Ich war immer noch erregt.

Bis dicht vor die Baracken war der Kesselgrund von Bruchstein überdeckt. Trifa, dachte ich, woher hat der Windhund nur gewußt, daß der Granit die Wand zerreißt? „Der Herrgott verzeih' Ihnen das", sagte der alte Condor, „sowas macht man nur einmal im Leben." „Schick Anca herüber", sagte ich, „und sieh nach dem weiteren", und ging ins Zimmer zurück. „Hol mir, bitte, die Flasche, Anca", sagte ich, als sie eintrat. „Ich habe sie mitgebracht." Sie stellte Flasche und Glas auf den Tisch. Ich trank ein Wasserglas leer. Der Sechzigprozentige biß sich in meine Kehle. Ich wurde ruhiger. „Wer war's?" fragte ich und sah sie an. „Ich hatte nur die eine Flasche", sagte sie; die Worte klangen in ihrem Mund, als schmölzen sie, und ich fühlte, wie ich davon noch ruhiger wurde. „Ist schon gut, Schwester." „Gestern Abend ist einer vorbeigekommen, bevor du eintrafst", sagte sie, „ein armer Fremder, weiß Gott, ein armer." Dann ging sie.

Eine halbe Stunde lang arbeitete ich gut und leicht. Dann hörte ich Schritte im Vorraum, kurz darauf Klopfen. Aha, dachte ich, Anca, der Engel, sie bringt das Frühstück, habe ich heute schon gefrühstückt? An dem Tritt auf den Dielenbrettern hörte ich, daß es nicht Anca war. Ich wartete, bis die Türe geschlossen wurde. „Nun?" fragte ich, ohne von den Papieren aufzusehen, „was gibt's, Condor?" „Guten Tag", sagte eine fremde Stimme hinter mir.

Es war sonderbar, daß ich mich nun zuerst steif aufrichtete und nach den Zigaretten griff, die vor mir lagen. Ich steckte mir eine an, dabei ließ ich mir Zeit und beobachtete das in der Flamme schwarz werdende Papier. Ich griff mit der einen Hand nach der Stuhllehne und hörte durch das geschlossene Fenster Condor etwas rufen; eine heisere Stimme antwortete. Dann erst wendete ich mich ganz um und erblickte den bärtigen Mann, der vor der Tür stand. Ich fragte: „Trinken Sie – trinken Sie Branntwein, von dem da?" Er sagte: „Ich bitte Sie, mich anzustellen. Ich suche Arbeit." „Hat Anca Ihnen . . . ?" fragte ich und fühlte die Schürfungen auf dem Arm brennen. Er wiederholte: „Ich bitte Sie, mich anzustellen." „Wir stellen hier niemand mehr an, Sie sollten doch wissen, daß wir hier niemand mehr anstellen", sagte ich barsch. Ich hob den Arm von der Stuhllehne, weil er auf einmal schmerzte. „Wenn ich Sie bitte, werden Sie einen Platz für mich finden", sagte er. So, dachte ich, wenn er bittet. Wieder war die Stimme des Alten draußen zu hören. Ich habe mir den Arm stärker verletzt, als ich wahrhaben will, dachte ich und war sehr unsicher. „Wie alt sind Sie" fragte ich nach einer Zeit, und dann sagte ich: „Warum lasse ich mich überhaupt mit Ihnen ein?" „Achtunddreißig", sagte er.

Das ist also sein Bart, dachte ich angestrengt nach, er hat die Farbe des Granits von heute Morgen, ein fleckiges, weißdurchsträhntes Grau; sein Gesicht hat die gleiche Farbe, auch die breite, auf eine nicht zu übersehende Art nach vorne drängende Stirn erinnerte mich an den Block – nein, andersrum, dachte ich, der Granit heute Früh hat mich an ihn erinnert. „Mann", sagte ich, „wie stellen Sie sich das vor, soll ich denn mit Ihnen teilen?" Er sah mich unbewegt an. Ich nahm mich zusammen, ich sagte grob: „Als was soll ich Sie einstellen?" „Wo Sie mich brauchen, ich mache alles", sagte er. Ich zog an der Zigarette, die erloschen war. Ich ließ ihn jetzt nicht mehr aus den Augen; seit mir seine Ähnlichkeit mit dem Granitbrocken aufgefallen war, hatte ich das Gefühl, in seiner Gegenwart sehr wachsam sein zu müssen. „Der, wenn man ihn anrührt, haut die ganze Wand auseinander . . .", hatte Trifa gesagt. „Sie treiben sich seit Tagen hier herum", sagte ich und schnippte die kalte Asche zwischen ihn und mich, „Sie haben also gesehen, daß die Gruppen vollbesetzt sind. Aber abgesehen davon – es ist mir ganz einfach zu umständlich, die Tagesleistung für einen einzelnen zu berechnen. Das ist es", sagte ich, „genau das, es ist mir zu umständlich, wenn Sie es unbedingt wissen wollen."

„Ich bitte Sie, mich anzustellen", sagte er wieder, „ich nehme Ihnen das ab." „Was nehmen Sie mir ab?" fuhr ich auf, „ach so", sagte ich. Armes Schwein, dachte ich, lügt sich um fünfzehn Jahre jünger. „Ich sage Ihnen die Wahrheit", sagte er. Aber ich war nun entschlossen, mich nicht mehr überrumpeln zu lassen.

„Lassen Sie sich von meiner Schwester Anca eine Bettstelle in der Baracke drüben anweisen – das heißt, nein, ich werde später selber kommen. Den Sack können Sie bis dahin im Vorraum abstellen. Condor wird Ihnen die Geräte geben; Sie gehen gleich an die Arbeit. Unterschreiben Sie hier." Ich griff nach dem Heft, schob es an die Tischecke, öffnete meinen Füllhalter und legte ihn auf das Heft.

Ich zerdrückte die Zigarette, während ich ihn nähertreten und schreiben hörte, griff nach einem Bleistift und machte mich wieder an die Arbeit. Ich hörte ihn zurücktreten. Condors Stimme erklang auf der andern Seite des Kessels. „Bitte?" fragte ich nach einer Pause, „Sie wünschen noch etwas?" „Ja", sagte er, „ja, ich trinke von dem Branntwein, Ihre Schwester war so gütig, mir zwei Gläser aus Ihrer Flasche einzuschenken."

Dann hörte ich, wie die Türe geöffnet und wieder geschlossen wurde und wie sich die Schritte im Vorraum entfernten. Ich saß eine zeitlang, bis mein Blick auf das Heft fiel. Ich zog es näher. Unter der Kolonne der schwerfälligen Unterschriften der Arbeiter stand sein Name – er stand dort wie ein gradgewachsener Baum am Ende einer verworrenen Hecke. Als ich mich überrascht umblickte, fiel mir ein, daß er schon gegangen war. Dann las ich seinen Namen; er lautete: Ladislaus Kolár.

An jenem ersten Abend saß er am Tisch in der äußersten Ecke des Speiseraumes. Er hatte uns den Rücken zugekehrt, und ich kümmerte mich nicht um ihn. Nachher, in meinem Zimmer, schob ich den Tagesbericht des Alten beiseite, und als der Alte mich verwundert ansah, winkte ich ab. „Ich habe heute keine Lust", sagte ich, „geh schlafen; vielleicht morgen."

Anca hat ihn aufgenommen, wie einen, der schon immer zu uns gehörte, dachte ich. O ja, ich brauchte meine Zeit, um damit fertig zu werden, daß ich jetzt nicht mehr allein von dem Branntwein trank, daß nun noch einer da war. Aber als Anca am Abend darauf zu mir sagte: „Toma, du mußt nicht beunruhigt sein – von heute an bekommt er seine Flasche", ließ ich den Alten nachher mit seinem Heft in mein Zimmer kommen.

„Der hat entweder den Teufel im Leib", platzte er zur Türe herein, „oder er ist noch nicht draufgekommen, daß hier in Stein und nicht in Erde gearbeitet wird." „Na", sagte ich, zog mir den Stuhl heran und setzte mich, „wie kommt ihr aus mit ihm?" Er machte eine ungeduldige Handbewegung, schob die weißbehaarte Nase mit der Warze am Schirm der Petroleumlampe vorbei und hämmerte mit dem Zeigefinger auf das Heft. „So sehen Sie doch selbst." Ich warf einen Blick in das Heft. Ich ließ mir Zeit. „Hör, Alter", sagte ich nach einer Weile, „du hast wohl das Einmaleins im Wald verloren." An dem summenden Lampenglas vorbei funkelte er mich an und schnaufte: „So? Da können ab morgen Sie die Berechnungen machen, mit dem Krampen in der Hand fühle ich mich sowieso besser als mit dem Zahlengestank da." Er schlug die Faust auf das Heft. Ich schob ihm den zweiten Stuhl hin und sah wieder ins Heft: Kolár war von dem Alten mit sieben Kubikmeter Bruchstein pro Tag eingetragen worden – das war die Leistung einer Zweiergruppe. „Nimm eine Zigarette, schnauf mir nicht mehr ins Gesicht und erzähl, wie er das gemacht hat."

Condor steckte sich eine Zigarette über dem Lampenglas an. „Wie er das gemacht hat? Das will ich Ihnen jetzt sagen. Passen Sie ja nur gut auf ... Zuerst hat er die Jacke ausgezogen. So. Dann ist er zu mir gekommen und hat gesagt: Herr Condor, wieviel machen die Herren in den anderen Gruppen pro Tag? Herren, hat er gesagt, Herr Ingenieur. Sie passen doch auf? Wieviel also machen die Herren pro Tag? hat er gefragt. Ich habe ihm das gesagt. So und so, habe ich gesagt. So, hat er gesagt, ist zu seinem Schubkarren gegangen, hat den Hut abgenommen und ihn auf die Steine neben die Jacke gelegt, und ich habe ihm dabei zugesehen. Und dann ..." Der Alte legte die Zigarette auf den Tischrand und reckte sich auf, er sah mich an, als hätte er eine Truppe zum Angriff zu führen. Ich nickte besänftigend.

„Und jetzt hören Sie sehr genau zu, Herr Ingenieur. Das hat er so gemacht: Den Bart auf die Brust gestemmt – so, sehen Sie? Den Rücken krumm gemacht und ihn zwischen die Schultern geklemmt – so, nein so ... Und dann, dann hat er den Rücken nicht mehr gerade gemacht bis zum Abend." Der Alte richtete sich auf, schnaufte noch einmal und griff nach der Zigarette. „So hat er das gemacht, Herr Ingenieur, und das war alles. Nur gelacht hat er dabei nicht", sagte er, „nein, nicht ein einziges Mal, auch nicht, wenn der Trifa seine dreckigen Weiberwitze gerissen hat und wir uns auf die Schaufeln stützen mußten vor Lachen. Gute Nacht, Herr Ingenieur Panduru, so einen habe ich mein Lebtag nicht gesehen. Gute Nacht."

Am Morgen des nächsten Tages ließ ich Kolár mitteilen, daß es bei der Lohnabrechnung nur eine Gesamtleistung und als Ertrag für den einzelnen das Mittel daraus gäbe. „Sagen Sie ihm, es ist nicht nötig, daß er sich abschindet", wies ich Condor an. Der Alte kam bald darauf zurück. „Was habe ich Ihnen gesagt", schnaufte er, „hat er mir doch erklärt: es ist gut, und es soll keiner von den Herren seinetwegen im

Schaden bleiben, er macht die Arbeit für zwei und nimmt den Lohn für einen . . ." „Gut", erwiderte ich, „wir wollen Menschen bleiben. Er wird nicht zu kurz kommen." –

Es war Ende September geworden und drei Wochen her, seit Kolár zu uns gestoßen war. Die Spreng- und Aufräumungsarbeiten waren beendet; der enge Kessel war so weit ausgebuchtet, daß wir mit dem Bau der Verladerampe beginnen konnten. Ich hatte mich nur schwer an Kolár gewöhnt. Doch durch Ancas Lösung mit den zwei Flaschen war auch mir das Verhalten vorgeschrieben; hier oben gab es keinen, der sich Anca widersetzt hätte. Aber am letzten Tag trat ein Ereignis ein, das mein Verhältnis zu Kolár plötzlich veränderte.

Das Schwierige der Arbeit in diesem Abschnitt hatte darin bestanden, den auf Loren verladenen Bruchstein unterhalb des Kessels in eine Schlucht zu leeren. Die Trasse war dort so schmal, daß nur ein Mann arbeiten konnte. Condor hatte Kolár hinuntergeschickt – er war der einzige unter den vierzig Männern, der die Loren ohne Hilfe eines Zweiten kippte. Zudem hatte er sich angeboten, die Arbeit zu übernehmen. Ich gestehe: Kolárs Abwesenheit war mir angenehm gewesen. Im Laufe der Tage hatte er sich dann einen Pfad getreten, der aus dem Kessel in den Wald führte, und der Steg war das einzige, was mich tagsüber an ihn erinnerte.

An jenem letzten Tag nun entschloß ich mich, zu Kolár hinunterzugehen; dabei handelte ich aus dem Gefühl, etwas gut machen zu müssen. Der Pfad führte durch die steilen Tannenhänge hinab und stieß unten aus dem Wald geradewegs auf den Schluchtrand, dessen weitausholendem Bogen die Trasse folgte. Ich hatte mich seinerzeit erst nach vielen Überlegungen und wiederholter Rücksprache mit den Planern entschlossen, die Trasse hier zu führen; das Gleis hatte ich zur Sicherheit mit Doppelschwellen befestigen lassen.

Als ich jetzt aus den Tannen trat, überraschte mich die Kühnheit der Anlage.

Gerade war von oben ein Zug mit zwölf Loren eingetroffen, hinter den Tannen hörte ich die kleine Dampflok. Da sah ich Kolár.

Er ging, den Rücken mir zugekehrt, auf dem schmalen Band zwischen Gleis und Böschung von Lore zu Lore und kippte den Inhalt nach der andern Seite hinüber. Er tat das mit einer ungewöhnlichen Körperkraft, langsam und ohne Hast, indem er jedesmal die rechte Schulter gegen den Rahmen der Loren stemmte. Immer, wenn eine geleerte Lore ausschwang, trat er zwischen die Puffer, neigte sich vor und sah den Steinen nach, die in die Schlucht hinabstürzten; Geruch von Karbid und Harz wehte bis zu mir herauf.

Ich war an den Tannen entlang nach rechts gegangen und erreichte das Gleis gerade, als Kolár wieder zwischen zwei Loren trat. Da blieb ich unwillkürlich stehen. Etwas an seinen Bewegungen hatte mich stutzig gemacht. Ich trat rasch unter die Tannen zurück und beobachtete ihn. Und mit einem Mal begriff ich, daß der im Krachen der Steine vorgebeugte Mann von etwas beherrscht war, das sich, riefe ich ihn jetzt an, gegen mich wenden würde mit einer furchtbaren Kraft. Ohne ihn angesprochen zu haben, kehrte ich in den Waldkessel zurück. Ich wischte mir den Schweiß von der Stirn und atmete erleichtert auf. –

Während der letzten Tage war es kälter geworden. Die Morgen brachen immer später an, und eines Tages war auch das Zifferblatt der Storchenschwärme aus dem Himmel über dem Kessel verschwunden. In den Ton der Wälder, der nachts an mein Fenster schlug, war nach und nach deutlicher ein gläsernes Singen gekommen. Der Frosteinbruch aus dem Osten kündigte sich an.

Es war gut, daß ich zu diesem Zeitpunkt aufgefordert wurde, mich bei der Leitung des Unternehmens zu melden.

Nelius drängte; er wollte die Arbeiten endlich abgeschlossen wissen. Wir hatten die letzten Wochen ohne Unterbrechung durchgeschuftet. Ich beurlaubte die Arbeiter für zwei Tage. Trifa nahm zu meiner Erleichterung die Einladung Condors an, zu ihm nach Tatar hinunterzugehen. „Gesoffen wird nur bei mir zu Hause, du kriegst so viel du willst", raunzte der Alte. „Alle Weiber sind Huren, alle", jammerte Trifa und spuckte dreimal hintereinander in die Steine; sein braunes Gesicht war faltig und vor der Zeit erschlafft. „Alter", lachte er im nächsten Augenblick fröhlich und leckte sich die dicken Lippen unter dem Schnurrbärtchen, „hast du nicht eine Tochter für mich, he?" „Du Wanzendreck", fuhr Condor auf ihn los, „hast deine eigene Frau und eine Horde Kinder. Meine Alte werd' ich dir geben, da sollst du was erleben." Dann stiegen sie Arm in Arm aus dem Waldkessel; der Alte blieb immer wieder stehen und brach bei Trifas Reißern in sein Fistellachen aus.

Ich traf gegen Mittag in Bukarest ein, nahm einen Wagen und ließ mich zum Sitz des Unternehmens fahren; ich bat im Sekretariat, mich bei Direktor Brega anzumelden.

In der Erwartung, gleich vorgelassen zu werden, ging ich im Zimmer auf und ab; dabei hatte ich die Fragen der gesprächigen Sekretärin zu beantworten – einer verlebten Jungfrau mit wenig mehr als einer Handvoll sinnig über den Kopf verteilter Haare und einem billigen Medaillon in Herzform auf der zarten Brust; jedesmal erfuhr ich von ihr innerhalb einer Minute den Tratsch der ganzen Hauptstadt.

Der arme Direktor Brega, und dabei ist er so nett, so nett und lieb – ja, ach ja, das Leben, das Glück . . . Im Klappern der Schreibmaschine verhauchten ihre Seufzer. Sie kennen die Geschichte, Herr Ingenieur? Nein, wieso denn, was für eine Geschichte . . . ? Ach so, nein, nein! Ich winkte erschrocken ab – ich weiß, ich weiß, nein, bitte nicht, ich halte Sie doch nur auf, wirklich nicht, redete ich weiter, denn das Klappern der Schreibmaschine hatte ausgesetzt, eine uralte Geschichte, sie geht mich wirklich nichts an, sagte ich, Nelius, sein Freund, dessen Frau, ich weiß, ungewöhnliche Umstände der Trennung ... Aber der Freund, fiel sie mir ins Wort, von dem Freund fehlt seither jede Spur, und der Herr Direktor ist so furchtbar beunruhigt. Wie aufregend, nicht wahr? ... Na, sehen Sie, unterbrach ich sie flehend, Gott sei Dank fehlt jede Spur ... Und sie ist bildschön, bildschön, hauchte sie, ein Star, eine Diva, *die* Frau, Herr Ingenieur Panduru, muß man gesehen haben. Ach, Glück und Glas, wie leicht...

Die Tür öffnete sich. Ein junger Mann ging eilig an mir vorbei. Ich nahm ihm den Türgriff aus der Hand und trat ein.

Der Mann mit dem schmalen, geistvollen Gesicht, der vor dem Schreibtisch stand und mir die Hand entgegenstreckte, war Nelius. Das erste, was mir an ihm auffiel, immer schon aufgefallen war: seine Gepflegtheit. Er setzte sich, seine Rechte blieb auf der Tischplatte liegen, die Finger trommelten kurz auf die Platte, ehe er sich über die Stirn strich, die Hand wieder auf den Tisch legte, den Kopf hob und mich erwartungsvoll ansah. Ich berichtete, ohne unterbrochen zu werden. Diese auffallend schöne und schlanke Hand, dachte ich, diese verwöhnte Hand, das heute fast bohrend ernste Gesicht und diese nicht zur Ruhe kommende Hand. Sie war die ganze Zeit über da.

„Ich würde mich sehr freuen", sagte Nelius, als wir wieder standen, „dich heute Abend bei mir zu Gast zu sehen. Du fährst doch nicht etwa schon zurück? Meine Frau freut sich auf deinen Besuch. Wir leben sehr zurückgezogen, weißt du. Ich wohne ..." Er nannte Straße und Hausnummer. „Wir erwarten dich, Toma."

Ich aß im ersten Gasthaus eine Kleinigkeit und fuhr dann in meine Wohnung. Ich leerte das Postlädchen, viel war nicht da, räkelte mich stundenlang in der Badewanne, rauchte, und als ich aus dem Badezimmer trat, fing ich den

Geruch meiner Kleider auf, die an der Tür hingen – sie rochen nach Wind und Harz. Danach las und schrieb ich; später drehte ich die kleine Lampe auf dem Schreibtisch an. Als mir nichts mehr zu tun übriggeblieben war, trat ich vor das geöffnete Fenster.

Meine Wohnung liegt im vierten Stockwerk in einem Hochhaus im Stadtinnern. Ich beobachtete, einige Minuten lang im Fenster liegend, den Abendverkehr. Jahre vorher hatte ich die Entdeckung gemacht, daß sich das Gesicht der Straßen um diese Zeit zu verändern beginnt. Mir war aufgefallen, daß die Städte ein Tag- und ein Nachtgesicht haben – nein, nicht etwa wegen der Laternenlichter, die bei Dunkelwerden aufleuchten. Ich meine vielmehr die Wandlung zur Vereinfachung ins Große hin der Mauern, Dächer, Tore und Türme, die mit dem Nachlassen des Tageslichtes einsetzt. Im Nachtgesicht der Städte gibt es keine ablenkenden Einzelheiten mehr; das Verwirrende und Beengende der kleinen Linien wird ausgelöscht, und an ihre Stelle tritt eine machtvolle Ruhe, in der sich uns eigentlich erst das wahre Antlitz ganzer Straßenzüge und Plätze zeigt. Es verschafft mir auch in fremden Städten jedesmal erwartungsvollen und zugleich befreienden Genuß, diese Wandlung zu beobachten und an ihr teilzuhaben.

Als ich meine Wohnung verließ, vergaß ich, den Aufzug zu benützen. Der Widerhall meiner Schritte im Treppenhaus klang, als würde er niemals enden, ja, als setzte er sich in dunkle, unter der Stadt gelegene Kammern fort und zöge mich mit.

Es bereitete mir Spaß, in der kühlen Abendluft auszuschreiten. Ich warf einen Blick auf eine Straßenuhr – nein, für Bregas war es noch zu früh. Aber ich war hungrig.

Ich betrat eine Gaststätte. Alle Tische waren besetzt. Ein Glas Joghurt und eine Semmel in der einen, eine Zeitung in der andern Hand, trat ich an einen der hohen Tische, an dem nur ein Mann stand – Lederjoppe in Schwarz, blonde

Nackenmähne. Ich löste den Deckel vom Glas und streifte den schmalen, peinlich genau ausgeschnittenen Schnurrbart vor mir mit einem Blick.

„Hallo", tönte es herüber, „Toma, kennst du mich denn nicht mehr?" Ich legte den Deckel auf den Tisch. Ich mußte mir jetzt Zeit lassen. „Nein", ich schüttelte den Kopf und begann, den Joghurt umzurühren, „tut mir leid." Und um ganz deutlich zu sein, fügte ich hinzu: „Das heißt, so sehr wieder nicht." Das versteht er hoffentlich, dachte ich. Der Joghurt mundete ausgezeichnet.

Er begann, laut zu lachen; dabei legte er den Kopf in den Nacken, stieß einen Vorübergehenden an, entschuldigte sich und war dann wieder ganz da. „Daran erkenne ich dich, immer noch der Alte also." Er lachte wieder. „Sie geben doch acht", sagte ich ungerührt und zeigte auf seine Hose, „Sie werden sich den Kaffee an unpassender Stelle hinter die Binde gießen." Ich hatte ihn natürlich sofort erkannt. „Gestatten", sagte er nun übertrieben förmlich, streckte die Hand über den Tisch, zog sie aber wieder zurück, da ich mich eingehend mit meiner Semmel beschäftigte. „Mein lieber Caragian", sagte ich trocken, „ich möchte in Ruhe etwas essen." „Aber, Toma", schmollte er, den Kopf zur Seite geneigt, „wir waren doch Banknachbarn vor kurzen fünfundzwanzig Lenzen."

„So, so", sagte ich, „Zeit genug also zum Vergessen. Ja, freilich", sagte ich kauend, „habe von dir gehört, freilich." Er hatte sich eine Zigarette angesteckt und die Ellenbogen auf die Glasplatte gestützt; er sah mich durch die Rauchwolke an. Ich stocherte bedächtig im Joghurt. „Hör, Toma", sagte er, „okay, du willst mit mir keine Erinnerungen auffrischen. Verstehe ich. Lassen wir's also. Aber ein bißchen helfen wirst du mir, wie? Du warst immer ein – na, ein Mann mit Herz." „Schmecken die Semmeln in diesen Stinkbuden immer wie – na, wie gedroschenes Stroh?" fragte ich. Er lachte unbekümmert. „Du kommst viel herum", sagte er, und als ich ihn fragend anblickte, zwinkerte er mir zu: „Waldkessel auf Höhe 1004." „Schieß los, Caragian", sagte ich und hob das Glas an den Mund, „ohne Umstände, wie das bei euch üblich ist."

Er schob die Ellenbogen ein Stück über den Tisch vor. „Toma, um es kurz zu machen: ich suche da einen. Das Schlimme dran ist, daß ich ihn auch finden muß." Er machte eine Pause. „Der Teufel hol ihn. Der Kerl geht mich ja nichts an . . . Aber ein großer Boß, ein ganz großer, der Staatssekretär Ralea, der allmächtige, hat meinem Chef eine Anweisung unter Brüdern gegeben. Und da hat der mich losgeschickt: Leutnant Caragian, Sie übernehmen das . . . Na", sagte er, „im Grunde halb so schlimm; nur so'n bißchen im Auge behalten soll ich ihn", er schnippte an der Zigarette, „der Kerl soll nämlich gefährlich sein, zu allem fähig, hat Ralea dem Chef zu verstehen gegeben. Das Blöde daran ist, daß man ihn schon seit einiger Zeit aus den Augen verloren hat. Ach was . . . " Er richtete sich auf, „die ganze Scheiße geht mich im Grunde nichts an. Aber", und jetzt wurde er zutraulich, „aber ich habe seit allzulangem nichts aufzuweisen. Verstehst du? Ich habe wieder mal einen abgeschlossenen Fall nötig, Toma. Planerfüllung. Ist bei euch doch auch so . . ."

Die unveränderlich schiefen Luder, dachte ich, die ewig gleichen Schmierfinke, Zuträgergeschmeiß von Geburt an. Jeder stirbt unter Qualen zwanzigmal im Leben – sterben diese nicht ein einziges Mal? Was muß geschehen, daß es sie umwirft? Seit ich ihn kenne, ist er derselbe. „Man muß leben, Toma", sagte er, „wie?"

„Beeil dich", sagte ich und wischte die Finger an der Papierserviette ab, „ich werde erwartet." „Also hör mal", sagte er, „der Chef hat mich angewiesen . . ." „Hast du schon gesagt", unterbrach ich ihn, „ich gehe jetzt. Ich bin eingeladen. Von deinen Geschäften habe ich niemals was verstanden."

Mit einem Mal blickte er mich eiskalt an, schob die Zigarette mit der Zunge in den andern Mundwinkel, nahm sie dann mit peinlicher Vorsicht in die Finger und betrachtete aufmerksam den langen Aschenhals. „Es dürfte dir bekannt sein, Toma", sagte er leise und gleichmütig, „daß jeder Bürger, den wir um Auskunft angehen, die Pflicht hat . . . Nicht wahr? Es könnte nämlich, lieber Freund, ein politischer Fall sein, zu dem ich dir hier eine Frage stelle."

Ich griff nach meiner Zeitung, ich versuchte meine Unsicherheit zu verbergen und tippte mir grüßend an die Stirn. „Einen Augenblick!" rief er und neigte sich mit einer entschiedenen Bewegung über den Tisch; er hatte meine Unsicherheit bemerkt, jetzt stieß er nach: „Du könntest – du könntest doch verwickelt sein, Panduru. Sowas schaukeln wir. Und du weißt doch noch von deinem Vater her sehr gut, wie das ist: was wir in den Griff kriegen wollen, machen wir zum politischen Fall. Das ist nämlich das Neue, das Revolutionäre an uns: alles machen wir zum politischen Fall. Und dann, mein Freund, dann gibt's kein Ausweichen mehr mit Justiz, Gerechtigkeit und dem ganzen bürgerlichen Käse, über den wir uns einen Ast lachen."

Das war klar. Ich sah seine Hände an, die er bis auf diese Seite des Tisches geschoben hatte. Dann sah ich ihm gerade in die Augen. Ich wußte selbst nicht, woher ich den Mut nahm, als ich ruhig sagte: „Hör mir jetzt, bitte, genau zu, Caragian . . ." „Ich weiß, ich weiß", unterbrach er mich, „mir eins in die Fresse hauen, wie? Du hattest immer schon Mut, Toma, wenn du auch immer schon zu den Feinbesaiteten gehörtest. Aber laß dir wenigstens von mir sagen, wie der Kerl heißt, damit du dir nachher, wenn irgendwas schief läuft, keine Vorwürfe machen mußt. Der war früher mal Uni-Dozent, hier in der Hauptstadt, Philosoph oder sowas. Ein hitzköpfiger Ungar. Und es geht um eine Weibergeschichte mit politischem Hintergrund, weil der beste Freund des großen Teofil Ralea in sie verwickelt ist. Du bist dir doch im Klaren, was das heißt? Der Kerl, den ich ausfindig machen muß, heißt Kolár, Ladislaus Kolár ..."

Ich beobachtete den Rauch, der an Caragians blassen Wangen hinaufstieg. Ich legte die Zeitung auf den Tisch zurück. Ich tat es langsam. „Die ganze Scheiße, sagst du, geht dich also nichts an?" Ich griff wieder nach der Zeitung und schob sie mit einer heftigen Bewegung in die Tasche. „Und du hast wieder mal was nötig? Planerfüllung, sagst du ... O ja, Caragian, ihr habt immer was nötig, um das Gefühl eurer Erbärmlichkeit zu betäuben. Du kennst doch dies Gefühl? Es gehört ja zu deinem Beruf. Gute Nacht", sagte ich, „ich kann dir leider nicht helfen." Ich ließ ihn stehen. Ich trat auf die Straße hinaus.

Erst nach einigen Minuten fiel mir auf, daß ich ging, ohne an die Richtung zu denken, in der ich zu gehen hatte. Hier muß es sein, dachte ich und bog in eine schmale Straße links ein. Knapp vor einem einschwenkenden Wagen wich ich auf den Gehsteig aus.

Ich habe euch alle zum Erbrechen über, dachte ich. Weil ich euch über habe, hocke ich mit meiner Schwester auf meinen Baustellen hinter Gottes Angesicht und weiß erst recht nicht, ob ihr uns nicht auch da findet und unter irgendeinem Vorwand hin bringt, wohin ihr die Leute so bringt, wenn ihr's „wieder mal nötig" habt, Angst und Entsetzen zu verbreiten, um leichter herrschen zu können. Warum gehe ich zu Nelius? Nein, der wird bestimmt nirgends hingebracht, dazu hat er zu mächtige Freunde. Und dessen verwöhnte Finger dennoch auf die Tischplatte klopfen, als gäbe es etwas in seinem Leben, wo auch die mächtigsten Freunde ohnmächtig sind. Ich will meinen Sechzigprozentigen trinken, mich nachts bei meiner Schwester Anca ausweinen und den vergessenen Sprachen der Wälder zuhören.

Ich schritt über einen Gartensteg, vor mir beleuchtete Fenster, Buschzweige im Licht. Und dies ist also Nelius' Haus.

Als ich neben der Silbertanne in der Mitte des Gartens ankam, leuchtete die Hoflampe auf, die Tür über den Steinstufen öffnete sich, und ich hörte Nelius' Stimme, noch ehe ich ihn sah. Ich blieb stehen, ohne zu wissen warum. Ich sah, wie Nelius sich von einem Mann verabschiedete, der im Lichtkegel vor ihm stand; der bis zum Nacken kahlgeschorene Schädel des Mannes fiel mir auf. Der Mann rief Nelius noch etwas zu und kam dann die Treppe herab, Nelius winkte noch einmal und schloß die Tür. Ich war hinter die Tanne getreten.

Der Mann kam auf die Tanne zugeschritten, er ging dicht an mir vorbei – eine hohe, massige Gestalt mit dünneingefaßter Brille. Als er die Straße betrat, hörte ich einen Motor anspringen. Ach, dachte ich überrascht, das ist der schwarze Mercedes-Sechshundert mit dem uniformierten Fahrer, an dem ich gerade vorbeiging; ich hörte die Wagentüren zufallen und die Räder auf dem Asphalt davonrollen. Ich ging auf das Haus erst zu, als es im Garten wieder dunkel geworden war. Aus irgendeinem Grund war mir, als sei die Luft stickig geworden.

Eine geschnitzte Eichenholztüre vor mir, ein schmiedeeiserner Tigerkopf als Griff, die Gartenfront des Hauses rechts und links von Efeu überwachsen. Ein Märchenhaus. O ja, der Direktor Brega hat sich seine Burg gebaut. „Bravo, Nelius", sagte ich laut und deutlich in die Stille der Bäume. Was bin ich doch für ein Umgetriebener, dachte ich, gemessen an dir und jenen Bossen, von denen Caragian erzählte wie von einer Mafia. „Meine Branntweinburg liegt auf der andern Seite, Nelius", sagte ich, „ganz eindeutig auf der andern Seite." Ich drückte auf den Klingelknopf.

Eine Weißschürze mit rundem Kindergesicht darüber öffnete, und ich erfuhr, was ich wußte: daß ich erwartet wurde. Während sie meinen Mantel auf den Bügel hängte, fragte ich: „Herr Brega hatte gerade Besuch?" Der ahnungslose Erdbeermund plapperte drauflos: „Ach ja, das war der

Herr Staatssekretär Ralea, Teofil Ralea, der soeben ging; er war Trauzeuge bei der Heirat der Herrschaften", fügte sie wichtig hinzu, „er kommt jede Woche einmal zum Tee. Und – und, wissen Sie, gewöhnlich ist auch der Herr ... Ach, wie heißt er doch nur? Der Herr Staatsanwalt mit der operierten Nase ..."

Ralea, dachte ich und hörte nicht mehr zu, was sie über die Nase des Staatsanwaltes zu sagen hatte. War ich überrascht? Ich durchschritt zwei Zimmer; die Schlaufen vor mir schimmerten wie zwei Engelflügelchen. „Bitte", und eine Tür öffnete sich.

Abgeschirmtes, sanftes Licht – wie das wunderbare Licht des Vergessens im Märchen. Vor mir Direktor Brega, schlank, gepflegt. „Guten Abend, Toma", hörte ich seine Stimme. „Darf ich mir die Hände waschen?" fragte ich anstelle einer Antwort.

Ich wusch mir also die Hände; von dem Badezimmer nahm ich nichts wahr; nur die Kühle des Wassers, das ich lange über die Unterarme fließen ließ. Als ich in den Raum zurücktrat, war Nelius wieder da. „Darf ich dir meinen Schulfreund und Arbeitskollegen Toma Panduru vorstellen, Liebste?" hörte ich ihn sagen. Erst jetzt sah ich die drei Sessel, die vor einem großen, fast bis zum Boden reichenden Ölgemälde rings um ein Tischchen standen. Etwas, das wie ein Licht und ungemein leicht schien, erhob sich aus einem der Sessel und kam auf mich zu – Licht aus dem Licht kam auf mich zu. Nein, dachte ich und blieb erschrocken stehen.

Ich stand mitten im Zimmer, unfähig weiter zu gehen. Ich hätte noch zwei Schritte tun müssen. Ich dachte: wir sind uns Brüder und Mörder zugleich. Nein, dachte ich, dazu habe ich kein Recht, ich beugte mich über die Frauenhand. Was weiß ich denn darüber, wie Nelius sie erobert hat, Nelius mit der ernsten, nervösen Härte im Gesicht, mit den verwöhnten Händen, die uns schon in der Kinderzeit gelehrt hatten, daß es Kostbarkeiten gibt, die nur bestimmten Händen gebühren. Betäubt von der Nähe der Frauenhand, richtete ich mich auf.

Da hörte ich von ferne Nelius' Stimme. „Ach ja", fuhr ich in meinem Sessel auf, „ja, natürlich, es ist dort oben sehr schön, gnädige Frau, der Wald, der Himmel, o ja, sicherlich. Genau wie Sie sagen ..."

„Toma war immer gerne draußen", sagte Direktor Brega und neigte sich aus dem Sessel. Wieder sah ich seine Hände, auf die für einen Augenblick das Licht der Stehlampe fiel.

Und plötzlich fielen mir Kolárs Hände ein. Sie hatten mich immer in Erstaunen versetzt, weil sie mir in keinem Verhältnis zu seiner ungewöhnlichen Körperkraft zu stehen schienen — auf eine männliche Art ebenmäßig gebündelte Hände ohne Überfeinerungen, auf deren Rücken Sehnen und Adern die Haut herausdrückten.

„Sie sagen nein?" fragte Frau Ildiko in diesem Augenblick. Sie hatte sich zu mir herübergeneigt und sah mich lächelnd an. „Entschuldigen Sie, bitte", stotterte ich, „ich bin etwas abwesend. Ein leichter Schwindel, die viele Arbeit ... Es ist vorüber. Möchten Sie, bitte, Ihre Frage wiederholen?"

Doch Nelius half mir nun; er mochte bemerkt haben, daß ich noch nicht ganz warm war, daß mich die Schönheit seiner Frau verwirrte. Frau Ildiko richtete sich wieder auf; der Schmuck an ihrem Hals glitzerte wie erregtes Wasser. Und jetzt sah ich, daß neben ihrem Sessel, im Schatten auf dem braunroten Perserteppich, ein englischer Setter lag, die lange Schnauze regungslos auf den vorgestreckten Beinen, und daß Frau Ildiko, während wir uns unterhielten, mit der über die Lehne hängenden Hand verspielt das Fell des Hundes kraute.

Es war nicht Sechzigprozentiger, was Nelius auf einem venezianischen Silbertablett mit hauchfeiner Gravurarbeit in drei schmucken Steinbecherchen aufwartete. Für Frau Ildiko einen dunkelroten, sanften Mandellikör, für uns einen eidottergelben türkischen Ölkognak. Nicht das Geringste war darin von meinem rauhgriffigen Lavagift, das alle Schlünde noch einmal kerbte. Aber ich kam durch das Schlückchen wieder in Ordnung, ich kippte auch das zweite hinunter und fühlte, daß eine ferne Ahnung schwebender Ausgeglichenheit in mir aufstieg, nun erst recht froh darüber, mich nach diesem zweiten Schlückchen unversehens lachend und gutgelaunt wiederzufinden.

Die Unterhaltung ließ sich reibungslos und flott an. Das Knistern in Frau Ildikos Haar, sooft sie beim Lachen den Kopf bewegte — es erregte mich, und ich wunderte mich darüber, voller Flausen und Schnurren zu stecken, die mir wie Garn von der Spindel liefen. Frau Ildiko kam aus dem Lachen nicht mehr heraus. Zeitweise vergaß sie sogar ihre lässig über die Lehne hängende Hand, deren weiche Wärme ich noch immer auf den Lippen fühlte. Wie diese Frau lachte! Schenk ein, Freund Nelius, von deinem armselig vornehmen Ölzinober trinke ich eine Flasche leer und stehe nachher zwei Minuten unbeweglich auf den Händen mit tadellosem Hohlkreuz bis in die Zehenspitzen hinauf, schenk ein! Und die Burg, die du dir gebaut hast, bei Gott, sie ist großartig. Meinen Glückwunsch, Nelius!

Doch ich vergaß mich keinen Augenblick, auch nicht, als ich das fünfte und sechste Ölfetzchen zwischen Zunge und Gaumen zerrieben hatte. Mir war längst klar geworden, daß ich eine solche Frau noch niemals gesehen hatte. Morgen, ja, morgen, da ziehe ich weiter, stehe wieder in meinem Waldkessel oben, werde das Sausen der Sägen, das Niederkrachen der Stämme hören, Anca wird mich lautlos umsorgen, und ich werde mit dem warzigen Alten die Abrechnungen, mit Anca den Transport der Lebensmittel besprechen und zwischen den schwitzenden

Männern stehen. Darf ich da nicht auf diese Art einmal fröhlich sein? Und ihr habt auch was davon. Guck bloß nicht so ernst drein, Freund Nelius, und laß deine schönen Fingerchen nicht immer wieder aufgeschreckt über die Knie, über die Sessellehne springen.

Nelius beugte sich ins Innere des Zimmers und rief halblaut etwas. Irgendwo hinter mir wurde Licht gemacht, und am Klirren von Besteck verstand ich, daß die Weißschürze mit den Flügelchen aufdeckte.

Es gab Hering, kaltes Ei, Kaviar, eisgekühlten Schinken; ob ich Wiener Würstchen wünsche? Ja, natürlich, mit Vergnügen, und ich danke. Frau Ildikos Hände legten mir das Gewünschte auf den Teller, ich sagte etwas Artiges dazu, und dann gab es zu den prallen Würstchen schön beißenden, saftigen Meerrettich, danach schweren Traminer zu Obst und Nüssen – „im Handel nicht erhältlich, goldmedaillengekrönt bei der letzten Weltausstellung der Weine in Ljubljana", wie Nelius mich belehrte.

Wir waren alle drei ausgezeichneter Laune. Die Zeit verging im Flug. Der makellose, stählerne Setter stand neben Frau Ildikos Stuhl. Ich sah das feuchte Schimmern in seinen Augen. Direktor Bregas Hände kamen für bemerkenswert lange Zeit zur Ruhe. Ach, hatte das Jungferchen hinter der Klappermaschine geseufzt, das Leben, das Glück, und er ist so nett, der Herr Direktor, und der Staatssekretär Teofil Ralea persönlich war Trauzeuge, stellen Sie sich mal vor! Und wie hieß der Herr Staatsanwalt mit der zertrümmerten Nase nur? hatte das pausbäckige Mädchen laut nachgedacht und mir den Mantel abgenommen. Und ich hatte ihr geholfen: Tomaşcu, Dr. Tomaşcu heißt er, hatte ich gesagt. Und sie hatte ausgerufen: O ja, richtig! . . . Halt bloß die Hände ruhig, Nelius, dachte ich, du wirkst besser, solche Hände muß man beherrschen, und sieh mich jetzt nicht wieder so tiefsinnig an, wenn ich deiner schönen Frau mit dem Jungenlachen und dem Wuschelkopf den Hof mache – nein, von mir droht dem Dornröschen in deiner Burg keine Gefahr, piekfeiner Prinz.

Und es hat nichts mit Leichtsinn zu tun, wenn euch euer Gast, gut gelaunt, von Herzen lachend, über diesem schütteren Grund eine lustige Geschichte erzählt, jetzt, wo wir uns erheben und wieder in den Sesseln Platz nehmen. Du, Freund Nelius, ritterlich besorgt, deiner Frau die kirschrote Wolljacke um die Schultern legst. Sie, schon sitzend, die Hausschuhe mit den silberfarbenen Quasten abstreift und mit einem Lächeln zu dir hinauf, das für einen Augenblick das Grübchen in ihrem Kinn freigibt, die Füße anzieht und sich in den Sessel kuschelt. Und ich, die Zigarette in der einen, die Aschenschale aus Feuerstein in der andern Hand, euch mit meiner Geschichte unterhalte: wie der nichtsnutzige Trifa dem bärtigen, wortkargen Vierschrot, den wir da vor kurzem auf der Baustelle untergebracht haben, nach einer Wette mit seinen Kumpeln ein Bein zu stellen versuchte. Plötzlich aber hing Trifa in der Luft, am Hosenboden hochgestemmt, entsetzt zappelnd unter dem prasselnden Gelächter seiner Kameraden, und nach dem ersten Schreck krächzend: ein Vivat auf seinen Wohltäter, endlich einmal schwebe er so hoch oben im Himmel, daß er all dem hundsmiserablen Weiberpack auf den Kopf spucken könne! Woraufhin nun freilich der Vierschrot, der eben noch zu lächeln begonnen hatte, Trifa plötzlich hart auf die Erde stellte und ihn im Weggehen mit hohler Stimme zum Sieger erklärte. Übrigens, sagte ich nachdenklich, zum ersten und einzigen Mal gelächelt habe, daß heißt, eigentlich ja nur angefangen habe zu lächeln, wenn ich's recht überlegte – was ihn unvermutet jung und hübsch, jawohl hübsch gemacht habe ...

Ich hatte mich erhoben und die Aschenschale auf den Tisch gestellt, ich trat ins Zimmer zurück, um das überflüssig gewordene Deckenlicht zu löschen. Ich suchte gleichzeitig den Abschluß meiner Erzählung und den Lichtschalter an der Wand. Dabei erblickte ich am Rande des Nußholzsekretärs, neben den ich getreten war, einen Stoß alter, zergriffener, oft angefaßter, ebensooft weggelegter und wieder angefaßter Briefumschläge liegen.

Ich streifte sie nur mit einem Blick, da erreichte meine Hand den Schalter. Die Kühle der Knöpfe floß aus den Fingern in den Arm wie lange und dünne Metallfäden, die in mich hineingriffen. Ohne daß ich's wollte, hatte sich mein Blick nun aber doch in den Briefaufschriften verfangen, und schlagartig erinnerte ich mich einer großen, sicheren und männlichen Handschrift, die ich kannte; es war eigenartig, gleichzeitig zu fühlen, wie die metallene Kühle in meine Knie hinabstieß und sich dort festbiß. Ich hatte aufgehört zu erzählen. Ich starrte die Briefumschläge an und las auf dem obersten der alten Umschläge den Namen: Ildiko Kolár ... Ildiko Kolár, dachte ich mit angehaltenem Atem, wieso nicht Ildiko Brega?

Viel später hörte ich mich den letzten Satz wiederholen: und er war nun richtig hübsch ...

Der Setter neben Frau Ildikos Sessel hatte den Kopf gehoben. Es mußte etwas vorgefallen sein. Vielleicht war ich gegen ein Tischbein gestoßen. Ich hörte den Traminer überlaut aus der Flasche glucksen, als ich mir eines der großen, hohen Wassergläser vollschenkte. Frau Ildiko sah mit einem Lachen zu mir herüber und wartete darauf, daß ich noch etwas sagte, die Erzählung abzurunden mit einem letzten, ins Versöhnliche ausbuchtenden Wort; Nelius hatte die Ellenbogen auf die Knie gestützt und die Hände unter dem Kinn gefaltet; er sah mich stirnrunzelnd an, auch er wartete auf das Wort.

Ich hatte das zweite Glas aus der heftig glucksenden Flasche gefüllt. Als ich, beide Gläser in den Händen, auf Nelius zutrat, wechselte der Wein die Frabe — aus dem Goldbraun des Schattens sprang sie ins Orangegelb des Lichts über; ich hielt zwei Flammen in den Händen. Nelius hatte sich erhoben. Wir standen dicht voreinander. „Trink", sagte ich und hatte eine fremde Stimme. Der Biß aus den Knien griff in meine Schläfen hinauf.

Nelius, verblüfft, verwirrt, sah bald mich, bald seine Frau an. „Aber", sagte er unsicher, „ist das nicht etwas viel, Toma?"

„Trink, Nelius. Jetzt trinkst du. Verstehst du mich?" wiederholte ich und hob die Gläser. „Ja, aber . . . Toma!" Er hielt das Glas in der Hand, in der schönen, verwöhnten Hand mit dem leuchtenden Ring am Goldfinger.

Ich goß den Inhalt meines Glases ohne einzuhalten hinab. Dann trank auch Nelius. Er war das Trinken nicht gewohnt, es machte ihm Mühe, er setzte ab und hustete. Ärger trat in sein Gesicht. Er blickte mich streng an. Aber ich stand vor ihm, und er konnte mir nicht ausweichen. Dann trank er den Rest. Ich nahm ihm das Glas ab und ging zum Tisch zurück. Immer noch hielt der Setter den Kopf erhoben. Ich schenkte mir ein zweites Glas ein und goß es hinunter. Dann setzte ich mich in den Sessel zwischen Frau Ildiko und ihren Mann. Keiner sagte ein Wort.

Frau Ildikos Augen waren weit und verwundert geöffnet. Ich räusperte mich und sagte etwas von überfallartig sich einstellenden Kopfschmerzen, von Höhenunterschieden und Schwindelanfällen. Nein, danke, wehrte ich ab, ich nehme niemals von dem Medikamentenzeug, danke, nein, es ist nun vorbei . . .

Es war Mitternacht, als ich mich verabschiedete. Ich neigte mich über die Hand der Frau und war wieder betäubt von der Berührung mit ihr, die sich mir wie der

Duft eines rätselhaften Abgrunds entgegenhob. Frau Ildiko und Direktor Brega standen aneinandergepreßt im Licht der Lampe auf der Steintreppe, als ich über den Gartensteg schritt. Ich denke, ich habe vergessen, das Gartentor zu schließen.

In der Nacht darauf traf ich in Tatar ein.

Es war eine eiskalte Mondnacht. Die Hofhunde Condors schlugen an, als ich an den großen, alten Buchen vor dem Haus vorbeiging. Doch da sich niemand regte, stieg ich die fahlen, im Mondlicht schräg auf mich zufließenden Halden hinauf; der Tannenwald lag in breiter Front über ihnen. Ich erreichte das Gleis. Eine zeitlang schritt ich auf ihm bergan, Silber und Steinklirren vor und unter mir. Am Waldrand blieb ich stehen und sagte mir, daß ich das Gleis, schritte ich jetzt auf ihm weiter, bis zum Waldkessel nicht mehr würde verlassen können – und daß ich dabei an Kolárs Schlucht vorbei mußte. Ich erschauerte. Ich bog nach rechts ab, in die Halden hinauf; erst vom Kamm des „Ochsenhügels" aus betrat ich den Wald.

Es graute, als ich im Kessel ankam.

Im Eisenofen meines Zimmers lagen säuberlich geschichtete Tannenholzspäne. Während ich sie anzündete, sah ich Ancas ruhige Hände in den Flammen, und ich wunderte mich darüber, wie unversehrt die Hände meiner Schwester in den Flammen blieben. Auf dem Tisch standen Flasche und Glas. Ich trank. Ich schlief bis gegen Mittag.

Am Abend, im Speiseraum, lud ich Kolár zu mir an den Tisch. Wir würden, sagte ich, wenn er nichts dagegen habe, die letzten Flaschen gemeinsam trinken. Er antwortete nicht, kam aber wenige Minuten danach herüber. Als ich einschenken wollte, nahm er mir die Flasche aus der Hand. „Sie erlauben doch", sagte er und schenkte die Gläser aus seiner Flasche voll. Ich sah ihm zum ersten Mal aus dieser Nähe ins Gesicht. Wie er sich mit der Arbeit zurecht gefunden habe? fragte ich.

Danke, sagte er, man fände sich in jeder Lage zurecht, auf die eine oder auf die andre Weise. Er sprach langsam und klar. Wir stießen an. Er trank ohne Hast, jedoch mit einem entschiedenen Zug. Tja, sagte ich und steckte mir eine Zigarette an, das schon, nur denke ich, käme es sehr darauf an, wie man sich zurechtfinde.

Er nickte. „Freilich, freilich."

Mein seliger Vater, begann ich wieder, habe eine Redewendung gehabt, keine Lebensweisheit, kein Sprüchlein oder so, und dennoch etwas dieser Art. Er sagte in den verschiedensten Augenblicken: immer liegt die Entscheidung bei uns. Kolár nickte mit undurchdringlichem Gesicht – o ja, auch er denke, daß die Entscheidung bei uns liege.

Wir stießen an und tranken. Denn es käme schließlich darauf an, sagte ich, wie wir uns der Herausforderung stellten, und da man nicht von einem Hund geboren sei, gäbe es im Grunde keine Wahl, auch dann nicht, wenn die Bedingungen unsre äußerste Kraft beanspruchten oder sie gar überstiegen und wir uns versucht fühlten, auszuweichen. Meine er das nicht auch? Doch, doch, sagte er, wir verstehen uns. Er nickte vor sich hin, und es war ihm nicht anzusehen, woran er dachte. Wir tranken. Plötzlich sah er mir gerade in die Augen und fragte: „Seit wann trinken Sie von dem Sechzigprozentigen?"

Ich hatte den Atem angehalten. Doch dann dachte ich: nein, etwas ist an diesem Mann, was mir darüber hinweghilft, ihm in die Falle gegangen zu sein. Ich trank mein Glas leer und sagte: „O ja, ich will Ihnen die Frage beantworten: ich trinke seit dem Krieg davon – das heißt seit dem Augenblick, da ich abgezogen und geworfen hatte und mir nach dem Bersten der Granate kleine Frauenhände mit Uniformfetzen dran entgegenspritzen. Vor allem ein halber Frauenkopf mit einem Auge. Damals, bei Simljanskaja vor der Kalmückensteppe, hatte ich freilich nichts bei der Hand, mir das Entsetzen vor den abgefetzten Händchen der Natascha oder Katja hinunterzuspülen. Erst drei Wochen später. Aber ich trinke, wenn Sie das verstehen können, seit dem Augenblick, der dem Bersten und den Schreien im Graben vor mir folgte. Und ich trinke seither ununterbrochen. Von dem da." Ich zeigte auf die Flasche. „Feuer und Gift, um das Grauen und den Ekel wegzukriegen. Aber es ist mir nicht geglückt. – Dies ist das eine, Kolár", sagte ich, „zugegeben, es liegt weit zurück, es ist Vergangenheit, sofern es überhaupt etwas gibt, was Vergangenheit ist, es sind Narben, wie jeder sie hat. Und hätte es das andre nicht gegeben, die Flasche wäre eines Tages für immer voll geblieben. Aber da ist auch das andre. Und das ist Gegenwart. Denn eines Tages, vor zwei Jahren, nahmen die vom Staatssicherheitsdienst meinen Vater in die Zange – den gütigsten, bescheidensten Menschen, den man sich vorstellen kann. Eine Namensverwechslung. Dreißigtausend holländische Goldgulden sollte er aus der Zeit vor dem Krieg auf einer Schweizer Bank liegen haben, und die solle er nun herausrücken, die proletarische Revolution dulde keinerlei Privatvermögen . . . Mein armer Vater hatte niemals auch nur einen halben Goldgulden besessen. Sie brachten ihn soweit, daß er trotzdem unterschrieb. Er unterschrieb alles, was sie von ihm verlangten. Doch mittlerweile war der gesuchte Dreißigtausend-Gulden-Mann aus dem Land geflohen und hatte sein Gold behoben. Können Sie sich ausmalen, Kolár, was die Folgen für meinen Vater waren? . . . Sie machten ihn fertig. Wir erfuhren durch den Gefängnisarzt davon. Mein Gott, an wen haben wir uns damals nicht gewendet, um die Irrsinnigen aufzuhalten. Niemand konnte uns helfen; vielleicht hätte mein Onkel es gekonnt, ein ehemals einflußreicher

Mann mit einer Menge Beziehungen – aber der saß damals schon seit über einem Dutzend Jahren im Kerker, weil er vor dem Krieg Kabinettschef war. Sie machten ihn fertig, Kolár, sie zerschlugen ihn so, daß er den Verstand verlor, sie ließen ihm tagelang kaltes Wasser auf den Kopf fließen, ihn auf einem Bein stehen und zwangen ihn, die Exkremente seines Zellenkollegen zu verzehren – Sie hören richtig, Mann, ich erzähle Ihnen keine Märchen! Ich liefere Ihnen einen Beitrag zur Geschichte der zweiten Hälfte unsres Jahrhunderts! Denn, so sagten sie jetzt, er habe das Geld durch Mittelsmänner in Sicherheit bringen lassen . . . Als sie ihn nach neun Monaten auf freien Fuß setzten, erinnerte er sich nicht mehr, wo unsre Wohnung lag; Bekannte fanden ihn auf der Straße, in einem Rinnsal, und brachten ihn nach Hause. Er hatte vergessen, daß seine Tochter Anca hieß und daß er einen Sohn hatte. Er redete mich mit dem Namen meiner Mutter an, die sich eine Woche vorher mit einer Überdosis Schlaftabletten das Leben genommen hatte. Nach zwei Monaten fiel ihm wieder ein, was er hinter sich hatte. Eine halbe Stunde später war er tot . . . Da bin ich in den Wald gelaufen. Ich trank. Und an den Abenden kam das Grauen. Ich versteckte mich im Wald wie ein Tier. Anca gab ihren Beruf als Lehrerin auf und zog mit mir. Sie ist die Stärkere von uns beiden. Sie sagte, wir müßten jetzt zusammenbleiben. Für einen sei das alles zuviel. Aber es half nichts . . . Und trotzdem ist, was ich Ihnen bisher erzählte, längst nicht alles. Und jetzt müssen Sie mir bis zum Ende zuhören, Kolár. Hören Sie:

Es gab damals einen Menschen in meinem Leben – eine Frau, die ich erst seit kurzem kannte. Sie bedeutete mir alles, und ohne sie würde ich in jenen Monaten den Verstand verloren haben. Eine ungewöhnliche Frau, meine letzte Hoffnung. Doch eines Abends, kurz nachdem ich sie besucht hatte, erhängte sie sich. Nicht weit von hier

... Seit dem Tod ihres unter merkwürdigen Umständen im Ausland ums Leben gekommenen Bruders litt sie an Depressionen. Ich wußte das. Aber niemals während der ganzen Zeit hatte sie mir gesagt, daß sie jener Umstände wegen in eine langwierige politische Untersuchung verwickelt worden war und daß der Staatsanwalt, der sie verhörte, ihr angeboten hatte, entweder mit ihm ins Bett zu gehen oder einen Prozeß angehängt zu bekommen, den sie ohne einige Jahre Verurteilung nicht überstehen würde ... Wofür, fragen Sie? Mann, haben Sie jemals in diesem Land von einem Staatsanwalt gehört, der eine solche Frage beantworten muß? Oder von einem Verteidiger, der den Staatsanwalt danach zu fragen den Hals riskiert? ... Venera erhängte sich. Ich fand am nächsten Tag ihren Brief, in dem sie mir dies alles mitteilte. Auch den Namen jenes Staatsanwaltes; er heißt Tomaşcu, Dr. Tomaşcu ... Und dies ist mein Leben, Kolar, dies ist unser Leben, und deswegen sitze ich hier mit Ihnen und trinke und trinke ..."

Kolár griff nach den Streichhölzern und steckte sich die Zigarette an, die während der ganzen Zeit vor ihm gelegen und die er etliche Male vorsichtig mit den Fingerspitzen berührt hatte. Sein Gesicht war unbewegt, aber er hatte mir aufmerksam zugehört. Es ginge also – wenn er das so unmittelbar nach meinem Bericht sagen dürfe –, es ginge also, sagte er kühl, gar nicht um die sogenannte Freiheit der Entscheidung, von der ich eingangs doch gesprochen, es ginge ganz einfach um die Hölle, in der wir lebten, genau gesagt, um die verdammte Lage der Ausweglosigkeit, in die wir Menschen uns von eh und je gegenseitig verwickelten.

Ich schwieg. Er hatte getrunken, eingeschenkt, und wir tranken wieder. Wir hatten schon viel getrunken, und mein Kopf begann, schwer zu werden. Es war der Augenblick, da ich mir sagte, daß ich diesen unheimlichen Menschen niemals würde packen können. Trotzdem setzte ich wieder an: jawohl, sagte ich, darum ginge es, aber in jeder Lage müsse es immer wieder einen geben, der sich nicht beirren, der sich nicht in die Hölle drängen lasse, wie er es nenne, der innerlich frei bleibe, einer, sagte ich, genüge – zumindest für die Rettung der Hoffnung. Zu diesem Wagnis seien wir alle aufgerufen.

Kolár lächelte höflich. Ich wisse doch ebensogut wie er, daß es mehr als einen gegeben habe und mit Bestimmtheit immer geben werde, der sich den zerfetzten Frauenhänden und der bestialischen Gewaltausübung des Menschen über den Menschen widersetzte, sagte er. Aber ich müsse begreifen, daß wir ganz offensichtlich aus der Sackgasse nicht herauskämen. Niemals! Weil eben diese Sackgasse, und sonst nichts, der Daseinsraum des Menschen immer schon gewesen sei. „Wir Menschenkinder", sagte er fast zornig, „sind nicht nach dem Gesetz der Heiligen angetreten, Panduru."

Mein Kopf war dumpf wie Erde, meine Schläfen wie eingemauert. Ich fror vor Angst. „Einer", sagte ich, „ein einziger, Kolár, der das alles nicht mitmacht; sonst geht der Wahnsinn in alle Ewigkeit fort."

Der Speiseraum hatte sich geleert. Die letzten Arbeiter waren gegangen. Nur Anca saß noch hinter der Theke. Sie strickte ihrem versoffenen, nichtsnutzigen Mann, der unentwegt damit beschäftigt war, ihr das Leben zu zerstören, ein Paar Fäustlinge; der Winter stand vor der Tür. Ich sah zu ihr hin. Sie war müde. Aber sie lächelte, wie sie dort unter dem Licht der Lampe saß. Sie erhob sich, ohne meinen Blick erwidert zu haben, und brachte eine dritte Flasche. Ihr Gesicht war heiter. „Es ist die letzte", sagte sie.

Kolár schenkte sich mit regungslosem Gesicht ein. Ich schüttelte den Kopf. Er trank und stellte das leere Glas auf den Tisch. Er sah mich an und zeigte mit dem Kopf zu Anca hinüber, die ihre Arbeit betrachtete. Dann sagte er: „Die läßt sich nicht beirren – das meinen Sie doch?" Ja, sagte ich, ja, das meinte ich, genau das.

„Trinken Sie", sagte er und sah mich mit einem so klaren Blick an, daß ich erschrak. Er hatte die angewinkelten Arme auf den Tisch gelegt. „Die dort", sagte er und sah Anca an, „Ihre Schwester, Ingenieur, hat die Liebe."

„Und wir?" fragte ich in das wiedereinsetzende Wispern der Stricknadeln.

„Wir?" Er lachte dumpf und eisig. „Wir haben das da." Er zeigte mit dem Bart auf die Flaschen, „und wir kommen darüber nicht hinweg. Wenn Sie wollen: ich habe den Schmerz. Er ist keine Lösung, keine Entscheidung, ich weiß es. Aber ich komme darüber nicht hinweg." Sein Gesicht war gelb, um seine Augen lag ein grausamer Zug. „Ich habe also den Schmerz, Ingenieur, wir wollen es einmal so nennen – es ist ja nur ein Wort für das, was ich meine. Über den komme ich nicht hinaus, er treibt mich seit Jahren um. Alle haben wir etwas, über das wir nicht hinauskommen. Der eine den Ekel, der andre die Dummheit, der eine sein Recht, der andre seine Klugheit, der eine seinen Stolz, der andre seine Wahrheit, Selbstgerechtigkeit, Habgier oder was es sonst geben mag in dieser Anhäufung lächerlicher Selbsttäuschungen. Aber sie sind unser Gesetz, und darin sind wir alle gefangen. Und dann, Ingenieur, dann beginnt's, dann zerstören wir uns – mit Klugheit, Eitelkeit, Stolz, Dummheit, Recht, mit diesem ganzen Geschwätz unsrer Erbärmlichkeit, ich Sie und Sie mich. Das, Herr Ingenieur Panduru, ist unsre Entscheidung, und in dieser Kloake zu triumphieren und der Mächtigere zu sein, ist unsre Freiheit."

„Kolár", sagte ich mit einem letzten Versuch, den unheimlichen Menschen zu fassen, „es ist die Freiheit der Bestie, nicht die des Menschen." Jetzt schweigen auch Ancas Stricknadeln. Ich hätte mich am liebsten auf den Tisch geworfen, wäre am liebsten sofort eingeschlafen. Mit letzter

Kraft sagte ich: „Auch sie hat den Schmerz, Kolár", und zeigte auf Anca.

„Ja", nickte er, richtete sich auf und sah mich mit seiner schauerlichen Gelassenheit an, „mag sein. Aber sie weiß es nicht. Sie ist noch stark genug, es nicht zu wissen. Sie ist eine Heilige."

Als wir hinaustraten, fiel uns das Brodeln des Tannenwaldes an. Der Himmel hatte sich bedeckt, es war stockfinster. Kolár blieb so jäh stehen, daß ich gegen ihn stieß. Er zeigte, ich fühlte es, mit dem Kopf in die Schwärze: ob ich das schon einmal gehört habe? Ich nickte und sog die kalte Luft ein. Ich merkte, daß ich mich an ihn gelehnt hatte. „Das hören Sie tagsüber nicht", sagte er, „aber es ist da. Auch für den, der es nicht hören will..."

Ich ging erst in mein Zimmer, als Kolár verschwunden war.

Am nächsten Morgen erledigte ich in einer halben Stunde den Rest der Schreibtischarbeiten; die abschließenden Aufstellungen würde ich in der Hauptstadt machen. Eine kindliche Freude brach aus mir, als der erste Sonnenstrahl ins Zimmer fiel. Ich trat zum Fenster, ja, der Himmel war blau.

Die vier Tage, die noch geblieben sind, entschloß ich mich plötzlich, werde ich mit den Männern draußen arbeiten. Es war wie ein Taumel, der mich bei dem Einfall überkam. Mich körperlich bis zur Erschöpfung auspumpen;· ein Zimmermannsbeil in die Hand nehmen, eines mit einem sauberen, von den vielen Griffen glatt und ein bißchen fettig gewordenen Stiel; das Ende einer vom Sausen umspälten Zugsäge führen und die Kraft der Arme am andern Ende fühlen; Stämme niederbrechen und Stücke Himmels mitreißen sehen, und die Schulter unter die zerspellte Borke eines Riesen klemmen, mich am Hals wundreiben lassen, unter der Last die Schenkel zittern fühlen, o ja, und Trifa, den Zigeuner, bitten, mich zu einer Fahrt ins Tal in seiner

Bulldoggen-Lok mitnehmen, mich die paar Griffe an den Hebeln und Knöpfen lehren...

Ohne auf dem Tisch Ordnung gemacht zu haben, kleidete ich mich um und trat vor die Baracke. Das Licht hatte begonnen, den Kessel zu füllen. Auf dem Dachstuhl des Verladeschuppen saß ein Arbeiter und fing die Ziegeln auf, die ihm einer von unten zuwarf. Neben mir hörte ich das „Hau-Ruck!" zweier Männer und das Poltern der Stämme, die sie vor die Barackenwand rollten. Hinter mir ging Anca in mein Zimmer; ich hörte sie das Fenster öffnen, ich stand im Licht, und da fiel mir ein, daß ich Anca für ihren Gruß nicht gedankt hatte. Ich wollte ihr ein „Guten Morgen" zurufen, im selben Augenblick schrillte das Telefon. „Guten Morgen, Anca", sagte ich und griff durch's Fenster nach dem Hörer, den sie mir zureichte; ihr nackter Arm, mir entgegengestreckt, leuchtete in der Sonne.

Eine Frauenstimme am andern Ende nannte den Namen des Unternehmens – und wie geht es noch, Herr Ingenieur Panduru? Und wie nett, Sie so prompt zu erreichen, der Herr Direktor Brega wünsche mich zu... Da sei er schon. „Hallo, Nelius", rief ich überrascht, hörte das Grollen der Stämme neben mir und lehnte mich mit dem Rücken an die Holzwand der Baracke. Hallo, Toma, hörte ich, es bleibt also dabei, du wirst am Letzten des Monats fertig? Wie? Hallo – ich habe vor, selber zu euch hinaufzukommen, hallo... Du hörst mich doch, Toma? Wann ich kommen werde? Ich treffe am dreißigsten mit dem Frühzug in Tatar ein. Was sagst du? Da habe ich eine eurer beiden Loks stehen, die mich gleich in den Waldkessel hinaufbringt? Wunderbar! Du, Toma, hör, ich bringe meine Frau mit... Wie? Ob ich Ildiko mitbringe, fragst du? Ja, natürlich Ildiko! Du hast doch nichts dagegen?... Aber, Toma, gönn uns den kleinen Ausflug, wir kommen so selten hinaus ... Nein, nein – nur für einen halben Tag. Ja... ja...

Also bis zum dreißigsten! Wiedersehen, Toma! . . . „Auf Wiedersehen, Nelius", sagte ich.

Es klirrte noch einmal im Hörer, dann reichte ich ihn Anca zurück. Ich ließ ihn nicht gleich los. Ich sah Anca in die Augen. Ihr warmer Blick umfaßte mich mit einer unsäglichen Güte, die ich in diesem Augenblick wie Hohn und Qual empfand. Das Grollen der Stämme hinter mir hatte aufgehört. Es ist plötzlich sehr still hier, dachte ich. „Anca", flüsterte ich und sah ihren leuchtenden Arm über mir, meine Finger berührten ihre Hand, und eine Sekunde lang war mir, als müßte ich diese Hand fassen wie den letzten sicheren Halt, der noch geblieben war. Ich wendete mich mit einem Ruck um. Die Sonne blendete, ich sah nichts. Es ist ganz still geworden, dachte ich noch einmal und tat einen Schritt. Dann wendete ich mich nach rechts. Keine fünf Schritte vor mir stand Kolár.

Die Brechstange hing ihm aus den Händen, so wie er sie vor einer Minute mit seiner ganzen Kraft gegen den Stamm gepreßt hatte, der vor ihm lag. Dort, wo sich das Ende der Stange in die Erde gedrückt hatte, war ein dunkler Spalt entstanden. Ich starrte auf die Stelle. In der wurzelfaserigen Erde glomm das winzige Stück blankgescheuerten Eisens, als wollten Flammen aus ihm brechen. In dieser Sekunde schloß Anca das Fenster hinter mir, und der Lichtschein des Glases riß Kolárs Gesicht für den Bruchteil eines Augenblicks aus dem Schatten. Ich wich einen Schritt zurück. Er hatte jedes Wort meines Gesprächs mit Nelius gehört.

Den ganzen Tag über sah ich das Stückchen Eisen vor mir, das unter dem mächtigen Stamm in der Erde geglommen hatte. Ich verwarf alles, woran ich dachte. Ein Rückgespräch mit der Direktion, Brega zu veranlassen dortzubleiben? Ein offenes Wort mit Kolár? Oder sollte ich Frau Ildiko anrufen? Wäre ich jetzt entlastet, hätte ich Caragian Kolárs Fährte verkauft?

Am Abend des neunundzwanzigsten ging ich zu Kolár. Er hatte mich kommen sehen; ohne meine Antwort abzuwarten, sagte er: „Sie haben einen Auftrag für mich außerhalb der Baustelle?" „Kolár", sagte ich, „ich bin kein Pfarrer. Ich bin Leiter dieser Baustelle. Sie haben mein Telefongespräch mit Direktor Brega gehört. Sie wissen, daß er morgen mit – mit Ihrer ehemaligen Frau her kommen wird. Und ich weiß, daß Sie dann nicht da sein dürfen . . . Drei zuverlässige Leute müssen mir die ausstehende Kabelrolle bis morgen Abend von Brad nach Tatar bringen; sie brauchen den ganzen Tag dafür. Ich wünsche, daß Sie dabei sind."

Er antwortete nicht. Aber als ich am nächsten Morgen in den Schlafraum der Arbeiter hinüberging, waren die drei Bettstellen leer. Ich atmete auf.

Die Arbeiter kamen an diesem Tag früher als gewöhnlich auf die Beine; es war schließlich ihr Tag, ein Festtag, und sie hätten sich keinen schöneren wünschen können. Er zeigte sich schon beim Aufleuchten des ersten Sonnenstrahls an, der plötzlich wie eine Messerschneide im Kesseleinschnitt stach und zitternd verharrte. Von eingerammten Pfählen baumelten Tannenkränze; an den Barackenwänden hingen Tannengirlanden, in die rootbeerige Bocksdornzweige eingeflochten waren; das Sonnenlicht glitt gierig über sie und brachte sie zum Glänzen. Trifa hatte die Lok unter Dampf gesetzt und verkündet, daß er dem Direktor zur Feier des Tages den längsten Pfiff entgegenschallen lassen werde.

Vor dem Frühstück ließ ich eine Runde Pflaumenschnaps ausschenken. Anca trug auf Holzplatten dampfenden Eierkuchen zu den Tischen. Trifa, der Sprenger, Lokführer und Possenreißer, zollte all dem im Namen seiner Kameraden die gebührende Anerkennung. Ich stieß mit den Männern an. Sie saßen im Dunst des Getränks und ihrer verschwitzten Bärte. Wir waren Freunde geworden in den verflossenen Monaten, und Anca war unser aller guter Engel gewesen.

„Herr Ingenieur, Telefon", rief jemand zur Tür hinein. Ich stellte das halbgeleerte Glas auf den Tisch und ging hinüber. Ein Bahnhofbeamter von Tatar teilte mir abgeredetermaßen die Ankunft Nelius' mit. Plötzlich die Stimme einer Frau. Ich meinte mit einem Mal wieder, die duftende Weichhäutigkeit ihrer Hand zu spüren. „Kußhand, Frau Ildiko", rief ich, „es freut mich, Sie bald hier oben begrüßen zu dürfen ... Was sagen Sie da? Nelius hat den Lokführer beurlaubt? Ich verstehe nicht ... Ach, er kennt sich da aus? Er will Sie selber herauffahren? ... Nein, dieser Nelius! Alles kann er ... O ja, der Tag ist wunderschön, den hat der liebe Gott für Sie so eingerichtet. Wiedersehen ..."

Als ich ablegte, war meine Stirn feucht. Ich trat hinaus. Die Männer standen wartend vor den Baracken in der Sonne. Im Speiseraum sangen Trifa und Ancas Mann. Ich sagte den Männern, daß der Direktor soeben von Tatar abgefahren sei, daß er die Lok selber fahre und in einer knappen halben Stunde eintreffen werde. „Gehen wir doch hinüber", rief einer mit einem schmierigen Spitzhut neben mir und zeigte zu dem Doppelgleis auf der andern Kesselseite. „Hockt ruhig in der Sonne", hörte ich die Stimme des alten Condor. Ich suchte mich zwischen den Rücken und Gesichtern zu dem Alten durch. Das Gesäß auf den Fersen, kauerte er in einer Gruppe und sah mich von unten herauf an; der weiße Hemdkragen schnürte ihm den Hals, unter der knitterigen Haut waren blaue Äderchen zu sehen. „Wann sind die drei heute früh weg?" fragte ich. Der Alte schüttelte den Kopf. Er wisse das nicht; als er aufgestanden, seien sie weggewesen. Es fiel mir erst später ein, daß ich eine Frage, die er mir daraufhin stellte, überhört hatte.

Eine zeitlang beschäftigte mich der Gedanke, um die Baracken herum- und den Waldrand abzugehen. „Bruder, wie gefällt dir meine Lok?" hörte ich Trifa dicht vor mir zu dem Spitzhut sagen, „paß mal auf, wie schön gleichmäßig sie dampft, hörst du's? Hebel an, und schon haut sie ab, mein

Lieber." Er stieß einen Juchzer aus, der den Kessel mit einem Schrillen füllte. Ich fuhr zusammen, vergaß mein Vorhaben und ging, unruhig, nach vorne.

„Hitzköpfe ohne Sitzfleisch", hörte ich den Alten schimpfen, „gehen wir also." Fast im selben Augenblick, als sich die Männer schwatzend in Bewegung setzten, rief eine Stimme neben mir: „He! Seht dort, das ist doch Kolár. Drüben steht er, vor der Lok."

Aus dem Speiseraum drang das Gegröle zweier Männer, eine Stimme brach ab, eine Faust knallte auf einen Tisch, Trifa, der wieder zu meinem Schwager saufen gegangen war, brüllte in dessen Gesang hinein: „Für einen anständigen Menschen wie ich es bin ist auf dieser Scheißwelt kein Platz, verstehst du, Bruder?"

Ich fühlte einen Herzschlag bis in die Kehle hinauf – einen einzigen, aber er war so heftig, daß ich meinte, einen Stoß erhalten zu haben. „Der soll meine Lok in Ruhe lassen", schrie Trifa und stürmte aus der Baracke heraus, „was will der auf meiner Lok?" Er drängte sich an mir vorbei.

Kolár war auf der anderen Seite des Kessels unterhalb der Felsen aus dem Wald getreten und auf die Lok zugegangen. Er war barhäuptig; den Bart hatte er abgeschert, das weiße Hemd stach gegen die schwarze Maschine ab. Jede seiner Bewegungen war deutlich zu erkennen. Jetzt stieg er die drei Eisenstufen langsam zum Führerraum hinauf, schwenkte die Tür vor sich nach rechts und zog sie, oben angekommen, hinter sich zu.

„Kolár", schrie ich, „haltet ihn auf, er ist wahnsinnig geworden."

Die Männer begriffen nicht, was vorging. Plötzlich stand Trifa keuchend neben mir. „Ich hab's ja gesagt, der ist verrückt", schrie er mich an, „ich hab' Ihnen das immer schon gesagt, Herr Ingenieur." Er schüttelte mir die Fäuste vor dem Gesicht und schrie mit überschlagender Stimme: „Herr Ingenieur, kapieren Sie denn nicht? Das Schwein will losfahren – der will den Direktor und seine Frau und sich umbringen. Das ist ein Mörder. Der will töten!"

Ich war losgerannt. Ich überholte Trifa. Hinter mir Geschrei. Während ich rannte, stieß die Lokomotive einen Dampfstrahl aus; er zerfloß in eine Wolke, und ich verlor Kolár aus den Augen. Erst als sich die Lokomotive in Bewegung setzte, hatte sich die Wolke so weit gehoben, daß Kolár wieder zu sehen war. „Kolár", schrie ich, „nehmen Sie Vernunft an!" „Der Kerl soll seine dreckigen Hände von meiner Maschine lassen", brüllte Trifa. Garuga, der Koloß, war plötzlich da, er rannte keuchend hinter mir her. „Wir müssen ihn aufhalten", schrie er.

Die Lokomotive rollte dem Kesselausgang zu. Ich sah Kolárs Gesicht. Es war ein noch junges, ebenmäßiges Gesicht, und ich war davon so bestürzt, daß ich den Steinhaufen vor mir nicht bemerkte. Ich schlug der Länge nach hin, gerade als Kolár die Hand hob und winkte.

„Hinunter, auf seinen Steg", brüllte Trifa über mir; der Schnapsgestank aus seinem Mund traf mich. Ich rannte neben Garuga nach der andern Seite des Kessels. Bei jedem Schritt stieß mir der Schmerz aus dem Knie in den Körper. „Los, Herr Ingenieur", schrie der Zigeuner, „vielleicht kann man die unten aufhalten. Wir müssen sie zum Stehen bringen. Ich hab's ja gewußt, der ist verrückt. Heilige Muttergottes, jetzt wird er auch noch zum Mörder."

Wir rannten durch den steil abfallenden Tannenwald. Jeder Schritt hämmerte mir ins Knie, daß ich vor Schmerzen aufgeschrien hätte. Das alles ist sinnlos, und du kommst zu spät, ich kann nicht mehr, dachte ich, Herrgott, laß uns das Gleis erreichen, ehe der Irre dort ankommt.

Als wir über dem Gleis ankamen, tauchte aus dem Waldrand unterhalb der Schlucht die Lokomotive, die Frau Ildiko und Nelius brachte. Ich schrie: „Stehenbleiben! Steigt aus! Sofort weg vom Gleis!" Dann schrie ich nicht mehr. Ich starrte auf das lächelnde, herausgeneigte, von der Fahrt erregte, der Fahrt hingegebene Gesicht der Frau, auf ihre im Fahrtwind geschlossenen Augen und ihre behandschuhte kleine Hand, die auf dem Rahmen der Kabinentür lag. Ich sah das Stückchen weißer Haut zwischen dem Handschuh und dem Ärmelansatz der roten Windbluse. Nelius sah ich erst in dem Augenblick, als ich über mir den Lärm der herabkommenden Lokomotive hörte, die Kolár führte. Garuga schrie auf. Aber ich starrte immer noch auf die kleine Frauenhand; das Stückchen weißer Haut über dem Handgelenk hob sich jetzt in einer stockenden Bewegung bis zur Höhe des Ohres. Unbewegt, in einer grenzenlosen Einsamkeit blieb es dort hängen – Frau Ildiko hatte die von oben herabjagende Lokomotive erblickt und den Mann erkannt, der vorne auf den Stoßstangen stand, das weiße Hemd vor der Brust geöffnet und vom Wind gebläht.

Es war das Letzte, was ich sah.

Neben mir wand sich Trifa im Gras und erbrach sich. Garuga war ein Stück nach vorne gerannt. Ich preßte die Hände gegen das schmerzende Knie und krümmte mich vor. Ein ohrenbetäubendes Dröhnen deckte in der Sekunde darauf alles zu.

Als ich mich aufrichtete, war nur noch das Winseln des englischen Setters zu hören. Der Hund stand auf dem Gleis und klagte in die Schlucht hinab, aus der Rauch aufstieg. –

Ich bin in den Jahren danach noch öfter in die Gegend oberhalb des Bergdorfes Tatar gekommen – zu meiner Schwester Anca, die sich hier niedergelassen hatte; wir trafen uns in Condors Haus unter den Wäldern; in Ancas Blick war etwas vom Ausdruck der Frauen, die uns von den Ikonen in der bäuerlichen Wohnung meines alten Vorarbeiters ansahen.

Die Schlucht mit den drei Steinkreuzen heißt seit den Vorfällen auf der Höhe 1004 bei den Hirten und Bauern die „Kolárschlucht". Mit Condor saß ich auf der Bank vor dem Haus unter den alten Buchen. So viel hatte von unseren

Karpatenwäldern selbst in den letzten Jahren des Raubbaus nicht abgeholzt werden können, daß der Ton verstummt wäre, der nachts aus ihnen kommt.

V

Im Land der toten Augen

Pandurus Oberkörper war während der letzten Sätze ruckweise zur Seite gesunken; jetzt kippte er wie unter einem Stoß über die Sessellehne, der Kopf schlug hart gegen die Tischkante; die Innenfläche nach oben gekehrt, blieb die linke Hand schlaff auf dem Teppich liegen.

Peter winkte Alischer. „Komm, faß ihn unter den Knien", sagte er, „anders geht's nicht, er ist schwer." Alischer hob Panduru an den Beinen hoch, Peter schob ihm die Hände unter die Schultern und nickte Alischer zu. Sie trugen ihn in den kleinen Raum neben der Küche und legten ihn auf das Bett.

Gisela, die ihnen vorausgegangen war, hatte das Fenster einen Spalt geöffnet; kühle, feuchte Nachtluft strömte herein. „Geht", sagte sie zu den beiden, „er muß schlafen." Sie breitete eine leichte Decke über Panduru, dessen Gesicht von Schweiß bedeckt war; seine Haare klebten an der Stirn, er atmete schwer und hatte die Augen geschlossen. Es war ihm nicht anzusehen, ob er schlief oder betrunken war. Als Peter und Alischer das Zimmer verlassen hatten, trocknete Gisela sein Gesicht mit ihrem Taschentuch. „Danke", sagte er mit kraftloser Stimme, "danke . . ." „Schon gut", unterbrach sie ihn und zog die Decke noch einmal zurecht, „schon gut, Toma; ruh dich jetzt aus. Denk nicht mehr dran. Du hast das alles hinter dir. – Ich werde später kommen und noch einmal nach dir sehen. Die frische Luft hier wird dir gut tun." Sie stand noch eine Weile vor dem Bett, dann ging sie ins Wohnzimmer zurück und setzte sich zwischen den Professor und ihren Mann auf das Sofa.

Die senkrecht brennenden Flammen der drei maisgelben Wachskerzen auf dem Kaminsims beleuchteten das Bildnis des Heiligen Georg, das über ihnen hing. Nur der bedachtsame Pendelschlag der großen Standuhr war zu hören.

Als erster machte Dr. Braha eine Bewegung, eine hilflose, entschuldigende Geste, mit der er sich an die Tischrunde wandte. „Der arme Toma", flüsterte er; um den Mund des Professors schienen die feinen Falten einen Ton dunkler und schärfer geworden zu sein.

„Herr Doktor Braha", sagte Peter in diesem Augenblick mit einer Stimme, der anzuhören war, daß er die Schatten, die Pandurus Bericht geworfen hatte, wegwischen wollte, „Herr Doktor Braha", er richtete sich auf und hob eine Hand, „da fällt mir gerade etwas ein, was Sie mir erklären müssen. Und zwar weiß ich nichts darüber, wie ..."

Er hatte laut und ungewohnt schnell gesprochen, er beugte sich vor, zog zwei Salzstangen aus einem der Steingefäße und sah den zusammengesunkenen Doktor eindringlich an. „Herr Doktor Braha", rief er, „weil Ihr Neffe jetzt nicht mehr hier ist, komme ich darauf zurück: ich weiß bis heute nicht, wie Sie Herrn Kaltendorff damals zu der Stelle am Eisernen-Tor-Paß an der Donau verholfen haben – und das war doch der wichtigste Punkt des ganzen Planes, der Schlüsselpunkt."

Der Doktor schien Peter nicht gehört zu haben; auch die anderen saßen regungslos, mit ihren Gedanken beschäftigt. Aber Peter ließ sich davon nicht beirren. Entschlossen, zu erfahren, wie es damals gewesen war, fuhr er mit Nachdruck fort:

„Ich muß Ihnen dazu einiges sagen, Herr Doktor Braha, bitte hören Sie mir zu. Ich durfte mich damals, als Ihr Neffe Toma mich auf Stellas Anweisung in Klausenburg aufsuchte und abholte, nur zwei Stunden in Bukarest aufhalten – bis zur Rückfahrt mit dem nächsten Zug. Als ich in Bukarest ankam, erfuhr ich von Stella zu meiner Verblüffung, daß Kaltendorff sich schon an der Donau befand; ich hatte ja keine Ahnung, daß die Dinge schon so weit gediehen waren. Stella erklärte mir, daß alles bis ins Letzte vorbereitet und daß die Reihe nun an mir sei: ich mußte die Geldsumme herbeischaffen, ohne die die Durchführung des Planes unmöglich war."

Peter blickte Stella an. Dann sagte er: „Zwei Stunden später fuhr ich von Bukarest in Richtung Klausenburg wieder ab; es war drei Uhr nachts, und auch diesmal war ich erst in letzter Sekunde auf dem Bahnhof eingetroffen. Ich habe bis Klausenburg kein Auge zugemacht. Von alldem, was ich in den zwei Nachtstunden in Bukarest erfahren hatte, war die Nachricht, daß Rolf sich auf der berühmten Baustelle am Eisernen-Tor-Paß befand, das einzige, was mich beschäftigte und, ich gebe zu, erregte. Wenn das bloß gut geht, dachte ich, ausgerechnet Rolf, der auf allen schwarzen Listen des Staatssicherheitsdienstes obenan stand, auf der scharf bewachten Baustelle! Wenn die draufkommen, sagte ich mir, ist nicht nur er, sondern sind alle, die ihn da hineingeschleust haben, erledigt – und er ist für immer verloren. Der sitzt dort auf einem Pulverfaß, dachte ich, und wir mit ihm . . . Haben Sie mir zugehört, Herr Doktor Braha?"

Peter hielt ein, aber der Doktor saß immer noch in völliger Abwesenheit da. Mit einem Ruck schob sich Peter die Salzstangen in den Mund, zerbiß sie fast wütend und machte eine heftige Handbewegung. Gar kein Zweifel, er würde jetzt nicht lockerlassen, auch wenn der Doktor noch so hartnäckig schwieg. „Herr Doktor Braha", rief er, „ich will jetzt wissen, wie Sie das mit Rolf und dem Eisernen-Tor-Paß hingekriegt haben! Sie waren damals doch ebenso schwer belastet wie er. Sie wurden doch genauso wie er auf Schritt und Tritt beobachtet! Oder lagen die Dinge bei Ihnen anders . . . ?"

In den Doktor kam Bewegung. Fast feindselig blickte er Peter an, lachte mit einem harten Ton auf und griff nach der Weinflasche. Er schenkte sich rasch das Glas voll, trank einen Schluck und fuhr Peter an: „Oder? Was: oder? Wieso denn sollten die Dinge bei mir anders liegen? Was meinen Sie damit? . . . Schwer belastet, sagen Sie, Herr Römers? Na und ob ich's war! Natürlich war ich das! Sie werden aber lachen, ha, wenn Sie hören, was ich Ihnen hierüber zu sagen habe. O ja", fuhr er fort, als er Peters Bewegung sah, „lachen werden Sie und sich Ihr ‚oder' und ‚anders liegen' an den Hut stecken. Jawohl, das werden Sie tun, weil ich Ihnen nämlich sagen muß, daß ich's just zu jenem Zeitpunkt aufgehört hatte zu sein. Schwer belastet? Den Teufel auch – entlastet, völlig entlastet war ich! Und genau dies war ja ihr hundsgemeiner Trick, um mich bei meinen Freunden verdächtig zu machen! Und jetzt hören Sie mich an, mein junger Freund: ohne daß ich auch nur etwas dazu getan, ja ohne daß ich es mir gewünscht hätte, war meine Akte zu jenem Zeitpunkt allerhöchsten Orts revidiert worden. Herr Römers, der Oberste Gerichtshof hatte mich voll rehabilitiert!"

Peter war gelungen, was er sich vorgenommen, wenn er freilich den Doktor auch ungebührlich herausgefordert hatte. Er wird jetzt in Fahrt kommen, dachte er. Während Doktor Braha noch ein Schlückchen trank, schenkten sich auch die anderen ein; Gisela reichte einen Teller mit Gebäck reihum, und Alischer stieß mit dem Professor an; Stella bat Peter, noch eine Flasche zu öffnen.

Der Doktor stellte sein Glas auf den Tisch zurück, er hatte sich nun wieder ganz in der Gewalt.

„Meine Damen und Herren", wendete er sich in verändertem Ton an die Runde, „stellen Sie sich, bitte, einmal vor, um wieviel schauerlicher unser Saeculum aussähe, hätten uns die Alten nicht auf einige Grundsätze festgelegt. Wir? Nein, wir sind längst nicht mehr imstande, Gleichwertiges zu bieten." Er schüttelte den Kopf und lachte im Augenblick darauf mit spröder, abweisender Heiterkeit vor sich hin; er fuhr fort: „Nun, man hatte ‚nach eingehender Prüfung' verfügt, daß über Nacht zwei Jahrzehnte meines Lebens ausgelöscht zu werden hätten. ‚Rehabilitierung' nennen sie das in ihrer angeblichen Sachlichkeit. So einfach ist das nämlich. Man hatte also das Große-Vergessen-über-Nacht angeordnet. Und eines Tages hatte man mir schließlich mit einem Sphinxlächeln nahegelegt, hinfort füglich zu tun, als sei nichts geschehen, rein nichts. Als habe es die zwei verlorenen Jahrzehnte in meinem Leben nicht gegeben, als hätte ich das Ganze nur geträumt. Verstehen Sie mich recht: *ich* geträumt, und nicht etwa die Scheusale, die mir zweimal zehn Jahre meines Lebens geraubt haben! ... Aber wir wollen", der Doktor lehnte sich zurück, „wir wollen gerecht sein, meine Freunde, und da müssen wir doch zugeben, daß dies Jahrhundert schon andere Scheußlichkeiten ausgebrütet hat. Und es ist für mich der ungeheuerlichste Gedanke, daß wir die Bestien auch in Zukunft niemals zum Einhalten bringen werden, niemals, sage ich Ihnen!"

Es war offenkundig, daß dem kleinen Doktor der Wein vortrefflich mundete. Er trank gleich zwei Schlucke hintereinander, nun endgültig ruhiger und gefaßter, wenn auch angriffslustiger als bisher, ehe er sich weiter über den Gegenstand ausließ, auf den Peters Fragen ihn gestoßen hatten. Er trank noch einen Schluck, schob sich im Sessel ein Stück nach vorne und fuhr leutselig fort:

„Ist Ihnen eigentlich schon einmal aufgefallen, daß es quer durch Völker, Religionen und Kulturen hindurch immer eine und dieselbe Menschengattung ist, die uns die Henker beschert? Ich meine diese Kolosse von gigantischer Gefühllosigkeit und zugleich der Empfindsamkeit kränkelnder Mimosen, diese mit einem Muskel anstatt eines Hirns ausgestatteten Bullen, die man Politiker nennt und die sich bald von links bald von rechts auf uns stürzen, angetrieben vom ebenso kindischen wie grauenhaften Wahnsinn, zu Volksbeglückern berufen zu sein. Lassen Sie sich, sofern Sie Gewicht auf Selbständigkeit legen, niemals von ihren schlauen Wörtchen ‚links' und ‚rechts' verwirren, da es doch, genau besehen, jedesmal nur eine Frage des Zufalls ist, auf welche

Seite sie sich schlagen. Dabei ist es aber gar nicht so sehr die anmaßende Einfalt dieser verklemmten Welterlöser, was mir unträglich erscheint. Nein, das große Erbrechen kommt mich erst an, wenn ich mir die Armeen ihrer Steigbügelhalter ansehe, diesen eitlen Haufen von mitlaufenden Rittern der Tagesmode, diese servilen und umstellungsfixen Kreaturen, die den Henkern doch erst das Feld für ihr Werk freimachen. Heute finden wir sie auf dieser Seite, morgen auf der anderen – mit unträglicher Sicherheit aber immer auf der Seite derer, die gerade mächtig und in Mode sind. Die großen Bestien der Geschichte handeln im Wahnzustand, die Mitläufer aller Zeiten aber wissen, was sie tun und haben die Entschuldigung jedesmal zur Hand. Von ihnen, nicht von den Bestien droht die Gefahr."

Der Doktor lehnte sich wieder zurück und atmete tief auf. Nach einer Pause sagte er: „Ich hatte damals also – zu dem Zeitpunkt, den Sie meinen, Herr Römers – meinem amtlichen Status wiedergewonnen. Schwerer freilich wog, daß ich eines nicht verloren hatte: die Treue der alten Freunde; der Schutt der Jahre hatte sie nicht ersticken lassen. Was uns die Revolutionen der jungen und die Dynastien der alten Raubtiere überleben läßt, ist die Unverbrüchlichkeit unserer menschlichen Bindungen. Allein hier liegt die Hoffnung."

Dr. Braha nickte Stella und Alischer freundlich zu, die nach den Gläsern gegriffen hatten; Gisela schloß sich an. „Sehr zum Wohl, meine jungen Freunde", sagte der Doktor und zog mit dem Glas in der Hand einen Halbkreis durch die Luft, „ich wünsche Ihnen die Kraft, stärker zu sein als die fortschrittlichen Eselshaufen, die zu allen Zeiten schreiend auf den Märkten dieser Welt herumstehen und jeder Laune des Tages willig folgen."

Sie tranken die Gläser leer.

„Nun, wie es dann weiterging, wollen Sie wissen, Herr Römers?" sagte der Doktor. „Eines Tages erschien Fräulein

Stella Avram bei mir, sie berichtete, in welchem Zustand sie meinen hochverehrten Freund Kaltendorff wiedergefunden hatte; wir saßen die halbe Nacht zusammen. Nachdem ich den Schock, der mir durch ihre Mitteilung versetzt worden war, überwunden hatte, gingen wir dann der Reihe nach alle Möglichkeiten der Hilfe durch; vorderhand schien mir das wichtigste, daß Herrn Kaltendorff ein Arzt und eine Wohnung besorgt worden waren. Nach und nach begann mir dann zu dämmern, daß hier nur das Ungewöhnliche helfen konnte; mit Beziehungen allein und den kleinen Vorteilen, die sie verschaffen, war da nichts getan. Ich war entschlossen zu helfen. Ich fühlte vom ersten Augenblick an, daß es gelingen würde. Ich wußte in jener Nacht nur noch nicht, wie.

Meine Damen und Herren", sagte der Doktor lebhaft und fast dozierend und schob sich auf dem Sessel wieder ein Stück nach vorne, „am Anfang aller Dinge, die dermaleinst die Welt vernichtet haben werden, steht die Dummheit. Bedeutendere Geister als ich waren der Meinung, daß es nur ein Mittel gegen sie gäbe: den Totschlag. Oder wissen Sie ein anderes? Auf den Inseln der Gesittung haben wir ihn uns freilich untersagt. Die Dummheit, meine Damen und Herren, ist ein Monster; was ihr nicht gleicht, setzt sich ihrer Wut aus, was ihr widerspricht, reizt ihre Tobsucht. Niemand bilde sich ein, sie durch Zureden zur Besinnung zu bringen können! Worauf denn soll sie sich besinnen? Wer es dennoch unternimmt, sich ihr mit dem Anruf des Geistes zu nähern, den fällt sie an. Würde und Anstand sind ihr fremd, Liebe erst recht. Henker, wenn sie das Beil heben, werden unsicher, Mörder, ehe sie abdrücken, zaudern; von beiden weiß man, daß sie immer wieder einhalten. Die Dummheit jedoch kennt kein Erbarmen. Es ist daher besser, in die Hände eines Mörders zu fallen, als den entfesselten Phantasien der Dummheit ausgeliefert zu sein. Vielleicht, meine Freunde, ist Liebe oft ebenso blind wie Dummheit. Jene aber berechtigt zur Hoffnung, daß sich das Häßliche ins Schöne wandle, diese kennt nur Verfinsterung und Besudelung, keine Sonne ist sicher vor ihrer Nacht; was bleibt, ist der Verzicht, unter dessen Zeichen der Leidensweg des Geistes steht. Denn immer und unter allen Umständen weiß sich die Dummheit im Recht, ihr Anspruch, Recht zu haben, kann apokalyptische Ausmaße annehmen. Steht jedoch über dem Recht, meine Freunde, nicht die Menschlichkeit? Eben sie aber macht die Dummheit rasend, weil sie ahnt, daß ihr hier eine Welt entgegentritt, die ihr für immer verschlossen bleibt. Besäße sie doch wenigstens die Menschlichkeit des Wilden, der zu weinen beginnt, sobald man ihn zwingt, weiter als bis drei zu zählen! Doch nein, sie hat nicht nur die Masse und das Gewicht, sie hat auch das Robuste des Naturburschen, und Gott sei's geklagt: die Treffsicherheit ihrer Tiefschläge reißt die Menge hin. Die dröhnende Selbstsicherheit und die Schlagkraft ihrer Muskelberge, vor der der Einsichtige das Fürchten lernt, macht sie populär. Und so wird sie, nicht rechtzeitig in Fesseln gelegt und geknebelt, bei jeder Gelegenheit den breitschultrigen Einbruch in die Gehege suchen, in denen der Geist mit behutsamen Händen waltet. Hält sie doch ihre Stiernackigkeit für die Legitimation ihrer Unfehlbarkeit, die Nachsicht und Höflichkeit des anderen für Schwäche. O nein, niemals pulst es triumphierender durch die Engpässe ihres Hirns, nichts berauscht sie mehr als der Anblick des strauchelnden Geistes. Denn dies, meine teuren Freunde, ist doch der Weisheit bitterer Schluß: daß Größe und Verwundbarkeit des Geistes eins sind. Genau hier erkennt die Dummheit ihre Chance, und hier ist die Solidarität und Gnadenlosigkeit ihrer Kreaturen unbeschreiblich. Ebenso ihre Erbärmlichkeit. – Gestatten Sie mir nun, meine Freunde, daraus aber auch die Chance für uns abzuleiten."

Mit hocherhobenem, im Licht der Kerzen funkelnden Glas lächelte der kleine Doktor in die Runde. Diesmal tranken ihm alle zu und warteten, bis er das Glas wieder auf den Tisch gestellt hatte. „Ja, dennoch, meine Freunde", fuhr er fort, „leben wir nicht in der Aussichtslosigkeit, denn auch die schauerlichste Dummheit ist, wie alles Menschliche, besiegbar. Wie? fragen Sie mich. Ich will versuchen, es Ihnen zu beantworten." Er lehnte sich wieder im Sessel zurück, betrachtete kurz seine Fingerspitzen und sagte dann:

„Der Sklave, der zum Lachen bringt, ist den Mächtigen der Liebste. Er darf Wünsche äußern. Sie werden ihm gewährt. Und er hat, genau besehen, keinerlei Ursache, darüber den Haß des Gedemütigten zu empfinden. Wohl, seine Freiheit ist die des Narren. Aber wann, frage ich Sie, wann schon war die Freiheit des Geistes eine andere? Doch glauben Sie mir: wer sie annimmt, kann zum Weisen werden. Das war, erlauben Sie die Abschweifung, an den Höfen der persischen Großkönige so, es war nicht anders in den Heerlagern der Römer, in den Prunkschlössern der Karthager oder in den Salons der Renaissancefürsten; es ist in den modischen Bungalows der demokratischen Affengötter unserer Tage das gleiche ... Kurz, nachdem ich in jener denkwürdigen Nacht stundenlang mit Stella zusammengesessen hatte, fiel es mir endlich wie Schuppen von den Augen – das heißt, mir fiel mein Mann ein. Jawohl, ‚mein Mann' sage ich, und Sie werden das sofort verstehen. Stellen Sie sich, bitte, einen Menschen vor, begnadet und mutig zugleich, die mächtigen Scheusale wie Puppen zum Tanzen zu bringen. Da haben Sie es, das Ungewöhnliche! Von ihm verwirrt, blähen sie sich auf im Drang, dem Spaßvogel einen Gefallen zu erweisen. Barbaren kennen das Maß der Nähte nicht, aus denen zu platzen sie für Bonhomie halten. Und hier, hier liegt der Punkt ihrer Verwundbarkeit. Und hier auch kann der Spaßvogel beweisen, daß er mehr als ein Hofschranze ist."

Dr. Braha war lebhaft geworden. „Kurz vor meiner Unterredung nämlich mit Stella", fuhr er fort, „hatte ich erfahren, daß auch ‚mein Mann' die Sintflut überstanden hatte und daß er als Tagelöhner, als Geräteträger bei einem Geologen – ausgerechnet einem Geologen, wunderte ich mich – arbeitete, einem, wie ich mir übrigens sagen ließ, in der Fachwelt sehr geschätzten Geologen; es stellte sich später heraus, daß dieser Umstand von nicht unerheblicher Bedeutsamkeit war. O ja, wir waren gut miteinander bekannt, ‚mein Mann' und ich, und ich konnte ihn ohne weiteres aufsuchen und um Hilfe bitten."

Der Doktor unterbrach sich abermals, lächelte Peter unvermittelt an und sagte: „Darf ich Sie, Herr Römers, noch um einen Schluck des ausgezeichneten ‚Kaiserstühlers' aus dem Vorrat unseres Gastgebers bitten? Es ist lange her, daß ich Gelegenheit hatte, davon zu trinken. Es liegen, wie unsere gescheiten Fachleute sagen, historische Umwälzungen zwischen damals und heute. Daß der ‚Kaiserstühler' sie unangefochten überdauerte, empfinde ich als trostreichen Hinweis darauf, daß es Beständigkeiten gibt, die unanfechtbar sind. Ach ja, zum Verständnis meiner Erinnerungen muß ich Ihnen sagen, daß ich damals zusammen mit meinem Freund aus Kindheitstagen George Stavaride – er war aus Schweden herübergekommen, wo er studierte – abwechselnd auf beiden Seiten des Rheins aus dem Niederländischen bis in die Schweiz hinauf wanderte. Zu Fuß, natürlich. Und da sind wir – erinnerst du dich, George? – an einem wunderschönen Herbsttag auf dem ‚Kaiserstuhl' im Oberrheinischen gewesen. Und hier habe ich zum ersten Mal davon getrunken ... Was es mit den ‚historischen' Umwälzungen auf sich habe, fragen Sie? Nun, stellen Sie sich einmal, Herr Römers, zwei junge welt- und wissenshungrige Osteuropäer vor, denen es heute auf die gleiche Weise möglich wäre, die Wunder der Provence, des Rheintals, der Toscana aufzunehmen, Länder und Menschen kennenzulernen, sich frei und gleichzeitig heimisch zu fühlen in den Landschaften dieses Erdteils. – Gelingt es Ihnen? Wie? Sie schütteln den Kopf? Liegt also hier der Unterschied zwischen einst und jetzt? . . . Den Flug zu den Sternen, meine jungen Freunde, verwirklichte das barbarischste Jahrhundert aller Zeiten."

Es war eigenartig, daß sich der Doktor, während Peter mit dem Entkorken einer Flasche und danach mit dem Einschenken beschäftigt war, auf einmal unterbrach und auf eine Weise im Sessel zurücklehnte, daß allen klar wurde, es bewegten ihn plötzlich völlig andere Gedanken als bisher und er denke nicht mehr im Entferntesten daran, mit seinem Bericht fortzufahren. Er murmelte zusammenhanglose Wörter, schüttelte den Kopf und neigte sich dann jäh zu dem neben ihm sitzenden Kaltendorff hinüber. So leise, daß ihn kaum jemand verstand, sagte er:

„Wir sind damals, George und ich, auf unserer Ferienwanderung mit vielen freundlichen Menschen zusammengekommen, mein Verehrtester, und ich habe später oft darüber nachdenken müssen, wie angenehm alle diese Bekanntschaften waren – und wie erschreckend nichtssagend, verspielt und unverbindlich zugleich . . . Mein hochverehrter Freund, mich läßt der Gedanke nicht los: auch wir zwei wären einander damals nur auf diese unverbindliche Weise begegnet, wir hätten niemals das Erlebnis unserer bis zum Schmerzhaften als unlöslich empfundenen Freundschaft gehabt, wäre nicht die gemeinsame Not gewesen und deren Härte, die uns das Verbindliche als Notwendigkeit lehrte. Aber hat nun nicht, frage ich Sie, gerade die Notwendigkeit des Verbindlichen in unserer Beziehung Bedrückendes? Ist sie nicht der allzuoft nur widerwillig entrichtete Preis, mit dem wir heute das von früheren Geschlechtern Versäumte bezahlen müssen, wenn wir überleben wollen?"

Wieder brach der Doktor unvermutet ab. Vorher schon hatte Peter die Flasche langsam aufgerichtet, obgleich Brahas Glas erst zur Hälfte gefüllt war. Auch Gisela und

Alischer, die mit wachsender Spannung zugehört hatten, blickten Kaltendorff an.

Der saß unbewegt, das Gesicht maskenhaft starr.

Da fragte der Doktor mit lauter, fordernder Stimme: „Herr Kaltendorff, darf ich wissen, wie Sie über die Verbindlichkeit unserer einst gemeinsam erfahrenen Not denken, seit Sie nicht mehr gezwungen sind, unter uns zu leben, mit denen Sie ja lediglich ein Versehen der Geschichte zusammenführte, sondern sich in Freiheit unter den Menschen Ihrer Muttersprache bewegen dürfen?"

Kaltendorffs hellgraue Augen, als jetzt das Kerzenlicht für den Bruchteil einer Sekunde über sie glitt, hatten einen Ausdruck ungewohnter Härte. Er sah Dr. Braha lange an. „Wen fragen Sie das, Doktor", sagte er kühl, „da Sie meine Antwort doch kennen? Meine Sprache ist die Sprache Pandurus, Giselas, Kolárs, es ist die Sprache Peters, Veneras, die Stellas und des Professors. Meine Sprache ist Ihre Sprache, Doktor, so wie Ihre die meine ist. Es ist die Sprache der gemeinsamen Erfahrung. Eine andre kenne ich nicht. Auch nicht, seit ich in Freiheit lebe und hier auf so erschreckend viele Narren stoße, die nicht mehr wissen, was das ist ‚Freiheit'. War es dies, was Sie hören wollten?"

Peter hielt die Flasche immer noch aufgerichtet in der Hand; er hatte vergessen, einzuschenken. „Aber ich will Ihnen jetzt alles sagen, Doktor", fuhr Kaltendorff fort. „Vielleicht bin und bleibe ich ein Fremder in diesem Land meiner Muttersprache, in dessen Erde mein Vater liegt und dessen Bürger ich nun wieder bin, so wie meine Großväter es waren, ehe sie dies Land – aus einem Versehen der Geschichte heraus, wie Sie sagen – verließen. Aber ganz entschieden ein Fremder bin ich im Land meiner Geburt und Kindheit, in dem Sie und ich nach dem Willen jener Bestien, von deren Beschränktheit Sie sprachen, zu gehorsamen Kadavern vermodern sollten. Heimat, Doktor Braha – und von ihr ist doch hier die Rede, sofern ich Sie recht verstehe

—, Heimat darf für uns heute nur in uns selber liegen, wollen wir den Fußbreit Boden retten, auf dem morgen die Heimat wieder möglich sein soll."

Nun schenkte Peter ein; Dr. Braha nahm ihm das volle Glas aus der Hand. „Ich danke Ihnen, Herr Römers", sagte er aufatmend und stieß mit dem Professor an. Und auch diesmal zitterte seine Hand ein wenig. —

Zuerst waren es die Lichter der Straßenlaternen, grübelte Kaltendorff und starrte die Spiegelungen auf der Fensterscheibe vor sich an, ohne sich zu erinnern, wann er das Glas auf den Tisch zurückgestellt, seinen Platz zwischen Stella und dem Doktor verlassen hatte und vor das Fenster getreten war. Ja, da sind sie wieder — die gelben Lichtarme, die sich die Gestalten aus dem Abenddunkel ringsum greifen, sie mir für Sekunden auf die Augen pressen und sie dann wieder zurückwerfen.

Warum nur mein grundloses minutenlanges Zögern, den Platz vor der verschneiten Fassade des alten Bukarester Königspalais' zu überqueren? Und dann, schon beim ersten Schritt vom Gehsteig hinab, der Stoß gegen jenen Mann mit der dicken Aktentasche unter dem Arm. Hatte ich auf ihn gewartet an dem nassen, kühlen Winterabend? War es möglich, daß ich gezaudert hatte, nur um mit ihm genau in diesem Augenblick zusammenzustoßen? Minutenlang gezögert, bis einer wie dieser Menschenberg daherkommen würde, kräftig genug, mich im Vorbeigehen nicht nur versehentlich zu streifen, nein, mich mit der Wucht eines gezielten Schlags aus dem Oberkörper so herumzuwerfen, daß ich mit dem Gesicht dem Gehsteig zugekehrt stand?

Es hatte nur einen Augenblick gedauert, ehe ich mich wieder umwendete. Aber in diesem Augenblick muß sie herübergesehen und mich erkannt haben.

Nein, an diesem Abend hatte ich weniger denn je damit gerechnet, sie wiederzusehen. Es lagen zehn Jahre zwischen uns, in denen wir uns nie wieder begegnet waren, in denen sie eine andre geworden sein mochte, nicht mehr jenes Wesen war, halb Mädchen, halb Frau, dessen Augen und dessen Ähnlichkeit mit meiner Mutter mich einst benommen gemacht hatten. Aber plötzlich stürzte sie nun aus dem sich immer rascher drehenden Karussell der vorbeigleitenden Menschengestalten auf mich zu. Noch hatte ich sie, schon im Weitergehen, in keiner Weise auf mich bezogen, die Frau mit den erschrocken geweiteten Augen und mit dem erhobenen Arm, die sich einen Weg durch die Menschen bahnte. Auch nicht, als es mich bei den ersten Schritten über den Platz durchfuhr: diese Bewegung aus den Schultern, dies Zurückwerfen des Kopfes – das kenne ich doch!

Es spielte sich alles wie außerhalb der Zeit ab.

Ich hatte angefangen zu rennen, einen kleinen, hinkenden Mann zu Boden geworfen und dabei gefühlt, wie meine linke in der Manteltasche steckende Hand sich verkrampfte. Hinter mir hörte ich den Mann fluchen. Dazwischen ihre Schritte. Die Hand in der Tasche nicht öffnen, dachte ich, alles, nur jetzt die Hand nicht öffnen, sonst bin ich verloren!

Ich rannte wie um mein Leben, geradewegs auf das Palais zu. Ich schlug einen Haken nach rechts – hinüber, zum Athenäum, dachte ich, in eine der dunklen Seitenstraßen, dort findet sie mich nicht.

Mit einem Mal war das blasse Frauengesicht über dem Pelzkragen neben mir. Ich sah es, ich hörte die gepreßte, von den Atemstößen zerrissene Stimme, die meinen Namen rief. Die Hand, dachte ich, die Hand in der Manteltasche nicht öffnen! Ich fühlte ihren Griff an meinem Arm, ich rannte weiter und zerrte sie mit; sie schrie meinen Namen. In einem leeren Gäßchen hinter dem Athenäum brachte sie mich zum Stehen.

Und dann war alles, was sich in den letzten Minuten abgespielt hatte, ausgelöscht von dem Gefühl, in die großen, mandelförmigen Augen vor mir hineinzustürzen.

„Rolf", stieß sie keuchend hervor und wischte sich den Speichel von den Lippen, „Rolf, bist du es? Um Gotteswillen, wie siehst du aus!" schrie sie auf, „was ist mit dir! Bist du krank? Rolf, so sag doch ein Wort!" Sie zitterte, sie hielt ihre Hand immer noch um meinen Arm gespannt. Sie zitterte so stark, daß ich fühlte, ich müßte sie jetzt halten.

Aber ich starrte an ihr vorbei auf das verrostete Straßenschild, das im trüben Laternenlicht hinter ihr an der verwahrlosten Mauer hing. Ich spürte, wie mein Gesicht erfror. Ich wußte, daß mir jetzt nur noch diese Grimasse helfen konnte, die Fassung zu bewahren. Ich spannte die linke Hand in der Manteltasche. Ich bin endgültig verloren, war alles was ich dachte.

Als mir bewußt wurde, daß wir nebeneinander durch eine unbeleuchtete Straße voller Pfützen und Schneematsch gingen, war es zu spät. Ich hörte sie wie in weiter Ferne fragen: „Wo wohnst du?" Ich sagte: „In der Batiştei." Dann sprachen wir kein Wort mehr. Ich fühlte ihre Hand auf meinem Arm.

Eine halbe Stunde später betraten wir mein erbärmliches, kaltes Dachzimmer. Sie schloß die Tür und stellte sich vor mich. Von der Deckenbirne, die ohne Schirm über uns hing, fiel das grelle Licht auf ihre Stirn. Sie sah mich an und strich mir mit den Fingerspitzen über die Wangen. Ihre Lippen bebten. Behutsam, ohne etwas zu sagen, das mühsam beherrschte Beben der Lippen als einzige Bewegung im Gesicht, zog sie mir die linke Hand aus der Tasche, öffnete sie und nahm mir die Phiole mit dem Zyanwasserstoff ab. Ich hatte mir das Gift eine Stunde vorher besorgt. Ich hatte mein letztes Geld dafür ausgegeben. Ich war entschlossen gewesen, das Gift noch an diesem Abend zu trinken.

Die knappe, entschiedene Bewegung aus dem Handgelenk, mit der sie die Phiole zum Fenster auf den Schuttplatz hinauswarf, habe ich bis heute nicht vergessen.

Sie verlor kein Wort. Sie sagte nicht: du mußt leben, das darfst du nicht tun, du hast drei Kinder . . . Nein, nichts dieser Art, auch nicht später, als sie die paar Kohlebriketts in den Eisenofen gesteckt und Feuer gemacht hatte. Sie nahm mir den Mantel ab und führte mich zum Bett; sie zog mir die Schuhe aus und legte eine Decke über mich. Dann setzte sie sich zu mir auf den Bettrand. Mit einem Blick forderte sie mich auf zu sprechen. Mein Gott, ich habe sie zehn Jahre lang nicht gesehen, dachte ich, zehn Jahre . . .

Stockend, vor Kälte zitternd, begann ich aneinanderzureihen: Berufsverbot . . . Wöchentliche Meldepflicht beim Staatssicherheitsdienst . . . Die Schmerzen in der Brust . . . Erschöpfungszustände, Depressionen . . . Und die Flucht – die Flucht vor meiner Frau in die Hauptstadt . . .

„Seit zwei Wochen bin ich in Bukarest", sagte ich, „nach Hause kann ich nicht mehr." „Sag mir alles", nickte sie. Und während ich nun redete, fühlte ich, wie ihre Kraft auf mich zukam und mich wie ein Strom mitnahm. Als ich um Mitternacht mit meinem Bericht zu Ende war, hatte ich die Gewißheit, nach endlosen Jahren jenseits der Hölle angekommen zu sein.

Es war im Zimmer längst warm geworden. Doch jetzt erst zog sie den Mantel aus, schob mir das Kissen unter dem Kopf zurecht und lächelte zum ersten Mal, seit wir uns auf dem Platz vor dem Palais wiedergesehen hatten. „Trinkst du immer noch Tee?" fragte sie, „oder darf ich uns einen Kaffee kochen? Ich habe nämlich gerade welchen gekauft." Ich nickte, unfähig ihr zu antworten. Während sie den Kaffee machte, sagte ich: „O ja, Stella, du sollst alles wissen, seit wir uns zum letzten Mal gesehen haben, ich werde nichts verschweigen. Ich habe dir noch nicht alles gesagt."

Als sie wieder auf dem Bettrand neben mir saß und wir den heißen Kaffee tranken, erzählte ich mit einer inneren Ruhe, die mich erstaunte, von Christianes lebenswilder Schönheit.

Es begann mit jenem Auftrag, erzählte ich, den ich ein Jahr nach Antritt meiner Assistentenstelle vom Rektor der Hochschule erhielt – ich sollte die Unterlagen für eine Studie über die Ballistik des sechzehnten Jahrhunderts zusammentragen. Du erinnerst dich vielleicht noch daran, wir sprachen darüber, denn zu unserem Vergnügen hatte mich der Rektor an „einen gewissen Doktor Stavaride" gewiesen, „zwar nur ein ehemaliger Straßenbauer", hatte er gesagt, „aber ein Mann von geradezu phänomenalen Kenntnissen in Fragen alter Techniken auf allen Gebieten; suchen Sie den Alten auf, die Anschrift erfahren Sie in meinem Sekretariat – er gibt Ihnen die besten Tips, wo bei uns zulande über diese Dinge etwas zu finden ist." Noch am selben Tag war ich zu „dem Alten" in die Calea Victoriei gegangen, zwei Tage danach hatte ich mich von dir verabschiedet und war abgereist, nordwärts, quer über die Südkarpaten, Professor Stavarides Satz im Ohr: „Suchen Sie in den alten siebenbürgischen Städten, nur da finden Sie, was Sie brauchen." Ich verstand den Satz erst später.

Ich erinnere mich der Fassungslosigkeit, mit der ich damals, nach drei Stunden Eisenbahnfahrt, in der Provinzhauptstadt am Nordrand der Karpaten, in Kronstadt, auf dem alten Marktplatz aus dem Bus stieg – rings um mich ungefüge dunkle Berge, die dort dicht hinter den Häusern aufsteigen. Aber es waren nicht diese plötzlich nahen Berge, deren ungewohnter Anblick mich fassungslos machte, es war vielmehr das Gefühl: über dieser Stadt ist zu wenig Himmel. Ich weiß nicht, wieso sich dies Gefühl bei mir eingestellt hatte. Ohne die Angespanntheit freiwerden zu können, die mich beherrschte, erkundigte ich mich nach dem erstbesten Gasthof. Die Berge sind hier so nahe, daß sie den Himmel nicht atmen lassen, dachte ich immer wieder, sie erdrücken mich.

Weder am nächsten noch am übernächsten Tag gelang es mir, den Zustand abzuschütteln. Im Gegenteil, auf meinen

Wegen durch die Stadt begann mich die Gewißheit zu bedrängen, daß ich hier in eine fremde, ungewohnte Welt hineingeriet, in der alles anders war, als ich es bis dahin in meinem Leben erfahren hatte.

Überall standen hier mächtige, halbverfallene Basteien und Türme auf den Bergflanken, graue Befestigungsmauern, wie ich sie noch niemals gesehen hatte, und über all dem strengen, verwitterten Mauerwerk die nahen, rauschenden Bergwälder und der eingeengte Himmel. Nein, ich bin in der Banater Heide aufgewachsen, dort ist alles endlose Weite, so fern das Auge reicht; der Himmel ist bei Tag und Nacht offen. Vielleicht liegt in dem Zustand, in den ich mich versetzt fühlte und gegen den ich mich nicht wehren konnte, die Erklärung für die Verwirrung, die die Ereignisse des dritten Tages in dieser Stadt hervorriefen.

An diesem Tag suchte ich das alte, mir von Professor Stavaride bezeichnete Archiv auf. Das Gebäude liegt im Stadtkern, an einer Stelle, wo der Bergkessel sich verengt und den Häusern, Türmen und Straßen die Luft abzuschnüren scheint. Genau an dieser Stelle steht auch der erstaunlichste Bau dieser Stadt – die Schwarze Kirche. Auch diesmal, wie schon die Tage zuvor, blieb ich staunend vor dem massigen, schwarz aufsteigenden Gemäuer stehen, das hier alles überragt und sich gegen die Einklammerung durch die Berge zu stemmen scheint. Und wieder – während ich das Tor zum Archivgebäude aufstieß und über die Steinköpfe des Hofs auf eine Holztreppe zuschritt – dachte ich: dies alles zieht mich auf eine seltsame Weise an und stößt mich ab, es greift nach mir, als wäre es Teil meiner selbst und mir gleichzeitig fremd. Mit diesen Gedanken und Eindrücken beschäftigt – ich war die Holztreppe hinaufgestiegen und hatte die Hand schon auf den Türgriff gelegt –, kam dann ein Augenblick, den ich niemals vergessen werde. Ich fühlte es mit einem Mal wie eine Warnung in mir: die Ankunft in dieser Stadt hat mir den Weg zurück abgeschnitten. Wenn du umkehren willst, tu es jetzt. Sofort. Sonst ist es zu spät!

Aber ich hatte schon längst begonnen, mich zu verlieren.

Ich handelte wie unter einem Zwang, als ich wenig später den jungen, freundlichen Archivar, der mich erwartet hatte, zu seiner Überraschung nicht um die für mich vorbereiteten Schriftstücke bat, sondern ihm den Wunsch vortrug, einiges aus der Geschichte meiner neuen Umgebung zu erfahren. Nach einigem Zögern verstand der flaumbärtige Mann meine Bitte als ein erstes Orientierungsvorhaben. Er brachte mir sofort einen Stoß alter Bücher, Handschriften und Karten.

Dabei geschah nun wieder etwas Merkwürdiges: ich konnte mich des sicheren Gefühls nicht erwehren, daß all die Papiere, die der Mann vor mir auftürmte, eigens für meine Ankunft bereitgelegt worden seien, ja, als lägen sie schon seit langem und nach einem wohldurchdachten Plan für mich da – wovon natürlich keine Rede sein konnte. Aber der Zustand jener wachen Angespanntheit beherrschte mich nun vollends, und zum ersten Mal hatte ich jetzt auch, wennschon zunächst nur dunkel, das Empfinden: daß mich in dieser Stadt etwas erwartete, das mein Leben von Grund auf verändern, ihm eine völlig neue Richtung geben würde.

In einem kleinen und niedrigen Raum, in den mich der Archivar der Ruhe wegen führte, die er mir in Aussicht stellte, hinter meterdicken Mauern, alleingelassen und versunken in der Tiefe eines alten, abgewetzten Ohrensessels, begann ich schon nach der Durchsicht der ersten Seiten in einer Art Gier zu lesen. Den Auftrag der Hochschule hatte ich vergessen, so gründlich vergessen, daß mir ein flüchtiger Gedanke an ihn alles, was mein Leben bis gestern noch ausgemacht, erfüllt und bewegt hatte, abgerückt und unwirklich erscheinen ließ. Es war, als sei etwas abgerissen in mir.

Es ist eigenartig, sagte ich mir, während ich las, niemals bisher hat mich Geschichtliches beschäftigt, jetzt saugt es mich an, als hätte ich etwas nachzuholen, auszufüllen in mir. Ich blätterte in den Folianten, in den Erstdrucken und Kartenmappen. In der Mauernische, in der ich saß, war es so still, daß mir jedes Wenden der Blätter wie Stimmengewirr klang, das aus dem Steingewölbe auf mich zukam. Das einzige Fenster war schmal und eng, ein Loch. Von dem Straßenverkehr drang kein Laut bis zu mir. Ich hörte meinen Atem. Die Stunden vergingen wie im Flug.

Gegen Abend trat der junge Archivar ein. Es fiel mir zum ersten Mal auf, daß er ungewöhnlich klein von Gestalt war, so klein, daß er sich durch die niedrige Tür, über deren Schwelle er trat, nicht bücken mußte. Ich erfuhr später, daß er die gründlichen Kenntnisse aus der Geschichte seiner Heimatstadt vor allem seiner Gestalt verdankte – er konnte sich in den Türmen, Vorwerken, Basteien, in den Nischen, Geheimgängen und Durchschlupfen im Mauerwerk der mittelalterlichen Anlagen durch jeden Spalt zwängen und soll auf diese Weise eine Reihe aufsehenerregender Funde gemacht haben, ja, er soll, sagte man mir, mehr Tage seines Lebens im Dunkel der Steine als bei Sonnenlicht zugebracht haben. Andere gingen noch weiter und behaupteten: er habe von dem Tag an aufgehört zu wachsen, da er „in die Geschichte hineinkroch".

Erschrocken wegen der vorgerückten Stunde, bat ich ihn, einige der Handschriften, dazu eine oder zwei Karten in mein Hotelzimmer mitnehmen zu dürfen. Er nickte. „Ich begleite Sie ein Stück", erbot er sich höflich und brachte mich auf einem Umweg entlang der Stadtmauer zum Hotel. Es war dunkel, vor dem Sternenhimmel standen überall die Berge, wie Schatten, die sich jeden Augenblick auf uns zu legen schienen.

Ich las die folgende Nacht hindurch, ohne eines Gedankens an den Auftrag der Hochschule fähig zu sein; es war nun schon wie ein Befehl: alles, auch wenn es mein Verderben sein sollte, in mich aufzunehmen, ja, es war wie ein Rausch.

Ich kenne die Landstriche nördlich und südlich der Karpaten, ich kenne das Donaudelta und die Küste des Schwarzen Meeres im Südosten, die Buchenländer Tannenwälder im Norden, im Westen das Erzgebirge und die heimatlichen Ebenen südlich der Theiß und des Miersch. Aber nirgends war mir bisher so wie hier, in dem mir bis dahin nur wenig bekannt gewordenen „Sybembürgen" — wie dieser Landesteil in den alten Büchern genannt wurde —, ein solches Ineinander von Gestern und Heute begegnet.

Die vergilbten Blätter, die mir der Archivar mitgegeben hatte, beschäftigten sich vornehmlich mit der Herkunft der — wie sie in den Schriften hießen — „saxones", „teutonici" oder „flandrenses", die hier leben und die Erbauer all des grauen Burg- und Turmwerks sind, das in dieser Art ein zweites Mal im ganzen Südosten des Erdteils nicht wieder zu finden sein soll. Sie kamen, erfuhr ich, in den Tagen der Staufenkaiser rheinauf- und donauabwärts auf der Nibelungenstraße, dann durch die ungarische Pußta, durch die Samosch-Pässe und über die Hügel im Norden ins unerschlossene, fast menschenöde Hochland, als städte-, burgen- und straßenbauende „Gäste" von den Königen der ungarischen Stephanskrone gerufen. „Zu einer Zeit also", sagte mir einige Tage später einer diese „saxones", ein Freund des Archivars, in ebenso trockener wie derber Überheblichkeit, „da die paar Bewohner dieser wilden Gegend sich noch darin genügten, mit nackten Ärschen auf den Bäumen herumzuhocken und zu bellen..."

Unter den Folianten stieß ich auf den Reisebericht eines Sebastian Münster, eines Mannes aus der Lutherzeit; einiges daraus ist mir bis heute Wort für Wort im Gedächtnis geblieben:

„Dies Land Sybembürgen ist allenthalben mit hohen Bergen umgeben, gleich wie ein statt mit guten Bollwerken von außen umbmaueret, vun inwendig wol mit stette erbauwen, unter welchen die führnembsten sint Cronenstett, Hermenstett, Scheßpurg, Medwisch, Nösen, Clausenburg, Millenbach, Wyssenburg. Und es ist ein träfflich volck in diesem land, gebrauchen sich der teütschen sprachen. Auch ist das Zekenland ein besunder volck in Sybembürgen, gebraucht sich der Ungarisch sprachen. Aber ausserthalb den Bergen wonnen die Walachen gegen mitnacht und mittag, böß leüt, die ein sunder geissel seind der Sybembürger..."

Noch mehr aber als die alten Karten, Schriftstücke und Bücher fesselte mich eine Erkenntnis, die mir im Lauf der nächsten Tage aufzugehen begann. Nein, ich meine nicht etwa das ehrwürdige Alter dieser „sybembürgischen" Welt, noch die Unübersehbarkeit, mit der sie sich erhalten hatte inmitten fremder Umgebung und von dieser abstach. Nein, es war etwas anders, was mir bewußt wurde: eine gewisse Großartigkeit der Verwitterung und Verdämmerung, die schwermütige, dumpfe Starrheit, mit der sich hier ein Verfallendes in den Untergang fügte, ja, sich auf eine erschreckende Weise darin gefiel...

Ich habe einmal gelesen, daß die berühmten klassischen Landschaften Europas – zum Beispiel die Toscana oder die Provence – nur daher bis in unsere Tage lebendig blieben, weil die wechselseitige Anregung, der Dialog mit dem verwandten Umland sie wach erhielt. Niemals hätten sie sich allein aus eigener Kraft erneuern können, sie wären entschlafen, entschwunden. Die Beobachtung, schrieb jener Autor weiter, sei nachzuprüfen am Beispiel solcher Landschaften die durch „gewaltsame Isolierung" Inseln vergleichbar geworden sind, denen die Brücke zum Festland verstellt wurde. Als den äußersten Fall nannte er Pompeji. Vom Ausbruch des Vesuvs schlagartig seiner „Brücken zum Festland", seiner Verbindungen zum Umland beraubt, führe Pompeji in eindringlichster Art die Situation solcher

„gewaltsamer Isolierung" vor Augen: es lebe in unwiderruflicher Ausweglosigkeit im Gestern.

Auch hier, in diesem „Sybembürgen", stellte ich nun bestürzt fest, fehlt, wie in Pompeji, die Brücke aus der Abgeschnittenheit heraus zum rettenden Festland. Die Geschichte, andere Wege gehend, hat diese Landschaft in historischer Gleichgültigkeit abseits, dazu als einen Fremd- und Reizkörper in einer Umgebung liegen gelassen, die nur im körperlichen, nicht jedoch im geistigen Sinne als Umland bezeichnet werden kann. Auch sie, sagte ich mir mit beklemmter Bewunderung, hatte über fast ein Jahrtausend immer wieder ihre neue, ihre lebendige Gestalt gesucht und gefunden – ihre Brücken nach außen waren begehbar gewesen, bis zu jenem Augenblick, da der Lavastrom der Geschichte sie mit noch nie dagewesener Wucht überrannte, ihre Brücken verschüttete und sie abriegelte. Die nicht durch eine Naturkatastrophe, sondern durch die Historie zustandegekommene Situation des von der Lava zugedeckten Pompeji – das ist Siebenbürgen, die Welt dieser „saxones". Ungeheuerlicher aber als in Pompeji, erkannte ich, spielt sich hier das Ereignis ab. Denn gab es dort nur Tote, im Bruchteil einer Sekunde ausgelöscht, so gibt es hier Überlebende, und diese müssen mit all den tragischen Neurosen hoffnungslos Abgeschnittener den eigenen Untergang sehenden Auges mitvollziehen. Ich war wie gelähmt, als ich dann auch die nächste Beobachtung machte: ich stellte fest, daß sich nur wenige Rechenschaft darüber gaben, was mit ihnen geschah – den meisten waren Vernunft und Sinne vom Geschehen so betäubt, daß sie kaum noch begriffen, was vorging... Ich war im Land der toten Augen angekommen, dachte ich. Der Gedanke hatte Entsetzliches.

Einmal aufmerksam geworden, begann ich die Untergangserscheinungen mit der Sehschärfe des Außenstehenden auf Schritt und Tritt wahrzunehmen. Sooft mich der Archivar bei einem Gang durch die alten Stadtteile, auf eine Fahrt mit seinen Freunden oder einen Spaziergang mitnahm, ertappte ich mich dabei, daß ich nicht mehr sosehr die Burgen und Festungen auf den Bergen rings um die Hochebene, sondern diese Abstämmlinge ihrer Erbauer beobachtete.

Da hocken sie, grübelte ich in den Nächten im Hotelzimmer, da hocken sie in ihren von der Welt vergessenen, der Welt gleichgültigen Wehrburgstädten und -dörfern, Menschen von einer eigentümlich schwerblütigen Wärme, in die sich mißtrauische Zurückhaltung, polternder Hochmut und eine stumme, dem Außenstehenden unverständliche Ergebung ins Unabänderliche mischen – diese „saxones", wie sie in den Schriftstücken hießen. Sie haben dieser Landschaft vorzeiten ein Gesicht gegeben, das sie heute noch trägt, ohne das sie nicht wäre. Aber auf den Straßen und Plätzen, die sie einst bauten, ist ihre ans Luxemburgische, auch ans Englische erinnernde Mundart kaum noch zu hören. Andere Völker, aus dem Osten, aus dem Süden kommend, haben sie überschwemmt und durchsetzt. Im Mittelschiff des seit einem riesigen Brand geschwärzten gotischen Doms, der immer noch als Wahrzeichen des ganzen Landes gilt, drängen sich Schaulustige und Lernbegierige aus allen Erdteilen. Aber keines der mehrsprachigen Tonbänder darf auch nur mit einem Wort daran erinnern, daß die „saxones" ihre Erbauer waren. Ja, aus ihren Sammlungen und Museen, ihren Archiven und Galerien verschwinden bei Nacht und Nebel die kostbarsten Stücke und tauchen unter anderem Besitzernamen in den halborientalischen Städten südlich und östlich der Karpaten wieder auf.

Man raubt diesen Menschen ihre Geschichte, erkannte ich erschüttert. Und sie stehen wehrlos im archaischen Schutt ihres einst ausstrahlungsstarken Daseins – verloren, vergessen, verleugnet von der großen Völkerfamilie, der sie entstammen.

Und in einer dieser Nächte fiel mir dann Peter Römers ein. Wieso habe ich ihn übersehen? dachte ich, Peter ist doch hier, in „Cronenstett", geboren – Peter, dessen unbändigen Lebenswillen du kennst. Zugleich fiel mir die Familienähnlichkeit zwischen ihm und meinen neugewonnenen Freunden auf. Wie haben die es nun dennoch geschafft, dachte ich verwundert, diese Handvoll auf sich allein Gestellter, heil durch kumanische, mongolische und osmanische Erbarmungslosigkeiten hindurchzugehen, angefressen weder von der Glut der Madjaren noch abgesackt in den Sümpfen balkanesischer Gaunereien?

„Nun, dies alles ist Geschichte, vergessen Sie das nicht", sagte mir, bitter auflachend, jener Freund des Archivars, den ich schon einmal anführte, „wir sind – daran ändern keine Träumereien etwas – unweigerlich die Letzten. Von diesem Jahrhundert werden wir ausgezehrt. Aber in unserer Not sind wir zudem stumm und duckmäuserisch geworden, anstatt zu schreien, zu kämpfen. Wir haben, scheint es, aus der Geschichte die falscheste Lehre gezogen: der drohenden Gefahr mit Ergebung zu begegnen in der trügerischen Hoffnung, dadurch verschont zu werden."

An diesem Punkt wußte ich, daß mein Ergriffensein die erste Neugierde an der neuen Umgebung längst überstiegen hatte. Die Wandlung war so stark, daß ich mich aufgerufen fühlte, eins mit meinen „saxonischen" Freunden zu sein. Noch viel anziehender aber als dieser plötzliche Wunsch, in ihrer Mitte zu stehen und zu ihnen zu gehören, wirkte auf mich, daß sie mich ohne viel zu fragen in ihren Kreis aufgenommen hatten, denn noch niemals in meinem Leben, niemals vorher hatte ich einer Gemeinschaft angehören dürfen, hatte eine Gemeinschaft mich mitgetragen.

Der Sog hatte mich ganz erfaßt.

Heute weiß ich, daß ich nur Zeit gebraucht hätte, um Abstand, um mich selber wiederzugewinnen und zu finden, um die Dinge so zu sehen, wie sie für mich tatsächlich lagen.

Aber genau das geschah nicht. Und da ich in dieser Verfassung jeder Bestätigung meiner Gemütsstimmung wehrlos preisgegeben war, wurde alles Folgende unausweichlich. Ich will versuchen, es dir möglichst genau wiederzugeben.

Zwei Wochen nach meiner Ankunft lud mich der Archivar eines Tages ein, zusammen mit einigen seiner Freunde einen Spaziergang in die stadtnahen Berge zu machen. Ahnungslos sagte ich zu. An dem abgemachten Tag durchflutete ein ungestümer Frühlingswind die Straßen der Stadt. Als ich mich im Brausen der von den Bergen einfallenden Windmassen gemächlich schlendernd dem Treffpunkt näherte, wußte ich nicht, was auf mich zukam: ich sollte zum ersten Mal vor Christiane stehen.

Ich kann nicht mehr sagen, wie die Einzelheiten dieser ersten Begegnung verliefen, wahrscheinlich war ich selbst damals außerstande, sie wahrzunehmen. Ich weiß noch soviel, daß alles, was mich in den verflossenen Wochen bewegt und aufgewühlt hatte, plötzlich in der schlanken, hellblonden Frau vor mir stand. Ihre Augen hatten die Farbe blauen Stahls.

Der Blick, mit dem Christiane mich ansah, mir lachend die Hand reichte und sich dabei die von einem Windstoß zerzausten Haare aus der Stirne strich, war von einer Geradheit, die mich bis ins Innerste traf. Noch ehe ich mir über die Wirkung, die sie auf mich ausübte, Rechenschaft gab, wußte ich: dies ist die Begegnung, die in dieser Stadt auf mich gewartet hat; gleichzeitig fühlte ich: ohne ihren Willen werde ich mich von dieser Frau niemals lösen können. Der Weg zurück war endgültig abgeschnitten.

Während des Spaziergangs dröhnten die Buchen- und Tannenwälder über und unter uns. Sooft wir auf eine Schneise oder auf eine Anhöhe hinaustraten, um auf die graue Stadt hinunterzublicken, prallten die Sturmstöße mit der Wucht von Schlägen auf uns. Immer wieder hörte ich in ihrem Brausen Christianes Lachen; es klang wie eine mitreißende Herausforderung, dem Sturm entgegengeworfen. Was ich in der Sekunde unserer Bekanntschaft gefühlt hatte, wurde zur Gewißheit, und ich überließ mich dem Gefühl, ich konnte nicht anders. Mitgetragen zu werden von der herrlichen Kraft dieser Frau, dachte ich wie im Fieber, herausgerissen zu werden aus allem, was mich aus den Tagen meiner Kindheit belastet, ausbrechen aus den Wunden der Jahre ohne Mutter und Vater, aus der Not, aus dem stummen Erdulden und der Einsamkeit meiner Jugend, teilhaben am Schutz dieser Kraft bis ans Ende aller Tage!

Ich bin während der ganzen Nacht nach diesem Spaziergang in einem Zustand von Berauschtheit durch die Straßen der Stadt gelaufen, das ununterbrochene Brausen der Wälder über mir. Der Wind roch nach nassen Felsen, nach Wildbächen und dampfender Erde. Vielleicht muß man diese Stadt kennen, um dies alles zu verstehen ...

Ich richtete mich im Bett auf und sagte: ich habe versagt, Stella, ich bin an euch beiden schuldig geworden, an dir und an Christiane. Ich bin bald wieder zurück, hatte ich dir bei meiner Abreise aus Bukarest versprochen, in vier Wochen bin ich wieder da. Aber ich bin niemals wiedergekommen.

Eine Woche nach meiner Bekanntschaft mit Christiane bat ich das Rektorat der Technischen Hochschule um meine Versetzung nach Kronstadt, und erst zu diesem Zeitpunkt dachte ich daran, dir ein paar Zeilen zu schreiben.

Deine Antwort werde ich nie vergessen, sie war ruhig und ohne jeden Vorwurf, meinen lächerlichen und wahnwitzigen Erklärungen turmhoch überlegen. Das Gefühl, in Christiane mir selber entronnen zu sein, hatte mich schamlos genug werden lassen, deinen Brief für einen Freispruch zu nehmen.

Schon im Sommer darauf heirateten wir – und ich habe mir allzulange einzureden versucht, daß du in meiner Ehe keine Rolle spieltest, viel zu lange habe ich mich an die Ausflucht geklammert, das eine Jahr mit dir nach meinem Studium gehöre für immer der Vergangenheit an. Und es war ebenso mein Versagen, das Bild der Mutter, das mit einer schmerzhaft empfundenen Verspätung in dir wiedergekehrt und durch dich erst lebendig geworden war, in die Ehe mit Christiane mitgenommen zu haben. Sie hat es nie begreifen können, daß ich dies Bild, wenn überhaupt etwas, als mein bestes Teil ins Leben mitzunehmen hatte.

Vier Jahre nach der Heirat, kurz nach der Geburt unseres dritten Kindes, wurde ich wegen Hoch- und Landesverrats verhaftet, vor ein Kriegsgericht gestellt und zu zehn Jahren schweren Kerkers verurteilt. Vor einem Monat wurde ich entlassen. Die Frau, die ich bei meiner Heimkehr antraf, war nicht mehr meine Frau. Sie ist es im Grunde nie gewesen, und sie hat das schon in den ersten Jahren unserer Ehe zu verstehen begonnen – früher als ich. Nein, sie ist es niemals gewesen, und ich hadere deswegen nicht. Doch die Art, wie sie aus unserer Ehe ausbrach, ist schauerlich – Christiane und ihr Geliebter, ein Staatsanwalt, waren es, die mich in den Kerker brachten...

Stella unterbrach mich, indem sie mir mit einer schnellen Bewegung die Hand auf den Mund legte. Erst als ich mich ins Kissen sinken ließ, nahm sie die Hand zurück. Durch das Fenster drang das Grau des anbrechenden Tages. In den Tassen war der Kaffeesatz angetrocknet. Im Zimmer war es kalt geworden.

Und wie nun das Licht den Raum zu füllen begann, sah ich, daß die Frau, die auf dem Bettrand neben mir saß, blaß und viel schmaler war, als ich sie in Erinnerung hatte, auch die feinen Falten um den Mund sah ich zum ersten Mal. Nur ihre großen, tiefblauen Augen waren unverändert. Ich sah sie an und sagte: „Ich habe zu spät begriffen, daß es den Freispruch von sich selber nicht gibt, daß sich jeder so annehmen muß, wie er ist."

Stella erhob sich fröstelnd und griff nach dem Mantel. Einen Augenblick lang überlegte sie. Dann sagte sie ruhig: „Ich werde dir Kohlen und Holz schicken lassen; zuerst mußt du aus diesem Eisloch weg; ich sehe mich nach einem Zimmer um. Außerdem bringe ich dich zu einem Arzt. Heute noch bitte ich meinen Vater, sich bei einem seiner Bekannten um die Streichung deines Namens von den Meldelisten zu verwenden . . . Ich muß jetzt fort, um acht Uhr habe ich einen Vortrag an der Universität." Sie stand in der Mitte des Zimmers; ich sah die Schatten um ihre Augen. Dann ging sie auf die Türe zu und blieb stehen. „Rolf, ich habe in all den Jahren gewußt, wie es um dich stand; Peter Römers hat mir von Zeit zu Zeit einiges mitgeteilt. Nun bist du wieder da. Ich werde dir helfen." Sie versuchte zu lächeln; ich sah, daß ihr Kinn zitterte. „Es gibt eine Form der Kraft", sagte ich, „die sich selber nur begreift, wenn sie alles an sich reißen darf. Es ist eine Form verfallender Kraft." „Ich brauche jemanden, für den ich da sein darf", sagte sie. Dann ging sie schnell hinaus.

Wenige Tage später bezog ich ein freundliches Zimmer in der Nähe des Cismigiu-Parks. Die Miete war für ein Jahr im voraus bezahlt. Es gelang Stella, die Streichung meines Namens von den Meldelisten zu erreichen.

Und es gelang ihr auch, mich in einem Krankenhaus unterzubringen. Aber kaum hatte die Behandlung begonnen, schon eine Woche nach meiner Einweisung, wurde ich ohne Erklärung entlassen. Es gelang mir nicht, mit einem der Ärzte zu sprechen, ihn nach dem Grund zu fragen. Keiner ließ mich vor. Bis ich verstand, daß sie auf Anweisung handelten.

Stella sagte kein Wort, als ich ihr berichtete. Sie blickte mich mit großen Augen an und nickte einigemale langsam. In der folgenden Zeit war sie von einer nachdenklichen Abwesenheit, die ich mir lange nicht erklären konnte.

Und zwei Monate nach meiner Entlassung aus dem Krankenhaus erschien sie eines Abends völlig verändert bei mir und erklärte, ohne daß wir verabredet gewesen wären, kurzerhand: „Wir gehen jetzt zu Toma Panduru, komm!"

Ich hatte sie noch niemals in einer solchen Verfassung gesehen. Sie war auf eine eigentümliche Art unruhig, dabei ging etwas Traumwandlerisches von ihr aus, und wie einen belanglosen Gegenstand, der sich in ihre noch unklaren Ahnungen erst fügen mußte, drängte sie mich aus dem Haus und durch die dunklen Straßen.

Alles, was danach folgte, ergab sich aus diesem Besuch bei Panduru. Denn wir lernten bei ihm das Ehepaar Alischer kennen.

Nein, Stella hatte ebensowenig gewußt wie ich, daß sich Gisela und Herberth Alischer auf der Durchreise für eine Nacht bei Toma aufhielten, und sie hatte die beiden bis dahin ebensowenig gekannt wie ich, noch hatte sie gewußt, daß Toma seit seiner Arbeit auf der Baustelle in den Ostkarpaten mit Gisela und Herberth befreundet war; Alischer hatte die vorbereitenden Bodenuntersuchungen im Waldkessel auf der Höhe 1004 geleitet.

Wir trafen gegen neun Uhr in Pandurus Wohnung ein.

Während ich mich mit Toma Panduru und Herberth Alischer in der kleinen Fensternische unterhielt, war mir dann zum erstenmal der Ton in Giselas Stimme aufgefallen. Immer wieder lauschte ich zu den beiden Frauen hinüber, die sich vom Augenblick ihrer Bekanntschaft an gegenseitig ins Herz geschlossen zu haben schienen. Sie unterhielten sich lebhaft. Giselas helle Stimme hob sich von der immer ein wenig dunklen und verhangenen Stellas ab – Gegensatz der Ergänzung, dachte ich flüchtig.

Toma teilte damals schon längst seine gehetzte Schwermut mit den grünen Flaschen; weder vor uns noch vor Gisela und Herberth Alischer verbarg er sie an jenem Abend. Alischers Ruhe wirkte wohltuend auf ihn. Ich gebe zu, auch auf mich.

Es muß kurz vor Mitternacht gewesen sein, als wir uns verabschiedeten. Stella und Gisela umarmten sich, ich sah sofort, daß sich Stellas Ruhelosigkeit im Laufe der paar

Stunden gelegt hatte. Das fiel mir erst recht auf, als wir allein durch die menschenleeren Straßen gingen. Sie wirkte gelöst – wie ein Mensch, dachte ich, der seine Unruhe vergessen darf, da ihm eine Frage beantwortet ist, deren Beunruhigendes daher rührte, daß er sie sich selber nicht klar stellte. Wir gingen unter den tief über der Stadt nordwärts treibenden Wolken an der Dîmboviţa entlang.

Als wir auf die Sankt-Georg-Brücke einbogen, wollte ich Stella nach dem Grund ihrer Stimmung fragen, die sie beherrscht hatte, ehe wir zu Panduru gegangen waren. Sie kam mir zuvor; leichthin und zugleich nachdenklich sagte sie: „Du, Rolf, Herberth Alischer, den wir eben kennenlernten, ist von Beruf Geologe." Ich sagte ihr, daß ich das dem Gespräch mit ihm und Toma entnommen habe. Sie schien mich nicht gehört zu haben, denn sie fuhr fort: „Hm . . . Hörst du mir zu? Da ist aber noch etwas." Sie ging, ihren Gedanken nachhängend, so langsam, daß wir fast stehen blieben. Sie sagte: „Alischer arbeitet seit kurzem an der Donau, am Eisernen-Tor-Paß. Du weißt, der Staudamm, den sie dort bauen wollen, der große Staatsauftrag." Ja, sagte ich, o ja, ich hätte in den Zeitungen davon gelesen. „Und dort kann man", sagte Stella stehenbleibend, „dort kann man das jugoslawische Ufer sehen, erzählte mir Gisela."

Ich erinnere mich, daß in diesem Augenblick meine Unruhe erwachte. Was will sie nur? dachte ich, während wir von der Brücke in eine kleine, verwinkelte Straße abbogen. Wieder ging Stella sehr langsam; sie sagte halblaut, als spräche sie zu sich selber: „Gisela erzählte mir, daß ihr Mann da Freunde gewonnen habe. Ausländische Fachleute – Franzosen, Deutsche, Jugoslawen." Nach ein paar Schritten, fast stehenbleibend: „Gisela ist ein vorzüglicher Mensch, aufrecht, gerade, klug. Das steht außer Frage. Wußtest du übrigens, daß die beiden aus der Schulzeit mit Peter Römers befreundet sind?" Nein, sagte ich, davon hätte mir Peter nichts gesagt.

In der Straße vor uns brannte nur eine Laterne. Auf der einen Seite des Dîmboviṭa-Ufers stand kaum ein Haus, ich hörte das Wasser in der Tiefe träge glucksen. „O ja", sagte Stella leise und blieb stehen, „zuerst müßte ich Gisela ins Vertrauen ziehen. Wenn er nämlich die Bodenuntersuchungen macht, bedeutet das, daß er die Baustelle an der Donau besser kennt als jeder andere." Sie hatte den Kopf gehoben, mit einer entschiedenen Bewegung stellte sie sich vor mich. Eine Sekunde lang sah ich über ihr, am goldfarbenen Rand einer Wolke entlanggleitend, den zunehmenden Halbmond. Hinter mit gluckste das Wasser der Dîmboviṭa. Außer diesem Geräusch war weit und breit kein Laut zu hören. Auf einmal wurde es stockdunkel, der Mond war hinter den Wolken verschwunden. „Rolf", flüsterte Stella so nahe, daß ich ihren Atem hörte, „Rolf, du mußt fliehen. Du mußt aus diesem Land fliehen, ehe es zu spät ist. Es gibt für dich nur noch die Flucht."

Ich blickte immer noch über sie hinweg. Ich sah, wie hinter einem Fenster ein letztes Licht erlosch. Stella hatte sich an mich gedrängt. Ich roch den Duft ihres Haares. „Du wirst fliehen", flüsterte sie heiser, und ich fühlte ihre Lippen ganz nahe an meinen, „ich werde dir dabei helfen. Der einzige Weg führt über die Donau beim Eisernen-Tor-Paß. Nein, nein, Liebster, sei jetzt still, hör mir, bitte, zu! Dein Vater fiel in Berlin. Dein Großvater war ein freier Bauer auf einem stattlichen Hof. Dein Onkel lebt im Westen, in Tübingen. Und du tatest ihnen den Gefallen nicht, zugrunde zu gehen, als sie es wünschten ... Rolf, begreifst du denn nicht, dies alles sind Gründe genug, dir nachzustellen, solange du atmest, dich zu jagen, bis du zusammenbrichst. So wie sie hinter deinen Freunden nördlich der Karpaten her sind wie die Hyänen, weil die ebensowenig wie du und ich zu ihrem Mob gehören. Du bist krank, und lägst du selbst im Sterben, für dich wird es nach allem hier niemals eine Gnade geben. O ja", sagte Stella, und da der Mond hinter der Wolke wieder hervorgetreten war, sah ich das Licht in ihren Augen, „du wirst ihnen entkommen. Und ich werde dir dabei helfen." Ihre Augen brannten. —

An dieser Stelle verlor Kaltendorff, der immer noch vor dem Fenster des Wohnzimmers stand, den Faden der Erinnerungsbilder — die Standuhr neben ihm hatte elf geschlagen. Er fand sich erst wieder zurecht, als die weichen, nachschwingenden Klänge verstummt waren. Da hörte er auf einmal wieder Dr. Brahas lebhafte, alle Ungewißheit wegwischende Stimme und danach das herzhafte Lachen der Freunde, die um den Tisch saßen.

„Ja, kommen Sie nur, verehrter Freund", sagte der Doktor, als Kaltendorff auf den Tisch zuging, „Herr Römers behauptete soeben, meine mit einiger Umständlichkeit vorgetragene Einleitung zum Bericht über ‚meinen Mann', das heißt, dessen Rolle in besagter Angelegenheit, ließe darauf schließen, daß ich — wie Herr Römers sich auszudrücken beliebte — im Grunde nichts Handfestes vorzubringen habe. Was sagen Sie dazu? Haha, da wird der Herr aber staunen! Und zur Strafe für wiederholte ungebührliche Bemerkungen, Herr Römers, teile ich Ihnen nun mit Vergnügen mit, daß Sie noch einiges werden vernehmen müssen, ehe wir die Sache selbst angehen . . . So, nehmen Sie Platz, mein lieber Freund, Ihre Gegenwart macht mir das Berichten doppelt angenehm."

Kaltendorff setzte sich, und der Doktor fuhr fort: „Nun, ich mußte also, wie ich richtig vermutet hatte, ‚meinem Mann' — Sie erinnern sich doch? — nur ein paar Sätze sagen, und noch ehe ich meine Bitte, Herrn Kaltendorff auf diese oder jene Weise auf der Baustelle an der Donau unterzubringen, vorgetragen hatte, unterbrach er mich: ‚Doktor, reden Sie nicht soviel um den heißen Brei herum — schon die Tatsache, daß Sie es sind, der mich um Hilfe bittet, genügt; Sie müssen mir weiter nichts erklären. Oder hat sich seit unseren gemeinsamen Tagen zwischen uns etwas geändert?' Er überlegte, und dann versprach er – und hören Sie jetzt, bitte, sehr genau zu, Herr Römers –, ‚mein Mann' versprach, zu ‚zaubern'. Jaja, Sie hören richtig, zu ‚zaubern' versprach er. Oder verwirrt Sie dies Wort, den Sohn eines Landes, in dem noch nicht alle Urgründe menschlichen Seins vom Drahtbesen des Perfektionismus leergefegt sind? Na, sehen Sie! Zu ‚zaubern' versprach er also und lachte dabei auf seine unendlich beruhigende Weise in sich hinein. ‚O ja', nickte er, ‚wird gemacht, Doktor. Außerdem', fügte er verschmitzt hinzu, ‚ist nämlich mein Chef der Mann, da mitzumachen; und eine Hilfe brauche ich, ganz allein schaffe ich das nicht. Kennen Sie übrigens meinen Chef? Sie kennen doch die halbe Welt! Nein? Dann kennen Sie auch seine – Frau nicht? Eine einmalige Frau, Doktor!' Mehr sagte ‚mein Mann' nicht. Aber ich wußte, daß nun alles soweit klar war, und ich konnte Stella eine gute Nachricht bringen. Wie? Warum ich mich damals nicht mit Herrn Kaltendorff traf? Aber ich bitte Sie, Herr Römers! Das wäre unter den Umständen doch viel zu gefährlich gewesen. Übrigens, da fällt mir ein, daß Herr Alischer über den eigentlichen Verlauf mehr zu berichten haben wird als ich – ich meine darüber, wie der Teufelskerl es angestellt hat, welcher Art seine ‚Zaubereien' waren, als es dann drauf ankam."

Doch davon wollte Peter durchaus nichts wissen. „Hören Sie, Doktor Braha, Sie ziehen uns hier einen Honigfaden nach dem anderen durch den Mund, und jetzt, da Sie endlich soweit sind, kneifen Sie womöglich!"

Der Doktor lächelte verschlagen: „Aber, Herr Römers, Sie fallen mir auch wirklich auf alles herein. Es ging mir im Augenblick nur darum, Ihre Einwilligung für meine Weitschweifigkeiten zu erhalten. Die habe ich jetzt. Natürlich, Sie haben ein Recht zu wissen, wieso ich in jener Lage ausgerechnet an ‚meinen Mann' dachte. Nun, Sie entsinnen sich: das Ungewöhnliche! Zunächst werde ich also diesem Umstand Genüge tun."

Mit genüßlich gespitzten Lippen und halbgeschlossenen Augen trank der Doktor einen Schluck; es sah aus, als wollte er den „Kaiserstühler" zerkauen. Dann sagte er unvermutet ernst:

„Es waren denkwürdige Umstände, unter denen ich ihn kennengelernt hatte. Umstände, meine lieben Freunde, die uns nicht allein zu erleben aufgetragen war, die auch berichtet werden müssen. Da wir jenes erduldeten, will ich versuchen, nun auch der schwereren Aufgabe zu genügen. Lassen Sie es mich, damit es erträglich wird, mit einigem Humor tun."

VI

Der Teufelstriller

Er betonte seinen Namen auf der zweiten Silbe: Kokosch. Wie er wirklich hieß, war mir damals noch unbekannt.

Kokosch konnte, je nach Laune oder Bedarf, pfeifen, heulen, schnattern oder quietschen – und auch sonst manches. Er pfiff wie ein Fink im Frühjahr, er heulte wie eine der Schiffsirenen, die wir nachts im Donaudelta hörten, er schnatterte wie eine Schar aufgeregter Schulmädchen oder quietschte wie die Straßenbahn Nummer zwölf auf dem Dealul Spirei in Bukarest.

Aber Kokosch brachte es auch fertig, das Knarren einer Türe nachzuahmen, und das mit einer so beschwörenden Meisterschaft, mit einem so ausgeprägten Sinn für die Tonlage der Atmosphäre, daß man die vom Wind auf- und zugeschlagene Türe nicht nur hörte, sondern sie auch sah. Was sage ich! Man sah nicht nur die Türe, man sah sogar das Haus, zu dem sie gehörte, und man sah dem Unglückshaus an, daß es, gottverlassen im Mondschein liegend, gerade ausgeraubt worden war. Denn Kokosch beschwor mit seinen Knarrlauten das Bild des erschlagenen Hausbesitzers und dazu einen Hauch von der Ruchlosigkeit der Raubmörder, die nach ihrem Abzug eben diese Türe geöffnet und nichts als lähmende Einsamkeit zurückgelassen hatten.

Das alles konnte Kokosch. Dabei bewegte sich kein Muskel in seinem Gesicht – ein sommersprossiges, schmales, knochiges Gesicht, das niemals eine Bewegung widerspiegelte; selbst der müde, ja, traurige Ausdruck der hellen Augen blieb immer der gleiche.

Überhaupt war Kokosch ein in mancherlei Hinsicht zum Nachdenken auffordernder, ein ungewöhnlicher Mensch also.

So konnte er, um zunächst nur ein paar Kleinigkeiten anzuführen, stundenlang auf seinem Bett liegen, das Kissen unter den Füßen, den Kopf aber frei in der Luft; und nicht nur einmal hatten wir uns davon überzeugt, daß er in dieser Stellung schlief. Es gab auch kein Tür- oder Vorhängeschloß, das er nicht in kürzester Zeit mit bloßen Händen geöffnet hätte. Wenn man ihm dabei zusah, hatte man bald den Eindruck, als unterhalte er sich mit dem Schloß, als redete er ihm zu. Übrigens – wenn er sich im Hof vor der Baracke wusch, unterhielt er sich mit den etwa zweihundert abgemagerten Pferden, die jenseits des Schilfmattenzauns auf dem umhürdeten Feldstück weideten. Er wieherte wie ein drei- bis fünfjähriger Hengst, und das so laut und überzeugend, daß ihm die Stuten antworteten, unruhig und mit hochgereckten Ohren. Dann wieder schnaubte er wie eine alte, liebeshungrige Stute. Die Hengste kamen herangaloppiert und reckten die Köpfe über den Zaun.

Wir lachten und nannten ihn einen Teufelskerl. Kokosch aber stand da mit unbewegtem Gesicht – er tat das nicht, um die Lacher noch mehr zu reizen, nein, seine Augen hatten auch jetzt den Ausdruck müder Traurigkeit. Er nickte den Hengsten zu; die warfen die Köpfe noch zwei-, dreimal hoch und entfernten sich. Tatsächlich, es sah aus, als nickten nun auch sie – ein wenig müde, ein wenig traurig und verzichtend. Wie Kokosch.

Es war merkwürdig, daß Garuga, der Koloß, gerade in solchen Augenblicken, und ohne ersichtlichen Grund, immer wieder mit seiner Kraft zu protzen begann, als könnte er nicht anders; und Kokoschs Antwort war jedesmal die gleiche – er forderte Garuga ruhig auf, ihn doch von der Stelle zu bewegen, freilich ohne ihn dabei hochzuheben. Und merkwürdig war auch, daß Garuga ihm jedesmal hereinfiel. Aber wir wären ihm alle immer von neuem hereingefallen.

Garuga streifte das Hemd über den Kopf, warf es auf die Erde und näherte sich mit halberhobenen Armen Kokosch. Er stemmte und schob, er zerrte und zog an ihm, von vorn, von hinten, von den Seiten, bis ihm der Schweiß über das braune, wulstlippige Gesicht rann und er am ganzen Körper zitterte. Kokosch stand, ließ sich von dem Riesen auf die Schultern drücken, an den Armen packen – und wir hielten den Atem an. Den Kokosch war wie ein in den Boden gerammtes schlankes Stahlblatt, das sich unter der Wucht des anrennenden Bullen geschmeidig bog, im nächsten Augenblick aber mit einer Kraft zurückschnellte, an der gemessen Garugas Muskelmassen wie eine Anhäufung fleischgewordener Stumpfsinnigkeit wirkten.

Und jedesmal saß Garuga nachher stundenlang verstört auf dem Bett. Kokosch, der Kleine, Schlanke, setzte sich neben ihn, erzählte ihm von seinem Heimatdorf am Eisernen-Tor-Paß, sprach ihm Mut zu und richtete ihn wieder auf.

Aber Garuga begriff die Welt nicht mehr, seit er Kokosch kennengelernt hatte, und wir beobachteten fast erschüttert, wie er das Unfaßliche auf seine Weise zu entschlüsseln versuchte. Zuerst bat er Kokosch, in dem Bett unter ihm schlafen zu dürfen. Dann, wenige Tage darauf, weckte er ihn eines Nachts und bat ihn fast flehend, sich noch einmal hinzustellen, er wolle es wieder versuchen. Kokosch, der niemandem eine Bitte abschlug, nickte mit traurigen Augen, stieg vom Bett und stellte sich hin. Wir wachten von Garugas Geschnaufe auf und sahen zu, wie der Zweizentnermann vor der stählernen Geschmeidigkeit Kokoschs nach und nach zusammenbrach, wie dieser ihn ins Bett brachte und tröstete – Garuga weinte wie ein Kind. Doch drei Tage nachher versuchte er es wieder, und wieder saß er danach stundenlang verstört auf dem Bett. Nein, Garuga verstand eine Welt nicht, die sich von seinen Fäusten nicht bewegen ließ.

Einmal war ich zusammen mit Kokosch, Garuga und noch einigen wegen Arbeitsverweigerung in den Einzelkarzer gesperrt worden, das heißt, man hatte uns in spindähnliche Brettergehäuse gepreßt, die von der Höhe und Breite unserer Körper waren und nebeneinander in einem sonst leeren Barackenraum standen. Vor den Nasen die mit Drahtnetzen überzogenen Luftlöcher, hatten wir sieben Tage und Nächte in ihnen zuzubringen. Zu essen gab es nur jeden dritten Tag. Wer diese Gehäuse nach einer Woche verließ, hatte dick angeschwollene Knie- und Fußgelenke, und im übrigen wäre er bereit gewesen, dem nächstbesten Wachtposten eine Krume aus der Hand zu lecken, nein, nicht des Hungers wegen, sondern nur, um nicht wieder in eine dieser Folterkisten gesperrt zu werden.

Wir standen also, zehn Mann, in den Gehäusen, hörten die Vorhängeschlösser zuschnappen und die Schritte des hinausgehenden Postens, der es freilich nicht über sich hatte bringen können, den Raum zu verlassen, ohne sich von Kokosch zu verabschieden. Er war vor dem Spind stehengeblieben, hatte hineingeguckt und mit ehrlichem Bedauern gesagt: „Mensch, Kokosch, es tut mir wirklich leid. Aber was soll ich machen? Wärst du bloß nicht so ein Dickschädel, du hättest hier ein Leben wie ein König." Dann war er gegangen; von uns übrigens hatte er keine Notiz genommen.

Aber schon eine halbe Stunde, nachdem am Abend die Kontrollrunde der Offiziere durch die Baracken gegangen war und auch im Karzerraum die Spinde geprüft hatte — auch die Offiziere waren vor Kokoschs Kiste stehengeblieben und hatten ein paar versöhnliche Worte gesagt, als müßten sie sich entschuldigen —, stand Kokosch plötzlich vor der Türe meiner Preßkiste, nickte mir hintergründig zu und begann mit der Arbeit. Ich hörte die Vorhängeschlösser der Reihe nach klirren, wir stießen die Türen auf, traten hinaus — und schliefen aneinandergepreßt auf dem Lehmboden. Am Morgen, als wir von den Trillerpfeifen der über das Lagerplateau verteilten Posten geweckt wurden, sperrte uns Kokosch der Reihe nach wieder ein und stieg als letzter in seinen Spind. Eine Viertelstunde später hatte sich der ahnungslose Unteroffizier vom Dienst davon überzeugt, daß die Schlösser vorschriftsmäßig abgesperrt waren. „Wie geht es dir, Kokosch?" hatte er mit weicher Stimme gefragt, bevor er hinausgegangen war. „Wie einem König", hatte Kokosch geantwortet.

Nach sieben Nächten verließen wir den Karzerraum ohne geschwollene Gelenke. Die Erklärung? Nun, Kokosch hatte die Decke seines Spinds aus den Nägeln nach oben gedrückt, hatte sich hinausgewunden und – „mit einer seiner Zaubereien", wie Garuga kopfschüttelnd sagte – unsere Türen geöffnet.

Als wir damals in die Baracke zurückgegangen waren, hatte Kokosch sich auf sein Bett in der ersten Etage gelegt und ungewöhnlich laut gesagt: „He, paßt alle mal auf!" Keiner der hundertzwanzig Männer, der nicht sofort zu Kokosch hinübergeblickt hätte.

Er lag wie aus Erz gegossen, den Kopf gegen die Wand am Ende des Bettes gelegt, die Augen einen Ton heller als sonst. Als es still geworden war, pfiff er dreimal hintereinander einen leisen, gleichmäßigen Ton; wir beobachteten ihn über die Bettränder hinweg.

Es verging keine halbe Minute, da tauchte aus einem der vielen Wandlöcher die graue Nasenspitze einer Feldmaus, schob sich nach links, nach rechts – und mit einem Mal saß das Tierchen auf Kokoschs rechter Schulter; die Vorderpfote erhoben, sah es sich furchtlos nach allen Seiten um.

Garuga, der neben mir stand, hatte die Eisenstange der Bettpritsche mit solcher Kraft gepackt, daß seine Handknöchel weiß geworden waren. „Jetzt zaubert er wieder", flüsterte er.

Kokosch wendete das Gesicht der Maus zu, die sich die Schnurrbarthärchen putzte, und fragte sie leise: „Sag mal,

Kleine, bist du auch ein Kommunist? Eine von diesen Kreaturen, die uns hier hinter Stacheldraht halten – mich zum Beispiel seit genau dreizehn Jahren?" Er schwieg und sah der Maus in die winzigen, zutraulich funkelnden Augen; sie saß nur eine Handbreit entfernt von seinem Gesicht. Garuga begann zu stöhnen, als das Tierchen tatsächlich einmal, zweimal, dreimal hintereinander heftig, ja aufgebracht den Kopf schüttelte und dann mit gestrecktem Schwanz in das Wandloch zurücksprang, aus dem es gekommen war.

Nein, sie war es also nicht.

Wir schrien und krümmten uns vor Lachen; einer rannte zur Türe, um nachzusehen, ob nicht ein Uniformierter in der Nähe wäre. Nur Garuga war stehengeblieben; er hielt die Eisenstange umklammert und starrte Kokosch an. Der lag immer noch da wie aus Erz gegossen; seine kräftigen Nackenmuskeln waren zu sehen, als er sich aufrichtete und mit müdem Blick auf uns herabsah.

Kokosch hat damals nur dem völlig entnervten Garuga das Geheimnis mit der Maus gelüftet. Er habe, erzählte Garuga uns nachher, vor Eifer rot, er habe der Maus nach seiner Frage dreimal hintereinander kurz auf die Nase gepustet, und das Tierchen, vom Luftzug gekitzelt, hatte sich widerwillig und erschrocken geschüttelt. Aber der Schluß, den Garuga hieraus zog, nein, der war grundfalsch. „Ha", sagte er, „bloß geblasen hat er, geblasen! Von Zauberei keine Rede. Einmal", sagte Garuga, „hört mir gut zu, einmal bewege ich ihn doch von der Stelle." –

Ich habe Kokosch vor allem eines Vorfalls wegen in Erinnerung, der sich bald nachher abspielte.

An dem Tag, es war ein warmer Frühjahrsnachmittag, schrillten über das Plateau, auf dem die Holzbaracken standen, die Trillerpfeifen der Innenposten – einer blies, und die anderen antworteten; an allen Ecken und Enden, von allen Baracken schrillte das halbe Hundert Pfeifen. Kurz darauf hörten wir Rufe, die uns befahlen, in Dreierreihen anzutreten. Die Pfeifen schrillten und schrillten, auch als wir längst angetreten waren und uns fragten, was das jetzt wieder zu bedeuten habe.

Kokosch stand, wie üblich, als letzter Mann im dritten Glied.

Eine Viertelstunde, nachdem wir angetreten waren, flog die Türe im Schilfmattenzaun auf, und um die Ecke der Baracke bog eine Gruppe von Offizieren, die wir – außer dem Unteroffizier vom Dienst – noch niemals gesehen hatten. Aha, dachten wir, die wechseln wieder einmal! Die neuen Herren kommen, die Sklavenhaufen in Augenschein zu nehmen! *Ave Caesar, morituri te salutant!* Mit blitzenden Schaftstiefeln, die Hände auf dem Rücken verschränkt, standen sie vor uns, maßen uns herablassend und ließen sich von dem Unteroffizier melden: daß die Arbeitsbrigaden einhundertdreizehn und einhundertvierzehn der politischen Häftlinge vollzählig vor der dritten Baracke angetreten seien. Vornweg stand ein Hauptmann, der auf einem Auge schielte und ein schiefes Gesicht hatte.

Es dauerte nicht lange. Der Hauptmann nickte, wendete sich nach rechts und setzte sich und seine Begleiter in Bewegung. Doch im Weggehen blieb er am Ende der Kolonne stehen und fragte den Unteroffizier: „Sagen Sie, wer ist der Kerl da im letzten Glied? Ja, der – der da rumsteht wie im Foyer des Theaters." Der Unteroffizier knallte die Hacken zusammen und schrie: „Genosse Hauptmann, das ist der Kokosch!" Der Hauptmann sah den Unteroffizier an, als wolle er ihn spießen lassen. Aber der grinste und erklärte dem Hauptmann angeregt: „Das ist der Tausendsassa des ganzen Lagers, Genosse Hauptmann, ein Zauberer, jawohl! Der macht wie die Straßenbahn in Bukarest, wenn sie bremst, wie eine Bruthenne oder wie eine läufige Kuh, wie eine dreijährige, jawohl! Der zerschlägt mit einem Fausthieb einen kopfgroßen Stein und, der Teufel hol' mich, Genosse Hauptmann, wenn er will, kann er sogar den Teufel nachmachen, ha, nicht nur einen, Genosse Hauptmann, der ahmt alle Teufel dieser Welt nach!"

Die Offiziere waren stehengeblieben; dem strengen Hauptmann war anzusehen, daß er die menschliche Regung verspürte, das in Sträflingskleidern vor ihm stehende Wundertier durch die Gnade längeren Verweilens seiner einäugig schielenden Nähe zu würdigen. „Kokosch", schmetterte der Unteroffizier begeistert, „tritt vor und melde dich beim Genossen Hauptmann!"

Wir äugten zu Kokosch hinüber, der ein paar Schritte vortrat, den Hauptmann ansah und gemächlich sagte: „Hier bin ich . . ." „Kokosch!" schrie der Unteroffizier mit rotem Kopf, aber der Hauptmann, des Geschreis überdrüssig, winkte ab. „Also", sagte er zu Kokosch, „was kriegen wir zu hören?" „Was Sie wünschen, Herr Hauptmann", sagte Kokosch und hob kurz die Schultern. „Soso", sagte der Hauptmann, einen Augenblick lang unschlüssig, fast verärgert, weil er sich von dem dämlichen Unteroffizier in die Sache hatte verwickeln lassen. Geistesgegenwärtig aber nahm er dann das Stichwort auf, das dieser ihm gegeben hatte, und sagte: „Nun, dann mach also wie der Teufel – oder, wenn du's kannst, wie alle Teufel dieser Welt. Das wär' mal was Neues. – Lassen Sie rühren, Unteroffizier." „Rührt euch!" brüllte der Unteroffizier und sah uns an, als wollte er sagen: na, da habt ihr's, der Genosse Hauptmann hat ein Herz für euch!

Wir konnten nun, ohne die Hälse zu verrenken, Kokosch beobachten, und als ich den Hauptmann näher ins Auge faßte, dachte ich erschrocken: nein, Kokosch, den kriegst du nicht klein, das Scheusal läßt dich peitschen, wenn du's jetzt nicht triffst. „Wie Sie wünschen, Herr Hauptmann", sagte Kokosch gerade, „wie Sie befehlen. Wenn's die Teufel sein sollen, bitte."

Er trat noch einen Schritt vor, stellte sich breitbeinig hin und holte tief Luft. Fast im selben Augenblick zuckten die

Offiziere zusammen, denn von den Fußspitzen bis zum Scheitel hatte es aus Kokosch zu schrillen begonnen. Es schrillte aus ihm, wie alle Trillerpfeifen zusammen schrillten, wenn uns die Posten aus den Betten jagten und mit ihren schrillenden Pfeifen, mit Hunden, Maschinenpistolen und Stockschlägen nach allen Seiten zur Arbeit trieben. Und getreu der Gepflogenheit ertönte von allen Baracken herüber die Antwort – es schrillte plötzlich aus allen über das Lagerplateau verteilten Pfeifen. Und Kokosch war kein Spielverderber, er hielt sie bei der Stange, immer wieder forderte er ihre Antwort heraus, er badete sich förmlich in schrillendem Trillergepfeife, das ihm aus allen Poren brach, über die Barackendächer fegte – und die Teufel im ganzen Lager zwang, sich zu ihrer Gattung zu bekennen.

Es war ein wahres Teufelstrillerfest, das der Tausendsassa mit dem traurigen Blick, gewissermaßen unter der Schutzherrschaft des Hauptmanns, entfesselte. Er hörte erst auf, als die Offiziere den Platz vor der Baracke fluchtartig verließen, der Hauptmann mit düster schielendem Blick den Unteroffizier unflätig beschimpfte und dieser ihm, über die eigenen Beine stolpernd, entsetzt folgte.

Doch als die Suite an der Barackenecke angekommen war, geschah genau das, was ich befürchtet hatte: der Hauptmann blieb mit einem Ruck stehen – das heißt, es sah aus, als habe ihn der Zorn mit solcher Kraft übermannt, daß er nicht weitergehen konnte. Und noch ehe er eine Bewegung machte, dachte ich: wehe dir, Kokosch, jetzt wehe uns allen miteinander!

Aber als sich der Hauptmann im Augenblick darauf umwendete, erkannte ich sofort, daß er ein anderes Gesicht hatte als bisher – er schielte nicht mehr, er lachte, wirklich, er lachte, und das Lachen hatte ihm das Gesicht gerade gezogen. Der Hauptmann lachte, daß es ihn nach vorne bog, er stützte sich mit einer Hand gegen die Lehmmauer, preßte die Schenkel aufeinander und meckerte in knallenden Fisteltönen dermaßen los, daß sich auch von uns Häftlingen keiner zurückhalten konnte. In das Trillergepfeife hinein, das immer noch von allen Seiten herübertönte, obgleich Kokosch längst schwieg, lachten wir zusammen mit den Offizieren, daß es uns die Leiber krümmte, wimmernd und nach Luft schnappend. „Unteroffizier!" schrie der Hauptmann und kreischte und gackerte dazwischen, „Unteroffizier, Sie Schafskopf, lassen Sie den beiden Brigaden zu Mittag doppelte Portion geben."

Als wir eine halbe Stunde nachher mit schmerzenden Bauchmuskeln in die Baracke gingen, lag Kokosch schon auf seinem Bett. Auf der rechten Schulter saß ihm die zierliche, hellgraue Feldmaus. Er streichelte ihr mit dem Zeigefinger behutsam den Kopf, und das Tierchen schnupperte neugierig an seinem stoppelbärtigen Häftlingskinn. Neben ihm stand Garuga, mit halboffenem Mund, und hielt sich mit beiden Händen an der Eisenstange fest. Kokosch griff nach der Maus und setzte sie Garuga langsam auf den Kopf; er klopfte ihm auf den Nacken, wie einem Bullen, den es zu beruhigen gilt, und sagte: „Du mußt jetzt still halten, Brüderchen, ganz still. Die Maus ist bei dir . . . Siehst du", sagte Kokosch lächelnd, „auch du kannst zaubern." –

Während Dr. Brahas Erzählung hatte Peter Römers einige Male laut und schallend aufgelacht und sich schließlich nicht mehr zurückhalten können. „Verzeihen Sie, Doktor Braha, daß ich Sie unterbreche", hatte er ausgerufen, „aber genau so kenne ich ihn, genau so!"

„Wie? . . . Sie kennen Kokosch?" hatte der Doktor verwundert gefragt. „Nein doch, nein", war Peter ihm mit einer Handbewegung ins Wort gefallen, „Kokosch kenne ich nicht, seinen Namen hörte ich zum erstenmal, als wir das Geld für Rolf brauchten, als Stella mich durch Toma aus Klausenburg in die Hauptstadt hatte holen lassen. Sicher, ich wollte damals sofort Näheres über den Plan wissen, aber erst als ich in jener Nacht von Professor Stavaride mit der Zusage zurückkam, verriet Stella mir in großen Zügen, worum es ging, und da nannte sie auch Kokoschs Namen. Nein, ich meine aber, wie gesagt, nicht Kokosch. Ich meine Garuga – den kenne ich." „Ach!" sagte der Doktor, und Professor Stavaride lachte über das verdutzte Gesicht seines Freundes, als dieser sich zu ihm wendete: „Bei Gott, George, die Welt ist ein Dorf."

„Das war nämlich so", hatte Peter rasch hinzugefügt, „lassen Sie es mich schnell in Ihre Kokosch-Geschichte einflechten. Als ich Garuga kennenlernte – es war in den Jahren vor dem Krieg –, lebte er mit seinen Eltern und elf Geschwistern auf der ‚moşia lui Tomaşcu', auf dem südlich von Bukarest in der Donautiefebene gelegenen Gutshof der Familie Tomaşcu; Sie wissen doch, daß die Tomaşcus zu den reichsten Bojarenfamilien Altrumäniens gehörten. Nun, ein Vetter von mir war Verwalter auf dem Gut. Den besuchte ich einmal in den Sommerferien, und schon am ersten Tag lernte ich Garuga kennen. Wir befreundeten uns rasch. Wir waren beide dreizehn Jahre alt. Garuga hatte schon damals die Kraft eines ausgewachsenen Mannes. Bald bemerkte ich, daß er volle Mehlsäcke, Ziegenböcke, Schubkarren, kurz, was ihm gerade am nächsten stand, immer dann zähneknirschend hochhob, wenn er mir auf eine witzige oder spöttische Bemerkung nichts zu antworten wußte. Dabei war er die Gutmütigkeit selbst und hätte sich für mich vierteilen lassen, und trotz seiner Bärenkräfte legte er sich niemals mit den Pferdeknechten oder Mähern an, die ihn ständig hänselten; er hätte zwei auf einmal über den erstbesten Zaun werfen können. Einmal nur, ein einziges Mal habe ich Garuga auf einen Menschen losgehen sehen, in einem Anfall von Raserei. Und zwar auf den Sohn des Bojaren. ‚Buby' hieß der Kerl, ein geschniegelter, aufgeblasener Dandy, er studierte Jura in Paris. Die Leute auf dem Gut erzählten, daß keine Kuhmagd vor ihm sicher war, sobald er sich in den

Ferien zu Hause aufhielt. Natürlich ließ sich dies Ekel von einem ‚Buby' keine Gelegenheit entgehen, den Tolpatsch Garuga bis aufs Blut zu reizen, denn daß sich auch nur einer der armen Teufel auf dem Gut die Launen des Herrensöhnchens verbitten würde, daran war nicht zu denken. Kurz, eines Tages griff ‚Buby' der hübschen fünfzehnjährigen Schwester Garugas, die gerade beim Ausheben der Hühnernester war, mit einer viehischen Bemerkung von hinten unter den Rock. Er hatte uns nicht bemerkt; wir standen in der Nähe, unter dem Vordach eines Schuppens. Ich sah, wie Garuga kalkweiß wurde. Noch ehe ich ihn zurückhalten konnte, rannte er los. Er stürzte sich wie ein niederbrechender Baum auf ‚Buby', er schrie und schlug mit beiden Fäusten zu. Daß Garuga damals nicht zum Mörder und ‚Buby' später Staatsanwalt wurde, haben die beiden mir zu verdanken: ich schlug Garuga mit einem Stück Holz von hinten nieder. Was hätte ich auch tun sollen? Am nächsten Tag wurde Garuga auf Veranlassung des alten Tomaşcu' wegen Unzurechnungsfähigkeit für ein Jahr in ein Jugendgefängnis gebracht. Der schöne ‚Buby' aber ging aus der Sache mit einem zertrümmerten, trotz einiger Operationen niemals richtig geheiltem Nasenbein hervor . . . Aber da fällt mir gerade ein", hatte sich Peter unterbrochen, „da fällt mir doch ein, Herr Doktor Braha, daß Ihr Neffe Toma unseren Freund Garuga vor kurzem erwähnte. O ja, Toma erzählte, daß Garuga einer seiner Sprengmeister auf der Baustelle in den Ostkarpaten war. Toma war auch dabei, als sie ihn verhafteten; Sie erinnern sich doch an den Witz, den er seinen Kumpels erzählt hatte. Nein?" Peter hatte aufgelacht und sich umgeblickt: „Hört mal zu, den Witz, für den Garuga sieben Jahre Gefängnis kriegte, muß ich euch erzählen: Eines Tages rennt die Schnecke aufgeregt durch den Wald. Der Bär sieht sie, hält sie auf und fragt: ‚Um alles in der Welt, Schwester Schnecke, was ist denn los?' ‚Wie', ruft sie, ‚du hast noch nichts gehört, Bruder Bär? Morgen müssen sich alle beim Staatssicherheitsdienst melden, die einen Besitz haben. Was mache ich da nur? *Ich* hab ein Haus, *meine Frau* hat ein Haus, *meine Tochter* hat ein Haus, *mein Sohn* hat ein Haus. Wir sind alle dran.' Und weg ist sie. Da rennt auch der Bär los. Der Storch sieht ihn, hält ihn auf und fragt: ‚Nanu, Bruder Bär, was ist denn in dich gefahren?' ‚Wie?' ruft der Bär, ‚du hast noch nichts gehört? Morgen müssen sich alle beim Staatssicherheitsdienst melden, die auf großem Fuß leben. Was mache ich da nur? *Ich* hab einen Pelz, *meine Frau* hat einen Pelz, *meine Tochter* hat einen Pelz, *mein Sohn* hat einen Pelz. Wir sind alle dran.' Und weg ist er. Da rennt auch der Storch los. Der Pavian sieht ihn, hält ihn auf und fragt: ‚Aber, aber, Gevatter Storch, ist denn der Teufel hinter dir her?' ‚Wie?' ruft der Storch, ‚du hast noch nichts gehört? Morgen müssen sich alle beim Staatssicherheitsdienst melden, die im vorigen Jahr im Ausland waren. Was mache ich da nur? *Ich* war im Ausland, *meine Frau* war im Ausland, *meine Tochter* war im Ausland, *mein Sohn* war im Ausland. Wir sind alle dran!' Und weg ist auch er. Bleibt der Pavian seelenruhig sitzen, überlegt und grinst vor sich hin: ‚Mir kann nichts passieren – *ich* hab einen roten Hintern, *meine Frau* hat einen roten Hintern, *meine Tochter* hat einen roten Hintern, *mein Sohn* hat einen roten Hintern . . .'" Peter und alle andern lachten, daß ihnen die Tränen rannen. „Nein! Nein!" schrie Peter, „das war noch nicht alles! Der bessere Witz gelang den Richtern: sie verurteilten Garuga zu sieben Jahren wegen ‚Verächtlichmachung des Sozialismus' . . ."

„Schluß jetzt", hatte Herberth Alischer die Lachsalven unterbrochen, „erzählen Sie, bitte, die Kokosch-Geschichte weiter, Doktor." Und der Doktor war fortgefahren.

Doch als er jetzt geendet hatte – es gab wieder Bewegung, Gespräche und Lachen in der Tischrunde –, schien keiner mehr daran zu denken, daß der kleine Doktor die mit soviel Umständlichkeit angekündigte Erklärung über die Einstellung Rolf Kaltendorffs am Eisernen-Tor-Paß schuldig geblieben war. Aber dann fiel Peter seine Frage wieder ein. „Hallo", rief er, „Herr Doktor Braha, Teufelstriller hin, Teufelstriller her, jetzt sind Sie aber dran, und jetzt entkommen Sie mir nicht mehr!"

„Soso?" Der Doktor lächelte und hielt Peter das leere Glas hin, „ich habe Ihre Frage noch nicht beantwortet, sagen Sie? Aber, aber, Herr Römers! Sie haben mir nicht zugehört. Ich habe Ihnen Ihre Frage längst beantwortet. Nun gut, wenn das nicht genügt, bitte ich Herrn Alischer um die Güte, Ihnen die Einzelheiten darzulegen." Peter füllte die Gläser und sagte ungeduldig: „Nun schieß endlich los, Herberth."

„Na ja", sagte Alischer, einigermaßen überrascht von Dr. Brahas Aufforderung. „Also . . . Nun . . . Die Voraussetzung war dadurch gegeben, daß Gisela vom ersten Mal an, da sie mich an der Donau besuchte, mit meinem Geräteträger Kokosch ein Herz und eine Seele war; ich denke, sie war dort der einzige Mensch, der ihn mit der gleichen Kraft anzog wie er alle anderen. Tja, es muß sehr bald nach Ihrem Gespräch mit Kokosch gewesen sein, Doktor, als Gisela mir sagte, daß sie ihn ohne Umschweife angeredet und er geantwortet habe: ‚Wie, Sie wissen also davon? Geht in Ordnung, hab' ich's mir doch im ersten Augenblick gedacht, daß Sie der Mensch sind, in der Sache mitzumachen; ich habe ein Gespür dafür. Meinen Chef, Ihren Mann, dürfen wir da nämlich nur am Rande einschalten, klar? Aber Sie, Frau Alischer, Sie werden mir helfen. Ich habe meinen Plan, und Sie müssen sich immer nur an das halten, was ich Ihnen sage.' Kokosch hatte recht, ich konnte in die Sache nicht verwickelt werden, weil ich seit dem ersten Tag auf der Baustelle unter Beobachtung stand; ich hatte den Auftrag ja nicht so sehr deshalb bekommen, weil man wußte, daß ich gut arbeitete, sondern weil sich Teofil Ralea für mich verwendet hatte; bei meiner Bewerbung war sein Name ausschlaggebend gewesen. Nun gut, was ich bei Kokoschs Plan zu tun hatte, war nicht viel – ich mußte, wie er mich unterrichtete, nur in dem von ihm bestimmten Augenblick Kaltendorffs Einstellung ‚mit einem nicht allzulauten und nicht allzuleisen Ja' beantworten. Natürlich hatten wir uns über jede Einzelheit ins Einvernehmen gesetzt, und Tatsache war, daß ich bei den Vermessungen und Sondierungen längst einen zweiten Helfer benötigte; in der Zentrale wußte man das." Allischer lachte. „Ich hatte dann auch wirklich nicht viel mehr zu tun, als Zeuge der phantastischen Inszenierung zu sein, die Kokosch mit Giselas Hilfe auf die Bühne brachte. Ja, und die fing mit ‚einer seiner Zaubereien' an.

Eines Tages wurde mir gemeldet, daß eine Besichtigung der Baustelle durch eine politische Kommission aus Bukarest stattfinden werde. Dies war unser Augenblick. Ich verständigte sofort Kokosch, dieser Gisela, und auf Kokoschs Anweisung bauten wir uns mit den Geräten an einem gut sichtbaren Punkt im Gelände auf. Wir mußten ungefähr zwei Stunden warten. Dann tauchte der Direktor der Baustelle mit den Politruks auf – begleitet vom Kommandanten der Wachmannschaften, einem Major vom Staatssicherheitsdienst namens Caragian. Sie sahen uns von weitem und kamen geradewegs auf unseren Gerätestand zu. ‚Chef', flüsterte Kokosch, als sie sich bis auf zwanzig Schritte genähert hatten, ‚Nerven behalten. Lassen Sie mich machen.' Er wartete, bis sie noch näher gekommen waren, dann holte er Luft, und plötzlich begann es im Fortissimo aus ihm zu rasseln, zu flöten und zu klimpern, als legte ein närrisches Zigeunerorchester los. Es verschlug mir den Atem, nein, alles, aber das hatte ich mir nicht vorgestellt, ich hatte so etwas überhaupt nicht für möglich gehalten. Heulte der Kerl doch tatsächlich wie eine Zigeunerbande, die drauflos fidelt und pfeift, als säße der Leibhaftige mitten unter ihr, dazwischen johlte und kreischte er, und das Ganze klang wie der Lärm auf einer Volkskirmes in einem Bukarester

Vorort. Glauben Sie mir, es vergingen keine zwanzig Sekunden, da waren die Politruks wie hypnotisiert bei uns. Erst starrten sie Kokosch sprachlos an – und dann geschah das Unglaubliche: mit glänzenden Augen fingen sie an, sich zu drehen, zu hüpfen, sie stießen Juchzer aus, faßten sich an den Schultern, bildeten einen Kreis und warfen die Beine; es war, als hätte Kokosch sie mit einem Zauberstab berührt. Und nun kam Giselas großer Auftritt. Sie hatte sich, von Kokosch genau unterrichtet, in der Nähe aufgehalten, jetzt stieg sie ein. Sie tat es großartig. Sie stand auf einmal zwischen den Männern, ließ sich aus einem Arm in den andern wirbeln, und Kokosch war Dudelsack, Zimbel und Fiedel in einem. Niemals hätte ich's geglaubt, daß ein Bauchredner in dieser Lautstärke loslegen kann. O ja", rief Alischer in Peters schallendes Lachen hinein, "o ja, Doktor Braha, Sie haben recht: es will schon etwas heißen, wenn ein Spaßvogel die Scheusale wie Puppen zum Tanzen bringt! . . . Schon nur wenig später, als sich die Schmerbäuche und Fettnacken von der Lusthatz erholten, aufgeräumt und gelöst, die sturen Politrukmasken eingetauscht gegen die Gesichter ihrer Kindheit – ‚bei Gott, der Kerl ist des Teufels!' riefen sie sich zu –, hatte Kokosch ihre einstimmige Zusage: seinen ‚treuesten, so oft vom Pech verfolgten Freund', wie er mit herzerweichendem Bettlerblick sagte, als zweiten Helfer auf die Baustelle holen zu dürfen. ‚Sie haben doch auch nichts dagegen, Genosse Chef?' hatte er mich gefragt, und ich hatte auf das Stichwort hin meine Zusage gegeben. Sie klopften Kokosch auf die Schultern, während sie ihre Krawatten wieder in Ordnung brachten, schwatzten mit ihm wie mit einem alten Freund, Caragian machte Gisela den Hof, und anstatt die Baustelle zu besichtigen, luden sie uns alle drei ein, in der Baracke drüben mit ihnen einen Pflaumenschnaps zu trinken . . . Nein", Alischer schüttelte ungläubig den Kopf, als könnte er's selbst jetzt noch nicht fassen, „mit den besten Beziehungen hätte man Kaltendorff auf der Baustelle nicht unterbringen können, sie war unter ‚Geheimhaltungsgrad neun' eingestuft. Nicht einmal über den Staatssekretär Ralea hätte ich's zuwege gebracht – und ich gehörte immerhin zu den berühmten Ausnahmen, die in Raleas Gunst standen. Nur einer wie Kokosch konnte das..."

„Herr Alischer", unterbrach Dr. Braha die Gespräche, die in der Tischrunde aufgekommen waren, „halten Sie es nicht für denkbar, daß die Karriere der Politruks in meinem armen Vaterland zuweilen vielleicht nur auf verschütteter, verwirrter Menschlichkeit gründet?"

Es war einige Sekunden lang still. Sie hörten die Uhr schlagen. Stella sagte leise: „Wir dürfen nicht verzweifeln."

VII

Die Forelle

Kaltendorff hatte im Dunkel die Steinterrasse überquert und war die Treppe hinabgestiegen, die zum Kiesweg führte. Er meinte, die Schläge der Uhr hinter sich zu hören. Es war eine Stunde nach Mitternacht. Als er an den Freunden vorbei auf die Glastür zugegangen war, hatte er gesehen, wie Stella sich aus ihrem Sessel erhob. Die Stimmen der Freunde im Ohr, stand er mitten im Garten, nahe der Tannengruppe, und atmete die Nachtluft in tiefen Zügen ein.

Es hatte aufgehört zu regnen, die Nässe lag wie leichte Schleier in der Luft. Ehe er weiterging, ließ ihn der Duft der feuchten Gräser und des nahen Wassers noch einmal aufatmen.

Da hörte er den Schrei der Wildgans über sich.

Die Gänse kamen vom See herübergeflogen, sie zogen nordwärts und mußten soeben die Berge hinter sich gelassen haben. Sie flogen tief, wahrscheinlich suchten sie einen Platz, um sich niederzulassen. Kaltendorff war stehengeblieben. Immer deutlicher hörte er das näherkommende Rauschen der Flügel und die Schreie. Dann waren die Vögel für den Bruchteil einer Sekunde genau über ihm. Aber schon im Augenblick darauf hatten sie den Dachfirst überflogen. Es war mit einem Mal still. Nur am Rand des Sees tropfte es von den Bäumen.

Es ist Frühjahr, dachte Kaltendorff, die Gänse kommen aus dem Süden. Bald werden die Wiesen blühen. Der Duft der jungen Buchenblätter wird an den ersten warmen Abenden über den See herüber wehen, und das Grau der Wälder wird sich über Nacht in ein leuchtendes Grün verwandeln, die Kohlweißlinge und Zitronenfalter werden die Goldwinden umflattern wie Lichtfunken.

Er verließ den Kiesweg und stieg die steile Rasenböschung neben der Steintreppe zum Haus hinauf. Vor der großen Fensterwand blieb er stehen und betrachtete die Freunde, die im Zimmer saßen. Dann begann er, langsam um das Haus herumzugehen. Er ließ dabei die Hand über den Stein gleiten, aus dem er das Erdgeschoß errichtet hatte.

Die Grundmauern sind tief hinabgetrieben, dachte er, der Keller ist sauber ausgehoben, auf jedem Zoll ausgelotet, das breite Dach mit fingerdicken Schrauben an die Sparren gebunden. Zum Richtfest war Riedmeier herübergekommen, und sie hatten eine Flasche Wein getrunken. Alles hat nun sein Maß, dachte er, die Bohlen des Obergeschoßes werden noch lange duften, immer wenn die Sonne sie wärmt, der Regen sie streift oder der Frost sie einen Ton heller färbt. Und das Dach ist da, als Schild weit über das zerbrechliche Glas der breiten Fenster gezogen, über die anfälligen Leiber all derer, die unter ihm einkehren werden in diesem Haus. Im Frühjahr und im Herbst streichen die Wildgänse über den First.

Er war um das Haus herumgegangen, er stand wieder auf der Terrasse, die Hand auf eine beruhigende Weise gewärmt vom Gleiten über die griffigen Steinblöcke – kopfgroße Quader aus hartem Schrattenkalk; er hatte die Gesteinsart zum ersten Mal im Murnauer Moos gesehen, in den Rundhöckern, die dort standen. Von hier, vom Ostufer des Sees, war das Moos nur eine halbe Stunde entfernt, in den Vorbergen der Alpen, woher die Gänse gekommen waren. Josef Riedmeier, der Nachbar, hatte ihn damals eingeladen, mit ihm hinauszufahren; die Fahrt war ihm unvergeßlich geblieben.

Es war ein sonniger Frühjahrstag gewesen, die Moosflächen über und über besät mit dem Blau junger Enziankräuter, im ersten Aufklingen des Sommers von einem schattenlosen Grün durchhellt. Eingelagert ins Rund der von jahrtausendelanger Gletscherarbeit abgeschliffenen Höhenrücken, hatte die Landschaft vor ihm gelegen und ihn mit dem Atem längst entschlafener Bewegungen riesigen Ausmaßes angeweht, die Moosflächen wie ein Stück erhalten gebliebenen Urgrunds, das sich dem Zugriff der Zeit entzogen hatte.

Lebhaft entsann er sich der paar Stunden, die er allein über die Wiesen gestreift war.

Schon nach wenigen Schritten hatte er die Schuhe ausgezogen und war, bis zu den Knöcheln im durchfeuchteten Hartgräserboden versinkend, immer tiefer in die Landschaft eingedrungen, bis ins Eschenloher Moos. Je weiter er aber in das Moorgelände vorgestoßen war, umso unabweisbarer hatte sich die Ruhe der mächtigen Landschaft in ihn gesenkt. Es hatte ihn erregt, diesen Vorgang wie ein Außenstehender zu beobachten; sich ihm zu widersetzen, hätte er nicht vermocht, er hatte es auch gar nicht versucht.

Als er längst nicht mehr wußte, wo er sich befand, im Licht der untergehenden Sonne Wassertümpel, Birken- und Tannengruppen vor sich, erreichte er die ersten, aus den Moosflächen aufragenden Rundhöcker. Im Gefühl, von der Ruhe der Landschaft bis ins Innerste aufgesogen zu sein, lehnte er sich mit dem Rücken gegen einen der Steine. Da spürte er, wie die letzte Spannung von ihm wich.

Hier, dachte er, als einer dieser uralten, von der Sonne gewärmten, vom Schauer der Fröste geforderten Glaukonit-Sandsteine oder Schrattenkalkblöcke stehen, unerreichbar, dem Geruch der Erde und der Winde nahe und im dämmernden Erinnern an überstandene Eise und Erosionen die Jahre mit der Sicherheit des Unfällbaren über sich hinweggehen lassen. Wenn es ein Glück gibt, dann ist es die Gewißheit dieser Steine, allein in sich selber zu ruhen, jedem Zwang zur Mitteilung enthoben, und in einer Handvoll angewehter Erde ein Büschel Riedgras oder die Wurzelarme einer jungen Tanne aufnehmen und sie tragen. Mit einer Kraft, die nichts mehr will. Mit dieser einzig dauernden, vielleicht überhaupt einzigen Form der Kraft.

Erst spät, die Sonne hatte die Bergkämme erreicht, war er wieder auf Riedmeier gestoßen; die Dogge neben sich, hatte der bedächtige Mann auf ihn gewartet. Als Kaltendorff eine Entschuldigung vorbrachte, war ihm das Lächeln in Riedmeiers Augen aufgefallen; der Alte hatte ihm zur Antwort nur lächelnd zugenickt. Auf der Rückfahrt hatte er dann immer wieder den Ausdruck in Riedmeiers Augen vor sich gesehen, und tagelang war er den Gedanken nicht losgeworden: wo einer der Güte dieses Lächelns begegnet, darf er mit Sicherheit annehmen, daß es mit Wunden bezahlt wurde, jede beständige Heiterkeit hat den Weg durch den Abgrund hinter sich. Durch welchen Abgrund war dieser Mann gegangen?

An jenem Frühjahrsnachmittag auf den Moosflächen zwischen den Bergen hatte Kaltendorff den Entschluß gefaßt, sich hier niederzulassen.

Nun stieg er langsam die Böschung wieder hinab und ging an den drei Tannen vorbei. Das Holz der Gartentür war naß und glatt. Als er die Tür hinter sich zugezogen hatte, strich er sich mit den feuchten Handflächen über das Gesicht; Geruch von Wind und Moor nistete in dem Wasser.

Er bog in den Uferweg unterhalb der Goldwindenhecke ein. Im Schreiten hörte er neben sich die leise Bewegung des Sees, den er nicht sah. Dann hörte er die Wildgänse. Sie hatten sich auf der kleinen Halbinsel unweit der Bucht niedergelassen. Er meinte, ihre schlanken, geschmeidigen Leiber vor sich zu sehen. Er wußte nicht, wieso er plötzlich an Gisela Alischer denken mußte.

Gisela, dachte er und schritt in die Nacht hinein, ach ja, Gisela. Sie besuchte mich in jenen Monaten sehr oft. Jedesmal brachte sie mir von Stella etwas mit – ein Buch, ein Kleidungsstück, einen Brief, eine Nachricht. Sooft sie kam, war es, als käme Stella, die sich dort unten an der Donau nicht zeigen durfte. Nur die Gespräche mit Stella fehlten mir, manchmal die Nähe ihrer Hände, o ja, vor allem sie, denn die Gespräche führten wir in den Briefen, die Gisela zwischen uns hin und her trug; sie der Post zu überlassen, wagten wir nicht. Mit Gisela schickte ich ihr auch die Briefe an die Kinder, und Gisela brachte mir von ihr die bunten Zeichnungen, die Blätter mit den ungelenken Schriftzügen: „Lieber Vater . . ." Jedesmal, wenn Gisela kam, ihren Mann auf der Baustelle zu besuchen, fühlte ich, daß die Freundschaft zwischen den beiden Frauen enger geworden war.

Kaltendorff blieb stehen. Über ihm tropfte es durch die Blätter einer Buche; sonst war kein Laut in der Nacht; nur das Fallen der Tropfen, die mit hauchfeinem Sprühen auf die Seefläche niederschlugen.

Er stand so lange, bis er die leichten Schritte hinter sich hörte. Als berührten sie den Boden kaum, kamen sie näher. Wie die Schritte eines scheuen Wildes, das seinen Weg auch in der Finsternis nicht verfehlt. Es war so dunkel, daß er den Stamm der Buche neben sich nicht sah. Die Schritte waren ganz nahe. Als sich eine Hand auf seinen Arm legte, wußte er längst, daß es Gisela war.

„Stella hat mich geschickt", sagte sie, „mit Hut und Mantel für dich."

Sie gingen am See entlang durch die Nebelluft; Gisela hatte ihn untergefaßt. Sie schwiegen. Bei jedem Schritt fühlte er den Frauenkörper neben sich. Doch als ein Gefühl der Bitterkeit in ihm aufsteigen wollte, lächelte er ins Dunkel hinein. Die Steine im Moos, dachte er, und eine Handvoll angewehter Erde, die Wurzelarme einer jungen Tanne einen flüchtigen Augenblick lang zu tragen. Mehr will ich nicht. Und bald darf ich es.

„Forelle", sagte er mit einem Mal heiter, „wie schön, Gisela, daß sie dir diesen Namen gegeben hatten." „Deine Kinder werden es hier schön haben", sagte sie, „du hast das Haus am besten Platz gebaut."

Der Sand auf dem Uferweg hatte den Regen aufgesogen, der Boden federte. Verwundert fühlte Kaltendorff die Sicherheit, mit der die Frau neben ihm in die Nacht hineinschritt, und etwas vom Mut ihres Ausschreitens übertrug sich auf ihn. Er überließ sich dem Gefühl. Er spürte, wie er nach und nach leichter schritt und wie sich der Druck von den Schläfen zu heben begann.

Sie ist nicht nur schön, dachte er, sie hat auch diesen Mut. Und er ist von ihr auch auf ihren Mann übergegangen. Damals, in dem Barackenzimmer, in dem ich am Eisernen-Tor-Paß hauste, während einer Regennacht, erzählte mir Herbert Alischer davon.

Als ich sie zum ersten Mal sah, hatte er begonnen, erinnerte mich ihre wache Raschheit an die Forellen, die es in den Wildbächen meiner Heimatberge gibt. Sie war erst siebzehn Jahre alt, aber binnen kurzer Zeit stand sie bei uns Neunzehn- und Zwanzigjährigen in höherem Ansehen als alle unsere Lehrer zusammen. Und das nicht nur, weil sie ausnehmend hübsch war, nein. Es hing wahrscheinlich damit zusammen, daß sie immer wußte, was sie wollte, und daß sie es mit verblüffender Selbstverständlichkeit auch tat. Es hing bestimmt damit zusammen, hatte er hinzugefügt und gelächelt, denn als ich sie zum ersten Mal küssen wollte und mich dabei anstellte wie einer, der von oben bis unten gefesselt ist, reckte sie sich kurzentschlossen zu mir herauf, nahm meinen Kopf in beide Hände und küßte mich mit so heißen Lippen, daß ich dachte, die Erde löse sich unter mir auf.

Für mich steht außer Frage, daß ein Schutzengel mich ein Jahr vor dem Abitur mit ihr zusammengeführt hat, und ich weiß nicht, was ohne sie aus meinem Abitur geworden wäre. Nicht nur aus meinem, nein, aus dem Abitur des ganzen Jahrgangs. Was überhaupt aus mir geworden wäre, hätte es Gisela nicht gegeben.

Ach so, das mit den Besonderheiten unseres Abiturs muß ich dir erklären. Weißt du, es war zunächst schon allein deswegen denkwürdig, weil es das erste nach dem Krieg werden sollte. Daß mit dem Kriegsausgang für uns eine Welt zusammengebrochen war, hast du härter erfahren müssen als ich; und daß bei uns über Nacht alles anders, aber nicht besser wurde, weißt du ebensogut wie ich. Und zu alledem sollten wir nun als erster Jahrgang nicht von unseren Lehrern und einem Beisitzer des Ministeriums, sondern ausschließlich von einer Bukarester Kommission geprüft werden ... Denk mal an die Nachkriegsstimmung zurück, da kannst du dir ausmalen, mit welchen Gefühlen wir an den paar alten deutschen Gymnasien, die es damals nördlich der Karpaten noch gab, dem Ereignis entgegensahen. Nicht nur wir Schüler, nein, noch mehr unsere Lehrer. „Es wird keine Gnade geben, meine Herren", hatte uns der unvergessene Dr. Flägner in seinem knappen, immer unterkühlenden Ton gesagt und hinzugefügt: „Wenn Sie von mir einen Tip haben wollen, dann diesen: lernen Sie auch das, woran Sie bisher nicht einmal in Alpträumen dachten." Aber Dr. Flägner hatte uns das erst zwei Monate vor der Prüfung gesagt, und als Gisela mich küßte, schwebte diese noch in unwirklicher Ferne. Ja, und dann nahmen meine Gefühle für Gisela – die Forelle, wie Peter sie getauft hatte – der Zukunft erst recht jeden Anhauch von Gefahr. Ich hatte sie zu Beginn des letzten Schuljahres kennengelernt. Es war Herbst – einer jener berühmten, in Gold und warmes Blau getauchten siebenbürgischen Herbste, ein karpatisches Traumwunder aus Oktobersonne und verglühenden Wäldern. Wir wanderten damals viel, und nach allem, nur nach der Schule stand mir der Kopf nicht.

Bei einer dieser Wanderungen war es, als wir, etwa zehn Freunde und Freundinnen, kurz nach Dunkelwerden in einer aufgelassenen und halbverfallenen Berghütte eintrafen. Und es fing damit an, daß Gisela uns beim Abendessen aufforderte, doch anstelle der „anödenden Histörchen über die Lehrer", wie sie spöttisch sagte, endlich „mal was Vernünftiges" von uns zu geben. Nein, nein, es wäre falsch, wolltest du aus der Bemerkung auf schulmeisterliche Neigungen bei ihr schließen! Aber schon damals war ihr nichts zuwiderer als dickblütige Behaglichkeit am selben Gegenstand.

Nun, ihre Aufforderung löste zunächst ein gewaltiges Hin und Her aus, dann kam es zu den merkwürdigsten Reaktionen.

Tschippa, der mongolenäugige Polyglott unter uns, begann den Anfang der Ilias auf altgriechisch herzusagen. Der lange, sommersprossige Herre – er hieß Hermann – sprang auf den wackligen Tisch und donnerte die erste Philippika des Demosthenes in einem schauerlichen Latein auf uns herab, das Dr. Flägner, hätte er's gehört, veranlaßt haben würde, ihn von der Schule zu jagen. Peter, „der Bär", wie wir ihn nannten, grub sich beide Hände in den blonden, krausen Haarschopf und wiederholte aus unerfindlichen Gründen wie eine Gebetsmühle den Satz: „Das Quadrat über der Hypothenuse ist gleich der Summe der beiden Kathetenquadrate." Und Monika, die Schöne – Giselas ein bißchen einfältige, aber herzensgute Freundin –, Monika tat, was sie jedesmal tat, wenn die Stimmung in Geschrei überging, sie sang die Arie aus Lehars „Land des Lächelns": „Dein ist mein ganzes Herz . . ." Kurz, in wenigen Sekunden war der von einer Petroleumlampe beleuchtete Holzraum von einem solchen Spektakel erfüllt, daß wir Monikas Stimme nur noch als einzelne Kreischtöne hörten.

Und das war's also, was Giselas Aufforderung, mal „was Vernünftiges" vorzubringen, bei uns bewirkt hatte.

Ich kannte sie schon damals gut genug, um zu wissen, daß sie jetzt nur auf den richtigen Augenblick wartete, uns mit einem ihrer schnellen und sicheren Vorstöße abermals zu verwirren.

Das geschah auch.

Als Peter sich im Pythagoras so verheddert hatte, daß er Hypothenusensumme mit Quadratkatheten gleichsetzte, und Herre mit fuchtelnden Armen die Lampe traf und gleichzeitig von dem zusammenkrachenden Tisch begraben wurde, sagte Gisela sehr kühl und sehr vernehmlich in die sekundenlange Stille hinein:

„Ihr lächerlichen Affen, ihr ganz und gar lächerlichen Affen!"

Ganz einfach sagte sie das, gewissermaßen schmucklos, ohne Pathos, ohne Zorn, aber mit jener Gebirgsbachkühle, die um sie war, sooft wir in Kraftmeiereien überschwappten. Herre stöhnte irgendwo im Dunkel; Monika wimmerte etwas von einer vollgekleckerten Bluse. Da sagte Gisela noch einmal: „Ihr aufgeblasenen Affen mit eurem Griechisch und Latein, ihr seid doch nicht imstande, einen einzigen gescheiten Satz in eurer Muttersprache zu sagen..."

Tschippa hatte eine alte, nur in Unterbrechungen lichtspendende Zeltlampe aus dem Rucksack hervorgeholt, wir räumten Butter- und Wurstdosen vom Boden und stellten den Tisch zusammen. Herre rieb sich den Ellenbogen, und Monika schabte sich mit Tschippas Hilfe den Tomatensaft von der weißen Bluse. „Du, Gisela", sagte Herre und sah sich wütend um, „von wegen ‚gescheiter Satz' – was meinst du damit?"

Natürlich, dachte ich, er hat das um einiges zu geladen, um einiges zu grimmig gesagt; ich fühlte sofort, wie Giselas Kühle zu Unnahbarkeit wurde. Sie legte Messer und Gabel auf den Tisch, tupfte sich mit dem Mundtuch leicht auf die Lippen, räusperte sich und sagte dann zu unser aller Verblüffung: „Burgen mit hohen Mauern und Zinnen, Mädchen mit stolzen höhnenden Sinnen möcht ich gewinnen! Kühn ist das Mühen, herrlich der Lohn . . ." Sie griff nach Messer und Gabel und aß allein weiter – allein, denn uns hatte es die Rede verschlagen.

„Ach so", gab Herre sich gelangweilt und rieb sich den Ellenbogen, „wenn's nur das ist – Faust eins, ‚Soldatenlied'. Wär' ja gelacht. Blöde Stotterlampe", schimpfte er im nächsten Augenblick. Diesmal legte Gisela Messer und Gabel nicht hin, als sie ungerührt sagte: „So? Ich wette, daß keiner von euch auch nur eine halbe Seite aus dem Faust auswendig aufsagen kann. Und das wäre doch schon eine ganze Menge gescheiter Sätze, sofern man sich dabei auch etwas denkt. Meinst du nicht auch, Herre?" Herre machte „Pah!" – aber da er merkte, daß es nicht sehr überzeugend geklungen hatte, brüllte er in Richtung Tschippa: „Bring doch deiner dämlichen Gackerfunsel das Leuchten bei!" „Und ihr wollt Abitur machen?" blitzte Gisela uns der Reihe nach an. Herre warf die Arme in die Luft, aber sie kam ihm zuvor: „Ich weiß, ich weiß – gehört nicht zum Lehrstoff. Das wolltest du doch sagen, wie?" Und nun machte sie „Pah" – und das saß. Doch Herre durfte jetzt nicht zurückstecken. „Gib mir ein paar Wochen Zeit", schrie er, „und du sollst deinen ganzen Faust auswendig hören." „Bravo, Alter", sagte Tschippa, „*quod esse demonstrandum*, was zu beweisen sei, lieber Herre." Dann half er Monika wieder eifrig beim Entfernen des Tomatenflecks; Peter schob ihn zur Seite, nahm Monikas Bluse zwischen die Zähne und saugte ein paarmal daran. „So wird das gemacht", sagte er, „was zu beweisen war."

An jenem Abend in der Berghütte über dem Zoodtal kam es dann zu der Wette, die besonders mich den Herbst, den Winter und das Frühjahr hindurch beschäftigen sollte – wir wetteten, wer von uns Abiturienten bis zum Ende des Schuljahres im Auswendiglernen des „Faust eins" am weitesten kommen würde. Gisela erklärte sich bereit, zu Ehren des Siegers ein Fest im Gartenhaus ihrer Eltern zu veranstalten. –

Hatten unsere Lehrer Macht über uns wie Gisela?

Dreimal nein. Für keinen von ihnen wurde während des letzten Schuljahres so viel gepaukt wie für sie. Die Wette hatte Ansteckendes gehabt. Als Herre am Tag nach dem Ausflug in der Klasse davon erzählte, waren alle begeistert und erklärten, mitmachen zu wollen. Faust, der Tragödie erster Teil, wurde in wenigen Tagen zu dem am eifrigsten durchblätterten aller unserer Lehrbücher. Es war unerhört, was Gisela, die Forelle, an uns vermochte, unerhört was sie aus uns herausholte! Goethe und Gisela wurden hinfort nur noch zusammen genannt.

„Sag mal", fragte ich sie, als wir uns einige Tage später in der Heltauergasse trafen, „kannst du denn das Zeugs auswendig?" „Ach wo", sagte sie, „keine Rede, ist ja auch unwichtig. Aber mein Onkel, der Sänger, du weißt – den habe ich das ‚Soldatenlied' bestimmt hundertmal singen gehört. Bei allen Familienfesten, die es früher noch gab, sang er's; Tante Rosi begleitete ihn am Flügel; scheußlich klang das. Aber ich habe es gelernt. Außerdem gefällt es mir."

Und sie sagte das ganze Lied auf, heiter und im Gesprächston.

Das war nun alles schön und gut, und ich hatte bestimmt nicht die Absicht gehabt, die Auswendiglernerei mit einer faulen Ausrede von mir zu schieben. Aber als wir uns – wieder ein paar Tage später – vor dem herbstlich purpurnen „Erlenpark" am Stadtrand trafen, hakte sie mich im Gehen unter, zog mich auf die von ersten welken Blättern bedeckten Parkwege und holte ein in rotes Leder gebundenes Buch aus dem Handtäschchen hervor. Sie sah mich kurz von der Seite an und fragte: „Na, wie weit bist du gekommen?" Ich war sprachlos; ich sah die Faust-Taschenausgabe in ihrer Hand und stotterte eine Entschuldigung. „Weißt du", sagte sie, „ich finde das alles aufregend schön, was hier drin steht." Das geöffnete Buch vor sich, begann sie zu lesen. Ich sah die Lichter und Schatten über die Buchseiten gleiten und fühlte ihren Schritt neben mir.

Wir wanderten unter den Erlen durch den ganzen Park ins „Goldtal" und bis zur „Schreiermühle" hinauf. Der sichere, elastische Schritt neben mir, den ich bei jeder Berührung mit ihrer Hüfte bis zu den Schläfen hinauf fühlte, schwang mit Goethes Versen zu mir herüber. Gisela las, und ich sprach ihr das Gelesene nach – und während sie las, war es, als weitete sich die Landschaft. Ringsum lohender, brennender Herbst, von dem niemand wußte, wann er die ersten Stürme bringen würde.

Unter den Buchen, Ahornen und jungen Eichen wanderten wir, auf der anderen Seite des Tals, wieder hinab, stadtwärts. Als wir uns nach vier Stunden an der Straßenbahnhaltestelle voneinander verabschiedeten, hatte ich die „Zuneigung" und das „Vorspiel auf dem Theater" auswendig im Kopf. Ehe ich in jener Nacht einschlief, zogen die Feuerfarben der Landschaft an mir vorüber. Die Rhythmen des Gedichts klangen aus Giselas federndem Schritt. Das alles war eine einzige Melodie. –

Wir trafen uns damals fast täglich, und es gab keinen Spaziergang, keinen Ausflug mehr, auf den Gisela das Faust-Buch nicht mitgebracht hätte. Ich wurde unruhig, sobald wir uns einige Tage nicht sahen. Bei jedem Weg, den ich allein machte, wuchs die Unruhe, und was immer ich tat, wohin immer ich ging, Giselas Stimme und Schritte und die Klänge des Goethe-Gedichts gingen mit mir. Es war eine Unruhe, die ich niemals vergessen werde – Glanz der ersten Stunde, Zeichen einer Welt, ohne die zu leben mir nun nach und nach unerträglich wurde.

Denn ob wir durch die winddurchwehten Gärten auf dem Hammersdorfer Berg oder durch die Wiesen im Schewistal liefen, ob wir unter den Weiden am Zibin-Ufer saßen und die Füße ins Wasser hängen ließen, über die nach Wildkräutern duftende Heide schlenderten oder von den Mauern der Michelsberger Burg ins „Silberbachtal" blickten – es war herrlich, neben Gisela durch die Landschaften zu streunen und ihre Stimme zu hören, wenn sie sagte: „Wie alles sich zum Ganzen webt, eins in dem andern wirkt und lebt! Wie Himmelskräfte auf und nieder steigen und sich die goldnen Eimer reichen! . . ." O ja, Gisela reichte mir ihre forellenwache Fröhlichkeit mit Goethes Gedicht Vers um Vers.

Der Herbst verging wie im Flug.

Dann war eines Tages der Winter da, überfallartig, eisig, nach Art der Karpatenwinter. Wir stapften durch den Schnee der Wiesen und Wälder. Gisela hielt das Buch im Wollfäustling vor sich, der Hauch ihres Atems flog bei jedem Wort über die Seiten. Sie preßte sich in der Kälte an mich und sah mich unverwandt an, sooft ich das Gelesene nachsprach.

Wenn ich sie damals küßte, waren ihre Lippen kalt, wie zuckende Eiszapfen, in die mit jedem Pulsschlag eine betäubende Wärme floß und sich auf mich übertrug. Wir sprangen durch den Schnee und schüttelten uns die Rauhreifkörner von den Büschen in die Gesichter. Wir bewarfen uns mit Schneekugeln, und Gisela rief mir im Takt der Würfe lachend zu: „Doch hurtig in dem Kreise ging's, sie tanzten rechts, sie tanzten links, und alle Röcke flogen. Sie wurden rot, sie wurden warm und ruhten atmend Arm in Arm . . . Au!" rief sie plötzlich, „du zerdrückst mich, du wilder Narr, du beißt mich doch! . . . Du, wie du mich heute küßt . . ."

Auf einem dieser Winterspaziergänge – wir waren einen Sonntag lang über alle beschneiten Hügel im Westen der Stadt gewandert, Fuchs- und Hasenfährten überquerend – verirrten wir uns. Gegen Abend standen wir vor einem kleinen Dorf, Rauchfahnen über den Dächern vor uns wie festgefrorene Wölkchen. Von der Dachtraufe eines Wirtshauses, halb über der Tür, durch die wir eintraten, hing ein riesiger Eiskegel. Er warf für den Bruchteil einer Sekunde ein helles Schimmern auf Giselas Gesicht, das aufzublühen schien. Wie die Amaryllis, dachte ich, die ich gestern im Wohnzimmer meiner Mutter staunend betrachtet hatte.

Es war etwas an ihr an dem Abend in der Gaststube, was mich benommen, ja gelähmt machte, und während wir saßen, kehrten plötzlich alle Farben und Gestalten der Landschaft in ihren Augen, in ihrem Lachen, in ihren Bewegungen mit einer Unmittelbarkeit wieder, daß ich vor Aufregung schließlich nicht mehr wagte, sie anzusehen.

Wir tranken ein Gläschen Pflaumenschnaps. Dann aßen wir. Und während Gisela plauderte, starrte ich auf das Buch, das auf der rauhen Tischplatte vor uns lag, als sähe ich die Goldbuchstaben auf dem Umschlag zum erstenmal. Gisela war damals so schön, wie ich sie noch niemals gesehen hatte. Erst als ich ihren Kopf auf meiner Schulter und den Druck ihrer Hand auf meinem Arm nachlassen fühlte, wurde mit bewußt, daß sie schon eine ganze Weile geschwiegen und mich betrachtet hatte. Nein, gesehen hatte ich sie nicht, aber die Wärme ihres Blicks fühlte ich immer noch auf meinem Gesicht, als ich sie längst tief atmen hörte.

Ich habe eine Stunde regungslos gesessen und die Goldbuchstaben angesehen. Das Buch aufzuschlagen, wagte ich nicht, aus Furcht, ich könnte Gisela wecken.

Nach einer Stunde glitt ihr Kopf mir auf die Brust; ich fing ihn auf und legte ihn auf meine Schenkel; ich hob ihr die Beine auf die Bank und sah in ihr schlafendes Gesicht. Das Letzte, was ich wahrnahm, war der Duft ihres Haares, das sich gelöst hatte und über meine auf die Bank gestützte Hand geglitten war. Dann schlief ich ein.

Ich erwachte, als mir jemand die Hand auf den Rücken legte. Ich sah, daß sich der Raum mit Menschen gefüllt hatte. Vor mir stand ein rumänischer Bauer, ein bärtiger Mann mit einer hohen, schwarzen Lammfellmütze auf dem Kopf, eine langstielige Pferdepeitsche in der Hand. Ich blickte zum Fenster; es war stockfinster geworden; der Eiskegel glomm in einem warmen Gelb hinter den Fensterscheiben. „Ist das nicht die Tochter des Kreisarztes?" fragte der Mann leise und zeigte auf Gisela. Ich nickte und machte ihm damit eine Freude. Ob er uns nach Hause fahren dürfte? fragte er sofort, die Pferde stünden angeschirrt vor der Tür; er sei unterwegs in die Stadt, und für den Herrn Doktor sei er immer zu einem Dienst bereit. O nein, er werde es niemals vergessen, daß ihm der Dr. Benning die Frau gerettet habe. Jaja, nickte er und beugte sich zu mir herab, der Hof sei voller Russen gewesen, wie ausgehungerte Wölfe hätten sie nach einer „hasaika", nach einem Weib geschrien. Doch als sie zur Tür hereingepoltert seien, habe der Herr Doktor die Frau aufs Bett geworfen, ihr mit dem Stiel einer kupfernen Schöpfkelle, die zufällig griffbereit auf dem Tisch gelegen, im Mund herum hantiert und sei dann mit einer so entsetzten Bewegung, mit einem solchen Gesicht mitten in die Kerle hinein zurückgewichen, als habe die Frau zumindest die Pest im Leibe gehabt! Ha, seien sie davongerannt! „Und dabei", flüsterte der Mann und sah sich schnell um, „dabei war der Herr Doktor ja nur um eine Fuhre Holz, Brennholz, ins Dorf gekommen; die hatten doch damals in der Stadt nichts zum Feuermachen."

Ich bat ihn, das Buch vom Tisch zu nehmen, das Geld aus meiner Brusttasche zu ziehen und zu zahlen. Bis er im Schlitten einige Schafpelze und mit Heu gefüllte Säcke zurechtschob, stand ich neben ihm, die schlafende Gisela auf den Armen, und hörte ihn in der an Bibeltexte erinnernden Sprache der Bergbauern von seinen Schafen und Kindern erzählen. Er half mir, Gisela in den Schlitten zu heben. Wenige Schritte, nachdem die Pferde auf dem klirrenden Schnee angezogen hatten, schlief ich unter den Pelzen und Decken wieder ein.

Wie lange die Fahrt gedauert hat, weiß ich nicht. Als ich erwachte, standen die Pferde; ich sah über mir eine brennende Straßenlampe, von der sich eine Schneemütze wölbte. Erst danach sah ich Gisela. Sie saß aufrecht neben mir. „Wir sind zu Hause", lachte sie. Wie aufgescheucht kletterte ich aus dem Schlitten, neben dem der Bauer stand. Ich begriff es nur halb, daß Gisela sich verabschiedete und der Schlitten hinter einer Häuserecke im Dunkel verschwand.

Am nächsten Tag berichtete mir Gisela, daß ihr Vater ihr noch am Abend lachend erzählt hatte, der Bauer habe gesagt: „Herr Doktor, die beiden waren ganz betrunken – ganz, ganz betrunken waren die. Heilige Maria, wie junge Leute doch betrunken sein können! Und dies schöne Buch lag auf dem Tisch vor ihnen." Er hatte das Buch sorgfältig aus einem Lammfell gewickelt und ihrem Vater gegeben.

Das Frühjahr brach wie ein langangestauter Sturm aus den Karpatenpässen im Süden und wühlte sich ins Hochland hinein. Die Bäche und Flüsse hatten die letzten Eisschollen längst vor sich hergetrieben, und wir liefen barfuß über die Wiesen.

In Giselas Augen war ein Leuchten gekommen, dessen Kraft mich erschreckte. Sie lag in meinen Armen und flüsterte: „Und küssen dich, ach, wie ich wollt, an deinen Küssen vergehen sollt . . ."

Ich hatte den „Prolog im Himmel", die Szenen in Fausts Studierzimmer, das Hexeneinmaleins, die Geisterchöre, den König von Thule, das Gottesbekenntnis – kurz, ich hatte die Tragödie bis zur „Szene am Brunnen" auswendig gelernt; und das war nun schon fast der ganze erste Teil. All das war mit Giselas leichtem Schritt in mich eingeflossen wie im Traum. Zu jeder Tag- oder Nachtstunde hätte ich damals aus ihrem Schritt die Szenen und Monologe, die Bilder und die Musik der Verse ableiten können. Ich weiß es auch heute nicht, war es Goethes Dichtung oder Giselas Gegenwart, was das Wunder jener Monate ausmachte. Das eine war für mich ohne das andre undenkbar.

Als wir hier angekommen waren, traten Ereignisse ein, die uns aus unserem Traum rissen.

Damals nämlich sagte uns Dr. Flägner, daß wir nicht vor

unseren Lehrern, sondern vor einer hauptstädtischen Kommission stehen würden. „Die Prüfungsfächer werden uns erst am Tag des Prüfungsbeginns mitgeteilt", fügte er hinzu. Unseren Lehrern sei in unmißverständlicher, ja beleidigender Form jeder Eingriff in den Prüfungsablauf untersagt worden.

Die Sprache war deutlich; wir kannten sie, und wir verstanden sie auch. Auch dem Kältesten unter uns wurde klar, daß es jetzt nur noch die Flucht nach vorne gab. „Es wird keine Gnade geben", sagte Dr. Flägner.

Das war, wie gesagt, zwei Monate vor dem Abitur. Am selben Abend verabschiedete ich mich nach einem Spaziergang von Gisela. Es war spät und dunkel geworden; in den Kastanienbäumen über der Straßenbahnhaltestelle waren einige Tage vorher die Blüten aufgesprungen. Gisela stand vor mir; sie hatte den Kopf an meine Brust gelegt. Als ich in der Ferne die Straßenbahn läuten hörte, flüsterte sie: „Doch alles, was dazu mich trieb, Gott! war so gut, ach, war so lieb . . ." Die Wärme ihres Körpers fiel mich an wie ein Axtschlag. Auf der gegenüberliegenden Straßenseite sang ein Angetrunkener ein rumänsiches Volkslied: „Welt, Welt, Schwester Welt, der eine stirbt, der andere lebt . . ." Mir fehlte plötzlich der Mut, Gisela zu sagen, daß wir unsere Spaziergänge nun abbrechen müßten. Ich hatte das todsichere Gefühl, daß in diesem Augenblick, täte ich's, unsere Liebe zu Ende wäre.

Am nächsten Tag besuchte ich sie. Ich sagte ihr, daß ich in den beiden letzten Monaten noch eine Menge zu lernen hätte, daß wir uns jetzt nicht mehr so häufig sehen könnten. „Ich habe übrigens keine Ahnung", sagte ich, „wie weit die anderen mit dem Faust gekommen sind. Aber an den Sonntagen, Gisela, werde ich dich abholen." Sie sah mich lange an; dann schüttelte sie den Kopf. „Nein, du machst jetzt dein Abitur. Erst nachher sehen wir uns wieder . . . Nein, Herberth", sagte sie und schüttelte den Kopf, „weiter als bis zu der ‚Szene am Brunnen' hätte ich mit dir sowieso nicht gelernt. Das war das Äußerste. Alles was nachher kommt, ist schrecklich, ist unfaßbar ..." Sie hob den Kopf, als wollte sie über mich hinwegsehen, und schloß die Augen; und wie am Abend vorher flüsterte sie: „Doch alles, was dazu mich trieb, Gott! war so gut, ach, war so lieb..." Auf einmal quollen ihr unter den geschlossenen Lidern die Tränen hervor. Kaum hörbar sagte sie: „Mein Liebster", dann lief sie hinaus. –

Ich stürzte mich in die Arbeit. Manchmal stand ich nachts am Fenster meines Mansardenzimmers in der Berggasse; die Linde unten im dunklen Garten, die roten Damaszenerrosen spülten mir ihren Duft ins übernächtige Gesicht. In den Morgenstunden, wenn ich von weitem die ersten Straßenbahnen hörte, streckte ich mich angekleidet für zwei Stunden auf das alte Sofa. Doch wenn ich Tage und Nächte durchgebüffelt hatte, brach es aus mir, daß ich meinte, es nicht mehr zu ertragen. Dann war ich drauf und dran, mitten in der Nacht vor Giselas Elternhaus zu laufen und unter den Fenstern ihren Namen zu rufen.

Wir lernten nun, im Endspurt, zu viert, zu fünft. Die Köpfe saßen uns bald wie Trommeln, dann wieder wie Mühlsteine auf den Schultern; kaum einer unter uns, der nicht am Durchdrehen war. Wir bemerkten die steigende Unruhe unserer Lehrer, obgleich sie sich nach Kräften bemühten, gelassen zu erscheinen. Sie kamen nachts auf unsere Buden, paukten mit uns, als hätten sie, nicht wir die Prüfung abzulegen; und nicht nur einmal verließen sie uns damals erst im Morgengrauen.

Nach einer dieser Nächte war es – wir hatten sieben Stunden lang über Latein gesessen –, als Dr. Flägner mir vor meinen Freunden sagte: „Alischer, Sie wissen doch, daß Sie von uns allen die besten Nerven haben müssen. Sie sind der erste im Alphabet – Sie geben den Ton an, der den Verlauf der Prüfungen bestimmt..."

Das war nun freilich keine Ankündigung, die mich sonderlich bewegt hätte, im Gegenteil, sie beruhigte uns alle. Ich hatte immer leicht gelernt und, soweit ich zurückdachte, niemals Schiß vor Prüfungen gehabt. Und so sagte ich zu Dr. Flägner: „Ach was, in zwei Wochen haben wir's!"

Die Krawatten, die wir an einem heißen Julivormittag um die Hälse gebunden trugen, gehörten trotz der selbstsicheren Lässigkeit unseres Gebarens zum Widerlichsten meiner Erinnerung an jene Tage. Wir standen schwitzend auf dem hellen Kies des Schulhofs, wir hatten feuchte Hände, und Herre orgelte aus seiner Höhe heiser und abgehackt auf uns herab: „Mensch, wenn meiner Mutter jüngster Sohn die Scheiße bloß hinter sich hätte." Tschippa bewegte sich wie ein Irrlicht zwischen uns und hängte bald dem einen bald dem anderen eine seiner Weisheiten an. „*Nous sommes archiprêts*, lieber Herre", sagte er gerade, „bist auch du, jüngster Sohn, erzbereit?" Um Peter, der auf seiner Schultasche hockte, die Sonne in den Haaren wie in einem Nest aus Goldfäden, hatte sich ein Kreis gebildet; Ängstliche, die vor einem Unwetter unter einem mächtigen Baum Schutz suchen.

Punkt zehn wurden wir erlöst; das heißt, wir wurden aufgerufen, uns in einem Klassenzimmer einzufinden. Etwas zu hastig drängten wir die Holzstufen des alten Gebäudes hinauf und stellten uns zwischen die zerkratzten, am Dielenboden festgeschraubten Bänke. Ich denke, wenige Sekunden danach haben wir alle den Atem angehalten – eine Armee fremder Gesichter, so schien es uns, kam zur Türe herein. Hinter ihnen tauchten unsere Lehrer auf.

Im Schulhof war es auf einmal ungewohnt still. Das grüne Geflimmer der Linden kam mit dem Licht durch die Fenster herein. Von meinem Platz aus sah ich, auf der anderen Seite des Hofs, vor der Fassade der Stadtpfarrkirche, das schwarze Standbild des Bischofs. Mir wurde fast feierlich zumute, als erinnerte mich der ehrenwerte Mann mit Würde an den

Ernst der Aufgabe, vor die wir gestellt waren. Ich fühlte, daß mir der Schweiß in Perlen auf der Brust stand. Ich sah Dr. Flägner und riß mich zusammen.

Tschippa, der neben mir stand, war bestimmt der einzige im Klassenraum, den die Kaltschnäuzigkeit nicht verließ. Ungeniert stieß er mich an und flüsterte: „Diese ölglatt gewichsten Schnösel von Byzantinern werden wir jetzt der Reihe nach, und zwar bruchstücksweis, auf's Kreuz legen, wie, Alter?" Tschippa, eigentlich Tschallner, redete jeden, der ihm vor seine Schlitzaugen kam, mit „Alter" an, er benahm sich dabei, als sei er der Großvater der ganzen Welt — er wußte alles, für ihn gab's niemals was Neues.

Dr. Gräfe, unser weißhaariger, aus dem Rücken ein bißchen gebeugter Direktor, stellte uns — pauschal, versteht sich — den zwölf Herren Examinatoren vor. Sie standen nebeneinander, in einer Reihe — fremdartig anmutende, unklare Gefühle erregende Gesichter, so wie alles, was aus dem Süden der Karpaten herkam, für uns das Ganz-andere bedeutete. Besonders einer fiel mir auf, eine hohe, massige Gestalt, den Kopf bis zum Nacken kahlrasiert, mit kaltem Blick hinter dünneingefaßter Brille; er war höchstens fünfunddreißig Jahre alt und offensichtlich der Vorsitzende. Er musterte uns lange und ohne Bewegung, während mir die Tropfen über die Brust rannen. Dann holte er tief und so laut Luft, daß es in der Stille wie das Schnauben eines Tieres klang. „Domnilor candidaţi", sagte er, „es wird mir ein erlesenes Vergnügen sein, zum ersten Mal in der angesehenen Schule des Barons Brukenthal zu prüfen." Tschippa kicherte. „Kann ich mir denken", zischte er, „du letzter Römer aus einem glücklicheren Dazien."

Vielleicht war es unvorsichtig von mir, den „letzten Römer" länger als geboten anzusehen, denn auf einmal blickte er mir gerade in die Augen. Ich hatte bis dahin keinen Menschen mit solcher Kälte blicken sehen; ich hatte plötzlich das Gefühl, als stünde er neben mir und schnürte mir mit dem Krawattenstrang die Kehle ab.

Wir atmeten alle auf, als er uns den Rücken zukehrte, seinen breiten Nacken zeigte, und die Herren hinter ihm das Klassenzimmer verließen. Kaum waren sie draußen, rief Tschippa fröhlich: *„Arrivederci Roma."*

Dr. Flägner stand unvermutet zwischen uns. „Meine Herren", sagte er sehr ruhig, „die Prüfungsfächer und ihre Reihenfolge sind uns vor Minuten mitgeteilt worden. Die Kommission wünscht, mit deutscher Sprache und Literatur zu beginnen. Im übrigen – der Chef der Kommission heißt Ralea, Teofil Ralea; merken Sie sich, bitte, den Namen; meine Erfahrung sagt mir, daß Sie gut daran täten, ihn sich auch für später einzuprägen. – Alischer machen Sie sich bereit." Er ging zur Türe. „Auf geht's, Alter", sagte Tschippa, *„the germans to the front . . ."* Er gab mir einen Stoß in den Rücken, dann stand ich neben Dr. Flägner auf dem nach altem, schlechtem Öl und Tinte riechenden Gang.

Als Dr. Flägner die Türe zur Aula aufgestoßen und mir den Vortritt angeboten hatte, hätte ich am liebsten die Krawatte vom Hals gerissen und mich hemdsärmelig in das Abenteuer gestürzt. Ich atmete tief ein und aus; dann nickte ich Dr. Flägner zu und trat an ihm vorbei durch die Türe.

Die Aula war zum Inquisitionstribunal hergerichtet. An der linken Schmalseite des sehr hohen Raumes saßen an einem langen Tisch die zwölf Prüfer; in der Mitte, unübersehbar, der kahle, Kälte ausströmende Schädel; er beherrschte das Bild. Mir verschlug es den Atem, als ich unsere Lehrer hinten, an der Wand, stehen sah. Es zuckte mir in den Fingern, den Stuhl zu holen, der vor einem in der Mitte des Saales aufgestellten Tischchen stand, und ihn dem alten Dr. Gräfe anzubieten. Im letzten Augenblick hielt ich mich zurück, und fast gleichzeitig machte Ralea eine weitausholende Armbewegung, mit der er mich aufforderte, an dem Tischchen Platz zu nehmen.

Noch bevor ich saß, erhob er sich. Er trat, die auffallend gepflegten Hände auf dem Rücken verschränkend, um den Tisch herum nach vorne. Einen Schritt vor mir blieb er stehen, sah mich flüchtig an und holte – wie Minuten vorher im Klassenzimmer – tief Luft; und wieder verschlug es mir den Atem, als er jetzt im schönsten Deutsch, das man sich denken kann, sagte: „Ich habe unter anderm in Heidelberg Germanistik studiert." Er wendete sich brüsk nach rechts und begann vor mir auf und ab zu schreiten. Bei jedem Schritt hörte ich peinigend überdeutlich das Knarren seiner Schuhe. Plötzlich reckte er im Gehen den Leib vor, ließ wieder das schnaubende Luftholen hören, und gegen die Wand, auf die er gerade zuschritt, deklamierte er: „Habe nun, ach, Philosophie, / Juristerei und Medizin, / und leider auch Theologie! / durchaus studiert, mit heißem Bemühn..."

Er brach so unvermutet ab, wie er begonnen hatte. Einige Sekunden lang war nichts zu hören; er war stehengeblieben und blickte mit erhobenem Kopf zum Fenster hinaus. „Ach ja", sagte er dann und ließ seine Schuhe wieder knarren, indem er einige Male auf den Fußspitzen auf und ab wippte; mit unüberbietbarer Höflichkeit lächelte er mich über die Schulter an: „Fahren Sie fort, Kandidat!"

Das Gesicht meines Deutschlehrers Haller, eines hageren, reizbaren Mannes, habe ich bis heute nicht vergessen. Ich sah ihn eine Bewegung zu Dr. Gräfe hin machen, dann hob er beide Hände auf Ralea zu, als wollte er ihn anflehen: Aber das geht doch nicht! den Faust auswendig – das haben meine Schüler nicht gelernt! das gehört nicht zum Lehrstoff... Die Gesichter meiner Lehrer hatten sich verfärbt. Ralea, der „letzte Römer", scherte sich weder um sie noch um Hallers hilflose Gesten. Er stand jetzt wieder vor mir, er sah auf mich herab, als wollte er sagen: Na, Herr Kandidat, der Faust, das ist doch *eure* Dichtung.

Alles, was ich denken konnte, war: Gisela. Gisela! jubelte es in mir, hör, was der will, hör doch, Forelle! den Faust soll ich ihm aufsagen!

Fast hätte ich Giselas Namen in die altehrwürdige Aula hineingeschrien.

Ich hatte den Stuhl mit einer einzigen Bewegung nach hinten geschoben und mich erhoben. Ralea, der immer noch vor mir stand, sah ich jetzt aus gleicher Höhe in die Augen; zugleich bemerkte ich, daß meine Hände zitterten. Ich trat einen Schritt zurück und versuchte, mich zu beherrschen. O ja, dachte ich dabei, ganz ausgezeichnet hast du es dir überlegt, mit welchem Satz du mich jetzt beginnen läßt, großartig hast du dir das zurechtgelegt. Ich trat in meiner Erregung noch einen Schritt zurück und stieß dabei gegen den Stuhl. Viel zu laut, viel zu aufgebracht setzte sich den Faust-Monolog fort:

„... Da steh ich nun, ich armer Tor, / und bin so klug als wie zuvor; / heiße Magister, heiße Doktor gar, / und ziehe schon an die zehen Jahr / herauf, herab und quer und krumm / meine Schüler an der Nase herum – / und sehe, daß wir nichts wissen können! / Das will mir schier das Herz verbrennen. / Zwar bin ich gescheiter als alle die Laffen, / Doktoren, Magister, Schreiber und Pfaffen; / mich plagen keine Skrupel noch Zweifel, / fürchte mich weder vor Hölle noch Teufel..."

Ich gebe zu, dies alles zischte aus mir heraus, ich schleuderte es dem Mann vor mir ins Gesicht, nein, nicht nur in einer kaum beherrschbaren Freude, nein, mit Haß, mit dem Gefühl des Triumphs, den ich jetzt auskosten wollte, der mir nicht mehr zu nehmen war.

Ralea war zurückgetreten. Den massigen Körper gegen die Tischkante gelehnt, während ich zu sprechen begonnen hatte, war er sich mit der einen Hand einige Male über den Jackenschoß gefahren. Im Gefühl, mich beruhigen zu müssen, hatte ich einen Schritt nach vorne getan und die

Hände auf das Tischchen gestützt; tatsächlich wurde ich davon ruhiger. Ich sah Ralea in die Augen, er wich meinem Blick nicht aus. Ich begann langsamer und deutlicher zu sprechen. Ich begann meine Selbstbeherrschung zurückzugewinnen.

Und nun war ich der Doktor Faust. Ich las im Geisterbuch des Nostradamus. Ich war Mephistopheles und trieb meinen Spott mit dem Famulus. Und ich bot als Teufel dem Gehetzten die ungeheuerlichste aller Wetten an – die Wette um seine Seele. Vor allem aber war ich der Doktor Faust und durch nichts mehr aufzuhalten.

Ich sagte Szene und Szene auf. Es verging eine Viertelstunde, es verging eine halbe Stunde, ohne daß mich jemand unterbrochen hätte. Die vorwärtsstürmende Kraft des Gedichts riß mich mit. Ich hatte ja nichts anderes zu tun, als das letzte Jahr meines Lebens noch einmal vor mir erstehen zu lassen, mit all seinen Wundern und Unbegreifbarkeiten.

Je länger ich aber sprach, umso mehr vergaß ich die Bilder und Landschaften, durch die ich mit Gisela gewandert war, ja, nach und nach vergaß ich selbst Gisela.

Ich entsinne mich sehr deutlich des Augenblicks, da mir dies bewußt wurde, denn ich erschrak, weil ich noch niemals allein vor Goethes Dichtung gestanden hatte. Doch es war sonderbar, daß ich nach der Sekunde des Erschreckens mit einem Mal freier wurde und zum ersten Mal mitzudenken, nein, mitzuleben begann, was ich aufsagte.

Ich hörte meine Stimme, ich nahm ihr das Ungebärdige und zwang mich zu verständlichem Vortrag. Dies war nicht mehr das Spiel, mit dem wir uns auf Spaziergängen und Ausflügen unterhalten hatten. Und der Augenblick, da ich mich dann von mir selber löste und mich zugleich begriff, kam zwangsläufig. Es war wie ein Rausch der Ernüchterung, des Selbstfindens. Völlig zusammenhanglos sagte ich jene berühmte Stelle, an der von „des Hasses Kraft", sofort darauf aber von „der Macht der Liebe" die Rede ist. Wie Vorhänge fiel es mir von den Augen.

Ich konnte nicht weitersprechen. Ich schwieg und sah Ralea an. Wir blickten uns an, als sähen wir uns zum ersten Mal. Dann wiederholte ich die Stelle, langsam, wie unter einem Zwang, und schwieg wieder.

Im Hintergrund sah ich Dr. Flägner eine Bewegung machen. In die Stille hinein verneigte sich Ralea leicht und mit Haltung und sagte: „Ich danke Ihnen, Herr Alischer, ich werde Sie der Kommission für die Höchstnote vorschlagen."

Vier Tage später hatten wir das Abitur hinter uns. Jahre danach suchte ich in einer für mich entscheidenden Berufsfrage bei dem Staatssekretär Teofil Ralea um eine Audienz an; sie wurde mir sofort gewährt und meine Bitte am selben Tag erfüllt. –

Als ich damals, nach der letzten mündlichen Prüfung des Abiturs, auf den Kies des Schulhofs hinaustrat, geblendet, ausgeleert, erschöpft, wartete Gisela vor dem Eingang auf mich. Sie war in den letzten beiden Monaten um so Vieles reifer geworden, daß ich sie anstarrte, ohne ein Wort reden zu können – auch nicht, als sie mich anlächelte und sagte: „Heute habe ich Geburtstag, ich bin achtzehn . . ." Sie nahm mich am Arm, wir verließen den Schulhof, gingen auf den „Großen Ring" und fuhren mit der Straßenbahn ins „Goldtal". Die Gräser auf den Wiesen waren von einer verschwenderischen Dichte. Ohne Wege und Ziel wanderten wir durch den Mittag. Der Sommer trug uns in heißen Händen.

An einem Abend danach feierten wir im Gartenhaus Dr. Bennings zusammen mit unseren Freundinnen und Lehrern. Gisela nahm mich gleich zu Beginn zur Seite und schenkte mir das ledergebundene Buch mit der Aufschrift: Johann Wolfgang Goethe, Faust, Der Tragödie erster und zweiter Teil. Auf die erste Buchseite hatte sie geschrieben: „Von Deiner Forelle." Doch dann tat Peter, was wir alle dachten: er schlug vor, Gisela zur Siegerin der Wette zu erklären, die wir im Herbst in der halbverfallenen Berghütte über dem Zoodtal geschlossen hatten. Wir nahmen den Vorschlag einstimmig an.

Da wir alle weite Strecken aus „Faust eins" auswendig konnten, bat Dr. Flägner uns gegen Mitternacht, einige Szenen zu spielen. Gisela verteilte die Rollen und führte die Regie. Ich spielte den Doktor Faust; für die Rolle des Gretchen hatte Gisela – obgleich sie selber den Text ungleich besser beherrschte – die sündhaft schöne Monika bestimmt, die Schauspielunterricht nahm und später bekannt wurde; Tschippa spielte den Mephisto, Herre den Famulus. Das „Vorspiel" sagte Peter allein auf.

Erst gegen Morgen gingen wir heim. Dr. Flägner bat mich, ihn ein Stück zu begleiten.

Die Luft war feucht. In den Straßen, zwischen den alten, etwas mitgenommenen Hausfassaden begann es grau zu glimmen. Vor der Türe seines Hauses stehenbleibend, nahm Dr. Flägner mich am Arm, blickte mich an und sagte: „Sie haben im verflossenen Jahr sehr viel gelernt, Alischer . . ." Es hatte fast wie eine Frage geklungen. Ich sah ihn an. In den strengen Gesichtszügen, in den grauen Augen des Sechzigjährigen erkannte ich zum ersten Mal nicht mehr meinen Lehrer, sondern einen Freund.

VIII

Die Kinder

Kaltendorff fühlte Stellas Hände noch auf den Schultern, als sie ihm längst den Mantel abgenommen und in den Vorraum hinübergetragen hatte. Doch als er jetzt Ausschau hielt nach ihr, stand sie nicht, wie er vermutet hatte, hinter ihm, sondern drüben, vor Toma, der wieder neben dem Doktor saß. Ach, Panduru ist also zurückgekommen, dachte er, Peter streckte ihm gerade eine brennende Kerze über den Tisch entgegen. Panduru saugte an der Zigarette, daß sich seine braunen Wangen höhlten.

Der Spaziergang am See entlang mit Gisela hat mir gut getan, dachte Kaltendorff. Ich sehe alles viel klarer als bisher. Alles ist nach der Stunde in der kühlen Luft übersichtlicher geworden. Auch das Dunkel draußen hat nicht mehr die Dichte, die meine Schläfen einschnürt. Eigenartig, seit einiger Zeit warte ich nicht mehr auf den Nebel.

Hatten die Freunde noch zu trinken, zu essen? Hatte Stella noch Gebäck aus der Küche geholt und aufgewartet? O ja, und sie war gerade wieder um den Zustand der Kerzen besorgt. Sie stand vor dem Kamin, schnitt die Dochtenden zurecht und unterhielt sich dabei mit Professor Stavaride. Der nahm sehr vorsichtig, vielleicht ein bißchen zu umständlich die Dochtstücke von der Scherenspitze und warf sie in die Kaminöffnung. Sooft er sich bückte, verschwand die dunkle Öffnung hinter seinem weißhaarigen Kopf, und dann war es jedesmal, als würde es im Raum einen Ton heller. Die Freunde unterhielten sich halblaut, es war angenehm warm im Raum.

Da entdeckte Kaltendorff, daß sich die Kerzenflammen im Laufe der Nacht tief in die Stumpen hinabgesenkt hatten, so tief, daß sie unsichtbar geworden waren und nur noch durch die Wachswände leuchteten. Wie glühende Türme sahen die

Kerzen aus, im Kreis rings um die Freunde aufgestellt. Und hinter den Türmen breiten sich rätselhafte Landschaften aus, dachte Kaltendorff, wie habe ich sie bisher nicht gesehen? Dort, die exotische Farbenlandschaft der Bücherrücken, daneben, über dem Kamin, die Goldwildnis der Ikone mit dem Heiligen Georg, drüben die schwarzen, aufgeklüfteten Gleißflächen der Glastüre und der Fenster, und in der Ecke das braunwuchernde Intarsienfeld des Schranks. Die Landschaften hinter den glühenden Türmen waren unbewegt. In ihrer Starrheit erschienen sie Kaltendorff abweisend und unnahbar.

Und da erkannte er auch die Gesichter der Freunde. Vom Kreis der glühenden Türme und der starren Landschaften dahinter eingeschlossen, schienen sie sich um den niedern Tisch aneinanderzudrängen. Ein seltsames Leben erfüllte sie, hob und senkte sie, löste ihre Linien und Formen auf, tauschte ihre Farben gegen andere ein und gab sie sich wieder. Unversehens erschienen Kaltendorff auch die Gesichter der Freunde als Landschaften.

Doch da machte er die Beobachtung, daß sich die Gesichterlandschaften ununterbrochen veränderten und wandelten. Sie sind verwundbar, erkannte er erschrocken, weil sie nicht starr, weil sie bewegt sind. Aber so betroffen ihn die Beobachtung auch machte, so tröstlich empfand er im Augenblick darauf die Gewißheit ihrer Begegnung, die erst durch ihre Wandlung gegeben war. Mag der Abgrund noch so tief sein, dachte er, der unserem Lachen und unseren Tränen zugewiesen ist: die Möglichkeit der Begegnung wiegt die Höhe des Einsatzes auf, in der Bewegung und Wandlung die Heimat zu haben.

Niemals bisher hatte Kaltendorff die Gesichter der Freunde so gesehen.

Seine Gedanken fanden zurück, als ihm unter allen das Gesicht des Professors auffiel. Von hier, vom Fenster, neben der Zimmerlinde, sah er es am deutlichsten von allen. Es leuchtete von innen bewegt auf, und mit einem Mal erinnerte es ihn an einen bestimmten Ausdruck in den Zügen seines Freundes und Nachbarn Josef Riedmeier. O ja, dachte er und atmete auf, es gibt Gesichter, die alles hinter sich gelassen haben bis auf eins: die Bewegtheit von innen.

Kaltendorff schaute den Professor an, als habe er ihn noch nie gesehen. Ich weiß, dachte er, o ja, ich weiß es, ohne ihn und seine Frau Lucia wären die Gefahren der Vorbereitung vergebens gewesen, denn wer, wenn nicht das gütige alte Ehepaar, hätte ohne Bedenken geholfen, als ihnen Peter sagte: mein Freund ist in Not! Wer außer Peter, dachte Kaltendorff weiter, der Freund mit der Unschuld des reinen Toren, hätte vermocht, ein solches Anliegen ohne befremdende Eindringlichkeit vorzutragen? Und Panduru, Toma Panduru, „der versoffene Ingenieur", wie die Leute ihn nannten, nach dem damals längst keiner mehr fragte? Kein andrer hätte Peter so unauffällig aus Klausenburg herbeiholen können. Und wer sonst als Gisela mit dem entwaffnenden Mut und Herberth, ihr Mann, wären im entscheidenden Augenblick so überlegen geblieben? O ja, dachte Kaltendorff und blickte nun zum Doktor hin: weil er um die ewige Narrheit in dieser Welt weiß, konnte er Stella Mut machen, ihr sagen, daß nichts verloren sei, solange der Geist sich nicht aufgibt.

Wie ihre Gesichter leben, dachte er.

Dann sah er die Freunde nicht mehr. Ganz entschieden hatte ihm der Spaziergang am See entlang gut getan. Die Bilder boten sich ihm müheloser dar als bisher. Ich habe es bald hinter mir, dachte er.

Als wäre er dabei gewesen und hätte es nicht erst aus Alischers Bericht erfahren, meinte er sich zu erinnern, wie alles gewesen war.

Eine Stunde vor Mitternacht, hatte Alischer ihm erzählt, war Peter damals in Bukarest eingetroffen und hatte sich nach einer kurzen Unterredung mit Stella in die Calea

Victoriei zu Professor Stavaride aufgemacht, war vor Ablauf einer Stunde mit dem Geld zurückgekommen und auf Umwegen sofort wieder zum Bahnhof gelaufen. Schon eine Viertelstunde darauf, kurz nach Mitternacht, hatte sich dann Gisela bei Stella eingestellt, den Packen Geldscheine wortlos in ihren Handkoffer gesteckt, Stella geküßt und war gegangen. Mit dem ersten Morgenzug hatte sie sich zu ihrem Mann aufgemacht und war gegen Mittag auf der Baustelle eingetroffen. Am Haupteingang des schwerbewachten Geländes am Eisernen-Tor-Paß hatte der Kommandant der Wachmannschaften gerade seine tägliche Kontrolle begonnen – ein Major vom Staatssicherheitsdienst namens Caragian. Als Gisela ihn erblickte, stockte ihr eine Sekunde lang der Herzschlag; dann lächelte sie ihn mit ihren strahlenden Augen an. Und so kam es, daß der Major Caragian sich eine Ehre daraus machte, die „Doamna Alischer" höchstpersönlich durch die Sperren zu begleiten; den Unteroffizier, der Gisela das Köfferchen abnehmen und es öffnen wollte, winkte er beiseite, er trug es selbst bis vor den Eingang der Baracke, in der Alischer wohnte. Als Gisela das Köfferchen wieder entgegennahm und sich für die Begleitung bedankte, strahlten ihre Augen wieder. Der Major Caragian verabschiedete sich mit Handkuß.

Und es muß am Abend desselben Tages gewesen sein, als Kaltendorff durch die Bretterwand, die seine Unterkunft auf der Baustelle an der Donau von Alischers Arbeitszimmer trennte, Gisela zu ihrem Mann sagen hörte: „Peter hat die Hunderttausend sofort bekommen. Der Professor und seine Frau wollten ihm noch mehr geben, alles, was sie hatten. – Du, Herberth", hatte er Giselas Stimme nach einer Pause gehört, „jetzt liegt alles bei dir, weißt du das?" „Und bei Kaltendorff", hatte Alischer ruhig geantwortet. „Und?" hatte Gisela gefragt. „Ich bin sicher, daß er's schafft", war Alischers Antwort gewesen. Danach hatten sie noch ein paar Sätze gewechselt, über die Kaltendorff an jenem Abend lange hatte nachdenken müssen; Gisela hatte zu ihrem Mann gesagt: „Wir können ihm jetzt nur noch mit unseren guten Gedanken helfen." „Ja", hatte Alischer geantwortet. „Glaubst du, daß Gedanken helfen können?" Es war eine zeitlang still gewesen. Danach Alischers Stimme: „Seit ich dich kenne, glaube ich es." Dann waren sie hinausgegangen. Die Dielenbretter im Vorraum hatten geknarrt, ehe es still wurde...

Ich bin nun ruhig, dachte Kaltendorff, ich weiß die Gesichter der Freunde um mich; daß sie sich ihre Bewegtheit von innen bewahrten, gibt mir diese Sicherheit...

Und das war nach jenem letzten Arbeitstag, in der Nacht mit dem dünnen, warmen Regen, dachte er, als Herberth Alischer unten am Ufer dem jugoslawischen Unterwasser-Bohrtechniker die vereinbarte Summe aushändigte. „Morgen bringe ich die Kleider und die Personalpapiere", hatte der junge Jugoslawe mit dem Vogelgesicht geflüstert und über die Betonrohre geblickt, in deren Schatten wir kauerten. Er hatte das Geld, ohne hinzusehen, in die Instrumententasche geschoben und vergewisserte sich mit einem zweiten Blick, daß niemand in der Nähe war. „Der Österreicher wartet mit dem Wagen auf der andern Seite", flüsterte er, „ein zuverlässiger Bursche. Macht's nicht zum ersten Mal. Sie halten sich bei der Überfahrt an mich", er sah mich kurz an, „keine auffällige Bewegung, keinen unnötigen Blick... Verdammt!" Er hatte sich niedergeduckt und uns ein Zeichen gemacht, „da unten ist euer Major." Am Ufer, an der Stelle, wo das Boot der Jugoslawen lag, keine dreißig Meter von uns entfernt, war Caragian aus dem Dunkel getaucht. Er unterhielt sich leise mit dem Wachtposten. Wir verstanden kein Wort. Dann ging er langsam über die Steine bis zum Boot hinab, blieb stehen, stieß mit dem Fuß leicht gegen die Bordwand und sah sich um. „Hören Sie", flüsterte Alischer, der neben mir auf der Erde lag, dem Jugoslawen zu, „es bleibt dabei: Sie waren bei mir, in meinem Arbeitszimmer, verabredungsgemäß mit den Zeichnungen, klar?" Wir atmeten nicht. Caragian stand immer noch bei dem Boot. Wir sahen ihn halb von der Seite. Sooft das volle Licht des Scheinwerfers ihn traf, leuchtete seine schwarze Pistolentasche und sein Mützenschild auf. Dann wendete er uns den Rücken zu und ging sehr langsam, fast träge das Ufer nach der anderen Seite hinauf. Als er verschwunden war, warteten wir noch eine Minute. „Los", flüsterte Alischer, „jetzt!" „Bis morgen dann", hörten wir den Jugoslawen noch, ehe er im Gewirr der Rohrstapel verschwand. Unten, neben den Steinblöcken, richtete er sich auf. Er winkte dem Wachtposten zu, der kurz die Hand hob, und kletterte ins Motorboot.

Je weiter das Boot im Licht der Scheinwerfer hinaustrieb, umso mächtiger wirkte die Donau – wie der Rücken eines ungeheuren, schwer atmenden Tieres.

Unter allen erdenklichen Vorwänden hatte Alischer den Abschluß der Bodenuntersuchungen bis zu diesem Tag hinausgezögert. Sogar der Staatssekretär Ralea war von ihm eingeschaltet worden, dem er hatte sagen lassen, daß er für die abschließenden Ergebnisse seiner Arbeit nicht bürgen könne, ließe man ihm nicht die erforderliche Zeit. Ralea hatte sofort eingegriffen. Wäre die Aufschiebung bis zum Eintreffen den Geldes nicht gelungen, hätten wir aufgeben müssen. Der letzte, durch Ralea erwirkte Aufschub von drei Tagen war Alischer genehmigt worden, als die ersten Bagger, Planierraupen und Kräne die Arbeit schon aufgenommen hatten.

Von diesem Tag an fiel das Licht der Scheinwerfer nicht mehr nur auf die Uferhalden, sondern auch auf die Vorfelder zu beiden Seiten des Stromes; in den Nächten glänzten die Felsen in ihrem kreidegrauen Licht. Selbst auf der jugoslawischen Seite war jede Einzelheit zu erkennen – nicht nur die Maschinen und die Laufstege, sondern auch die

Menschen und vor allem die neuen, nur nachlässig getarnten Wachtürme auf den Uferhöhen.

„In jener letzten Nacht", sagte Kaltendorff laut, als er jetzt Stellas Spiegelbild auf der Fensterscheibe neben sich erblickte, „zwei Stunden, nachdem Alischer dem Jugoslawen das Geld ausgehändigt hatte und wir zu den Baracken zurückgeschlichen waren, lag ich noch lange wach im Bett und durchdachte ein letztes Mal den Ablauf des Planes. Ich hatte die Bretterläden vor dem niederen Fenster zugezogen, ein Tuch über die brennende Nachtlampe gelegt und meine Gedanken auf jeden Schritt, auf jede Bewegung gesammelt, die ich morgen würde machen müssen. Alischer hatte sein Arbeitszimmer nebenan verlassen und im Vorbeigehen mit den Fingern an meine Tür getrommelt. Es war der übliche Gruß, ehe er zu Bett ging. Ich hatte es nur unterbewußt wahrgenommen.

Da hörte ich ein Geräusch vor der Tür und war plötzlich hellwach.

Nein, Alischer konnte es nicht sein, ich hätte ihn zurückkommen hören müssen. Ich hörte die Dielenbretter kurz knarren und darauf ein Scharren an der Tür, als tastete eine Hand nach dem Griff. Ich richtete mich halb auf und sah, wie sich die Klinke langsam nach unten bewegte. Als sich die Tür öffnete, erkannte ich dich.

Mit zwei Schritten warst du bei mir und legtest mir die Hand auf den Mund, noch ehe ich auffuhr, mit der anderen drücktest du im selben Augenblick den Lichtknopf nieder.

‚Du bist sehr ruhig Rolf, das ist gut', hattest du gesagt und im Dunkel neben mir gelegen.

Vom Strom herauf hörten wir die an- und abschwellenden Motorgeräusche, wir beobachteten die Lichtstreifen, die in regelmäßigen Abständen durch die Risse der Fensterverschläge ins Zimmer hereinglitten und über die Wände liefen; jedesmal holten sie für Sekunden dein Gesicht aus dem Dunkel und brachten es mir ganz nahe.

‚O ja, es ist alles vorbereitet', sagtest du, ‚und du darfst jetzt nur noch nach vorne denken. Alles liegt bei dir. Nur noch bei dir. Und so Gott uns hilft...'

Du schwiegst, und wir warteten bis sich die vorbeigehenden Schritte vom Fenster entfernt hatten.

‚Peter läßt dich grüßen', flüstertest du lange danach, ‚er läßt dir sagen: wirf das Herz über den Strom und spring ihm nach ... Doktor Braha war gestern bei mir; auch er läßt dich grüßen. Wir halten es für gut, wenn du dir erste Nachricht an ihn schickst. Aus Graz oder aus Wien. Sobald du drüben bist.' Dann hörte ich dich mit abgewendeten Gesicht ins Kissen sprechen: ‚Heilige Jungfrau Maria, ich flehe dich an, hilf ihm!' Und dann sagtest du: ‚Anca Panduru ist in einen Nonnenorden in den Ostkarpaten eingetreten; ich war bei ihr. Toma läßt dir sagen, daß er seinen Frieden durch die Kraft der Gebete seiner Schwester gefunden hat...'

Dann hörte ich dich wieder mit abgewendetem Gesicht ins Kissen beten.

Nein, ich war während der Vorbereitungen keine Sekunde lang unruhig oder gar unentschlossen gewesen. Im Gegenteil, ich war in den letzten Wochen, je näher die Entscheidung rückte, immer kälter geworden. Während ich mir den Weg über den Strom hundertmal angesehen, mir hundertmal jede Kopfwendung und jeden Blick überlegt hatte, war in mir eine Schutzwand gewachsen gegen jede Anfechtung von innen und außen.

Es ist wahr, zu Beginn hatte ich mich einige Male gleichgültig gefragt: Wozu dies alles noch? Hinter mir liegen nur Scherben, das ist aus meinem Leben geworden. Es begann mit Scherben, als meine Mutter starb und ich mit der Erinnerung an ihre Hände zurückblieb, als mein Vater in den Krieg zog und mich mit dem Bild der halberrichteten Mauern zurückließ. Wohin ich blicke, Scherben. Wozu dies alles noch? fragte ich mich.

Doch als du in jener letzten Nacht bei mir lagst, begann ich etwas zu begreifen, worüber ich bis dahin niemals nachgedacht hatte. Ich begriff, daß es im Leben nur eins gibt: denke nach vorne, auch wenn die Meute der Wölfe an dir hängt und du kein Entrinnen siehst.

Und erst in jener Nacht verstand ich auch dies ganz: der Wahnsinn dieser Abschiede liegt darin, daß es keine andere Wahl gibt, als alles, was unser Leben im Guten wie im Schlechten ausmacht, dem zu überlassen, der allein zurückbleiben muß. Es ist eine Form des Abschieds, die unseren Geschlechtern aufgespart blieb. Frühere Zeiten kannten sie nicht – ein Abschied, der dem Tod ebenso nahe liegt wie dem Wahnsinn.

Du hast mir bis heute nicht gesagt, wie du es damals geschafft hast, durch die Sperrzonen hindurch zu mir zu kommen. Aber immer war es dies, Liebste: du warst ganz einfach da, wenn ich nicht mehr weiterkonnte . . . Ich wünschte, du könntest das Gleiche von mir sagen.

Einmal, nach Mitternacht, warst du aus dem Schlaf aufgeschreckt. Dein Körper war heiß, du hattest dich an mich gepreßt und geklammert, und ich hatte dir die Tränen von den Augen geküßt.

Und dennoch warst du es wieder, die im Nächstliegenden den Trost fand. ‚Du hast einen Onkel drüben, Rolf, in Tübringen', sagtest du, ‚ich weiß es aus seinen Briefen, daß er dir helfen wird von der ersten Stunde an.' Dann, viel später, hattest du auch das gesagt, wonach zu fragen ich mich nicht hätte überwinden können, weil meine ganze Angst darin lag: ‚Ich bringe dir die Kinder nach. Ich verspreche es dir. Ich habe in Erfahrung gebracht, daß ihre Mutter sie freigibt . . .'

Du hattest meine Hand gepackt und wie im Fieber gezittert. Wäre ich fähig zu hassen, damals, in jener Nacht hätte mein Haß geboren werden müssen, weil du so littest . . ."

Kaltendorff strich sich mit beiden Händen über das Gesicht. Es war ihm, als stünde er vor der Linie, die zu überschreiten ihm der letzte Mut fehlte. Ehe er sich faßte, legte Stella die Hand auf seinen Arm. Er sah in ihre Augen, sie lächelte und schüttelte den Kopf. „Du wunderlicher Mensch", sagte sie, „nichts von alledem, was du mir eben erzähltest, hat sich ereignet. Ich war in jener letzten Nacht nicht bei dir, nein. Aber ich wußte, daß es die letzte war – erträglich für jeden von uns, allein weil es den andern gab. Und darum ist dennoch alles so gewesen, wie du es gerade erzähltest..."

Kaltendorff griff nach ihrer Hand, sie zu sich hinaufzuheben und sie zu küssen. Da zerfloß das Bild der Frauenhand auf seinem Arm, und er wußte, daß er die ganze Zeit allein vor dem Fenster gestanden hatte.

Doch als er sich jetzt umwendete, sie zu suchen, ließ sie die Freunde stehen und kam auf ihn zu. Ihr dunkles, volles Haar bewegte sich bei jedem Schritt. Sie hob ihm im Gehen die geöffneten Arme entgegen und lächelte.

„Verzeih, Stella", sagte er, als sie neben ihm stand, „verzeih, wenn ich wieder darauf zurückkomme. Aber mir fehlen noch einige Gesichter, noch einige Namen. Du weißt, ich finde keine Ruhe, ehe ich dies alles nicht geordnet habe. Versteh das, bitte! Ich habe nicht mehr viel Zeit ... Es war doch Ralea, der Staatssekretär, der damals jenen Staatsanwalt in den Kerker bringen ließ. Wie hieß der nur? Hat Peter nicht gerade seinen Namen genannt? Du erinnerst dich, es soll ein aufsehenerregender Prozeß gewesen sein. Wollen wir Peter fragen? Aber du kanntest diese Leute alle, aus deiner Zeit, da dein Vater noch zu ihren Kreisen gehörte, und auch dieser Staatsanwalt, sagtest du einmal, ging bei euch aus und ein. Tomaşcu? Hieß er nicht Tomaşcu? Ich muß es unbedingt wissen, bitte, denke nach. Es ist das letzte Gesicht, das mir fehlt – das allerletzte, ich schwöre es dir."

Kaltendorff hatte hastig gesprochen, und Stella hatte ihn zuerst aufmerksam, dann erschrocken beobachtet. Mit einer heftigen Bewegung griff sie jetzt mit beiden Händen nach seinem Arm und drückte ihn an sich. „Nein, Rolf", rief sie, „bitte nicht. Ich kann nicht mehr!" rief sie verzweifelt. „Das alles liegt hinter uns, Rolf! Die Hölle liegt hinter uns! Laß sie alle in ihrer Hölle, die Ungeheuer! Laß sie endlich! Ralea, Tomaşcu, Caragian . . . Alle die Fratzen und Gespenster, die Mörder und Tiere! Vergiß sie, Rolf, vergiß sie!" Auf einmal ruhig, sagte sie: „Willst du nicht die Kinder sehen? Komm, wir gehen nach oben." Sie hielt immer noch seinen Arm.

Da riß er sich aus ihrem Griff, und als verließe ihn die Kraft, stützte er sich gegen das Fenster. „Niemals werde ich sie vergessen", sagte er, „niemals!"

Er nahm es nur halb wahr, wie er an der Frau und an den Freunden vorbeiging, quer durch das Zimmer und danach durch den Vorraum. Mit den Bewegungen eines längst Überforderten stieg er die Holztreppe hinauf.

Im Obergeschoß angekommen, zögerte er; dann drückte er den Griff der weißen Tür nieder; er trat ein und blieb stehen.

Durch den Spalt der halbgeöffneten Tür hinter ihm fiel ein breiter Streifen Licht. Erst jetzt bemerkte er, daß er allein, ohne Stella, hier stand. Aber als er im Halbdunkel die Kinderbetten zu erkennen begann, vergaß er die Frau.

Die Stille, die ihn umgab, hatte Unwirkliches. Es war, als schwebte sie ihm auf dem Atem der Kinder entgegen, gewärmt und belebt von diesem Atem wie von Klängen, die das Zimmer mit tausend vertrauten Geräuschen und Dingen füllten. O ja, da waren die Lieder und Rufe und die bunten Puppen, es waren die Bilderbuchblätter da, die Sandburgen, die Spielreifen, die Blumenkränze auf den hellen Kinderhaaren und der Jubel unendlich weit zurückliegender, für immer verschütteter Jahre . . . Gib mir den Gesang dieses

Atems mit, lieber Gott, dachte Kaltendorff, wenn ich nun für immer gehe, dann erhält alles seinen Sinn und seinen Frieden...

Er neigte sich über die Gesichter, er strich mit der Hand vorsichtig über die Bettdecken, und plötzlich stieß er gegen das bloße, unter einer Decke hervorragende Knie der Zwölfjährigen. Er erstarrte und hielt den Atem an, und als ihn der Duft der Haut erreichte, schloß er wie von einem Schwindel befallen die Augen. Mit einer wilden Drehung aus dem Oberkörper richtete er sich auf. Im Gefühl, aufschreien zu müssen, preßte er die Hände auf den Mund. Ich habe auf euch gewartet, dachte er, gewartet, gewartet, ich bin halb irr geworden vor Sehnsucht nach euch, ich habe dies Haus gebaut für euch, aber jetzt, jetzt seid ihr hier, und mein Leben ist mit euch gekommen, und niemand, niemand mehr wird mich von euch trennen!

Warum hallt es in diesem Haus, wenn ich die Treppe hinabsteige, als sei es ein leeres Haus? Warum geht der Unbekannte hinter mir her, den ich niemals sehen werde? Warum ist es so, daß mir jetzt, da sie endlich bei mir sind, irgendeiner sagen muß: Sie sind zu spät gekommen, Kaltendorff, und dazu etwas von Endokarditis und von der Mitralklappe murmelt. Warum, warum?

Als ihm der Schmerz in die Brustseite fuhr wie Messerklingen und er auf dem ersten Treppenabsatz zusammenbrach, hörte er die Uhr unten im Wohnzimmer dreimal schlagen. Mit einem klagenden Aufstöhnen fiel und stürzte er die Holzstufen hinab. Wie von Sinnen rannte er durch den Vorraum. Die Angst stand ihm im Gesicht geschrieben, die Freunde könnten ihn verlassen haben, während er für ein paar Minuten bei den schlafenden Kindern gewesen war. Mit beiden Fäusten schlug er die Tür zum Wohnzimmer auf.

Vor ihm stand Stella. Sie lächelte, die Gestalt von allen Seiten mit Licht übergossen. Von der Erscheinung geblendet, hob er den Arm.

Die Frau vor ihm trug ein Kleid aus leuchtender tiefroter Wolle. Unter der silbernen Halskette mit dreifach verschlungenen Gliedern schimmerte ihre braune Haut. Sie lächelte ihn lange an; mit einer Bewegung, als träumte sie, strich sie sich eine Haarsträhne aus der Stirn. Dabei klirrten die ovalen Ohrringe leise. Das dunkle Blau ihrer fragenden Augen, dachte er und war mit einem Mal sehr geistesabwesend.

Als er neben ihr auf die Freunde zuging, ihr den roten Ledersessel zurechtschob und sich danach mit dem Rücken gegen den Kaminsims lehnte, waren seine Bewegungen von der Beherrschtheit, die sie alle an ihm kannten. Das Bild mit dem Heiligen Georg, der vom Roß herab zustößt, die Lanze wie einen Blitz in der Rechten, hing genau über ihm. Durch das große Fenster sah er draußen, über den Bergen, ein erstes zitterndes Leuchten schwimmen. Es wird noch Stunden dauern, ehe es den See und das Haus auf der Anhöhe der Bucht erreicht, dachte er.

Er verschränkte die Arme vor der Brust, seine Stimme klang kühl über den gleichförmigen Pendelschlägen der Uhr.

IX

Das Schattenkabinett

Was ich als letzter zu berichten habe, Freunde, beginnt mit dem berüchtigten Empfang im Fort Nummer dreizehn Jilava.

Das Fort gehört zu dem Festungsgürtel, den Karl I. in der zweiten Hälfte des vorigen Jahrhunderts aus Furcht vor den Türken um die rumänische Hauptstadt hatte legen lassen. Warum sich von den Anlagen bloß Jilava bis in unsere Tage erhalten hat und ausgerechnet die Nummer dreizehn führt, weiß ich nicht. Hingegen weiß ich, daß die unterirdische Festung ihre mehrstöckigen Bunker, Munitionshallen, Korridore und Lichthöfe mit zunehmendem Verfall als einer der gefürchtetsten Kerker des Landes galt. Ich lernte das Fort kennen, als es mehr denn je im Rufe stand, die Folterkammer der Nation zu sein.

Der damals übliche „Empfang von Jilava" fand nur nachts statt. Diesem Umstand verdankte ich es, daß ich nach einer Unterbrechung von etlichen Jahren zum ersten Mal wieder den Sternenhimmel sah – ein von Horizont zu Horizont brennendes Feuerwerk, wie nur die Ebenen es bieten. Ich starrte zu den Sternen hinauf, während mich die Wachtposten in die Einfahrt hinabtrieben; ich lief, und von den rechts und links höher wachsenden Erdwällen brüllten sie mir die Richtung zu. Nach etwa dreißig Schritten erblickte ich schräg unter mir, in der Finsternis, eine rote Lichttafel. Ich las: „Fort Nr. 13 Jilava". In diesem Augenblick wurde mir bewußt, wo ich mich befand. Den Himmel sah ich nicht mehr, ich sah nur noch die Lichttafel. Und da mich die Wachen als ersten aus dem mit Eisenblech ausgelegten Zellenkasten des Lastwagens heruntergerissen hatten, wußte ich nun auch als erster, daß ich in den nächsten Sekunden den legendären „Empfang" zu überleben haben würde.

Es begann mit dem Knirschen des Schiebetores aus Stahlplatten, vor dem ich angekommen war. Das Tor öffnete sich dicht vor mir, ohne daß ich es sah. Aber ich fühlte die Kühle des Stahls. Ich tat noch einen Schritt. Auf der Höhe der nun freien Toreinfahrt angelangt, warf ich die Arme über den Kopf. Ohne einen Befehl abzuwarten, rannte ich los – halb nach links, wie mir einmal einer erzählt hatte.

Es war stockdunkel. Das Steingewölbe über mir hallte. Als das Hallen aussetzte, erreichte mich ein warmer Luftzug. Jetzt! dachte ich, und im selben Augenblick sprang mir das Sausen der ausholenden Karabinerkolben, der Leder-, Drahtpeitschen und Holzknüppel entgegen. Ich rannte mit ganzer Kraft mitten in die Schläge hinein. Sie deckten mich sofort von allen Seiten zu. Wer es hier nicht im Sturmlauf schafft – hatte mir derselbe Mann vor Jahren erzählt –, erreicht den ersten Korridor des Réduit niemals. „Wer sich von einem Schlag auf das Nasenbein oder auf die Kniescheiben, auf den Kopf oder die Wirbelsäule aufhalten läßt, gar stürzt oder seitlich auszubrechen versucht, der hat nichts mehr über den ‚Empfang' zu berichten", hatte der Mann gesagt, „sie schlagen dich tot wie einen Hund."

Wie lange das Defilee durch die dröhnende Finsternis gedauert hat, kann ich nicht sagen; schon gar nicht hatte ich daran gedacht, die Schläge zu zählen, die mich trafen. Mit dem Gefühl, es gäbe mich fünfmal, prallte ich in vollem Lauf mit dem Gesicht gegen die Wand eines spärlich beleuchteten Steingewölbes. Ich war gerettet. Ich hatte den Eingang zu den unterirdischen Korridoren erreicht. Den gelben Lichtfleck auf den Steinblöcken über mir habe ich bis heute nicht vergessen – er drehte sich wie ein Kreisel. Ein Unteroffizier, dessen Mützenschild mir bis zum Kinn reichte, packte mich an einem meiner vielen Arme und stieß mich in eine Zelle, auf deren Tür „13 bis" stand. Ich sah noch, wie er zu einem Fußtritt ausholte. Aber ich fühlte nichts mehr.

In der Zelle „13 bis" habe ich dann, allein, drei Tage zugebracht. Tagsüber stand ich bis zu den Knöcheln in braunem Urin, der den Boden bedeckte; in den Nächten durfte ich auf einem der Eisenbetten schlafen; Matratzen oder Decken gab es nicht. Die Wände waren von Schimmelflächen überzogen. In einer Ecke tropfte es. Außer diesem Tropfen hörte ich keinen Laut. Es war Ende Dezember. Zu essen bekam ich nichts.

Am dritten Tag begannen die Schwellungen zurückzugehen; was blieb, waren Blutkrusten und Flecken, die sich seltsam verfärbten.

Gegen Abend dieses Tages holte mich der Unteroffizier aus der Zelle. Er führte mich kreuz und quer durch die Gänge und stieß mich mit dem gleichen geübten Griff wie drei Tage vorher – diesmal fühlte ich, daß er meinen linken Oberarm gepackt hatte – in die Zelle mit der Nummer 139. Die Eisenriegel flogen hinter mir zu, der Schlüssel knarrte, die Schritte des Unteroffiziers entfernten sich.

Zunächst kam mit den Körperdünsten der etwa dreihundert Männer geballte Wärme auf mich zu; sofort fühlte ich, wie die Schlagstellen am ganzen Körper zu jucken begannen. Ich blickte in den fünfzig Meter langen, auf beiden Seiten mit doppelstöckigen Betten ausgestatteten Gewölbetunnel hinein, der von zwei Glühbirnen in Drahtnetzen beleuchtet wurde. Die Männer saßen in Gruppen am Boden, hockten an die Wände gelehnt oder standen zwischen den Betten und unterhielten sich leise miteinander. Keiner von ihnen sah mich auch nur mit einem Blick an. Aha, dachte ich erleichtert, das sind also lauter alte Hasen ...

Ein Mann stand plötzlich neben mir. Er war von hinten auf mich zugetreten. Als ich ihn ansah, schien mir, als veränderte sich sein Gesicht. Er starrte mich einige Sekunden lang an, dann winkte er kurz mit dem Kopf, führte mich zu einem Bettgestell, zeigte hinauf und kehrte mir sofort den Rücken zu. Ich blickte ihm nach, wie er zur Tür ging, sich an die Wand lehnte, die Arme verschränkte und ein Bein über das andre schlug. Während ich die Jacke auszog, zögerte ich. Er hat ein Gesicht, dachte ich, das wie von unmenschlicher Anstrengung zusammengebündelt aussieht, und als er neben mir stand, hatte er sich bis in die Schläfen hinauf verfärbt, er war grau geworden wie die Steine über uns. Ich legte die Jacke auf das Bett und sah immer noch zu dem Mann hinüber. Er blickte durch mich hindurch.

Da in der Zelle genau doppelt so viele Häftlinge wie Betten waren, mußten immer zwei Männer eine Schlafstelle teilen. So kam es dazu, daß ich in dem Bett, das mir der Mann gezeigt hatte, sechs Monate lang zusammen mit Trifa schlief. Und da es keinerlei Bettzeug gab, nicht einmal Decken, war die Körperwärme des Bettgenossen eine willkommene Wärmequelle. Trifa war ein Zigeuner, etwa dreißig Jahre alt und vom Scheitel bis zu den Fußspitzen braun wie Schokolade. Sooft er grinste, war sein weißes Gebiß zwischen den dicken Lippen zu sehen; dann wirkte er noch brauner.

An den Abenden, wenn ich ins Bett hinaufkletterte, lag Trifa schon oben. Er hielt die Arme geöffnet, zeigte sein Gebiß und zog mich in die Backofenwärme seines Zigeunerkörpers. Da er sich meinen Namen nicht merken konnte, nannte er mich „domnule neamţ", „Herr Deutscher". Sein Körper roch nach dem Rauch, den er von Kind auf im Zelt seiner Sippe eingesogen hatte; diese Männer rochen immer so, auch in den Jahren der Haft verloren sie diesen Geruch nicht. Ich habe das halbe Jahr an Trifas braunhäutiger Zigeunerbrust sehr gut geschlafen. Bis auf wenige Nächte. Aber davon berichte ich später.

Schon am nächsten Morgen hielt ich Ausschau nach einem Platz, wo ich meine Spaziergänge ungestört machen konnte. Ich war froh, als ich sah, daß sich niemand auf der Mittellinie des Tunnels zwischen der Tür an der einen und dem Lichtloch an der andern Schmalseite aufhielt. Das waren, wie ich feststellte, genau dreiundsechzig wohlabgemessene Schritte; beim letzten machte ich jedesmal eine Kehrtwendung nach links, ohne den Schrittrhythmus zu unterbrechen. Das Gehen wirkte entspannend und ablenkend; schon nach den ersten hundert Schritten begann es mich zu beruhigen.

An einem Punkt aber meiner Wege durch die Zelle 139 stellte sich schon am ersten Tag jedesmal deutlich eine spürbare innere Anspannung ein, und zwar während der letzten Schritte vor der Tür. Ich kam dort, bei der Kehrtwendung, dem an der Wand neben dem Türstock lehnenden Mann ziemlich nahe. Da er, wie ich bald erfahren hatte, der Zellenchef war, durfte er als einziger sich in Türnähe aufhalten; von seinen kurzen Gesprächen mit den Wachen, sooft die Tür geöffnet wurde, verstand keiner von uns ein Wort. Außer mit den Wachen unterhielt er sich mit niemandem.

Doch meine Spannung rührte nicht daher.

Zuerst fiel mir der Blick des Mannes auf – er wich mir aus; sobald ich aber die Kehrtwendung hinter mir hatte, fühlte ich, daß er mich sofort suchte. Das reizte mich, meinen Weg auf keinen Fall um die letzten Schritte auf dieser Seite der Zelle abzukürzen. Vor jeder Kehrtwendung sah ich dem Mann aus einem Meter Entfernung in die Augen; er hatte eine auf unübersehbare Weise in ihrem oberen Teil verformte, fast verkrüppelte Nase. Es gehört zu den Merkwürdigkeiten der Vorfälle in der Zelle 139, daß mir sehr bald klar wurde, wie ich mit steigender Neugier, ja, mit Begierde den Mann mit meinen Blicken abtastete – als gäbe es etwas an ihm, das, einmal wahrgenommen, alles weitere erklärte. Immer wieder war es die knotige Mißbildung des Nasenbeins, die mich beschäftigte. Die Beobachtung beunruhigte mich mehr als mir angenehm war.

Am zweiten Tag meiner Spaziergänge – sie währten, mit Unterbrechungen während der Mahlzeiten, vom Morgen bis zum Abend – konnte ich die einzelnen Männergruppen den Geruchzonen nach unterscheiden. Ohne hinsehen zu müssen, fielen mir jedesmal die Züge der dazugehörenden Gesichter und der Klang der Stimmen ein. Unter ihnen besonders das Gesicht eines etwa Vierzigjährigen. Seine Füße waren mit einer Kette aneinandergefesselt, in deren Mitte eine Eisenkugel von der Größe dreier Fäuste befestigt war. Der Mann hatte ein verwildert-verwegenes Gesicht und sah mich manchmal kurz mit offenem, furchtlosem Blick an. Ich bemerkte, daß immer ein paar Männer bei ihm saßen. Ich hörte ihn selten mit ihnen sprechen, doch sooft er es tat, schwiegen sie. Gegen Abend dieses zweiten Tages ging der Mann wenige Schritte vor mir zum Latrinenschaff in der hintersten Ecke des Zellentunnels. Ich staunte über die tänzerische Leichtigkeit, mit der er die schwere Kugel zwischen den Füßen fortbewegte – er ließ sie bei jedem Schritt mit einem kurzen, genau bemessenen Schwung so auf den Steinboden prallen, daß sie von selbst in den nächsten Schritt hineinsprang. Er mußte gespürt haben, daß ich ihn von hinten anblickte, denn er blieb stehen und wendete sich um. Als er meine Augen auf die Kette und die Kugel gerichtet sah, nickte er mir zu und ging weiter.

Erst am dritten Tag meiner Spaziergänge gelang es mir, durch die unausgesetzte Beachtung meiner „Gehvorschriften" – Ellenbogen auf dem Rücken zusammengelegt, Schultern nach hinten gedrückt, nach jeder Kehrtwendung lockernde Bewegungen – die Schlagschmerzen in der Nierengegend und am Hinterkopf soweit zu beherrschen, daß ich wußte, es würde nun bald vorbei sein; mein Gang wurde geschmeidiger, mein Kopf klarer.

An diesem dritten Tag wurde mein Spaziergang unterbrochen.

Ein zierlicher, ungefähr siebzigjähriger Mann stand vor mir, gerade als ich unter dem Lichtloch angekommen war. In der hier im Vergleich zum Innern des Tunnels um einiges größeren Helligkeit fielen mir zuerst seine ungemein schmalen und kleinen, in der Zeichnung sehr klaren Hände auf, die kaum merklich zitterten. Er verneigte sich kurz und sagte: „Gestatten Sie, mein Name ist Braha, Dr. Braha." Er hatte Hängebacken und einen fein geschnittenen Mund; die viel zu große Häftlingsmütze bedeckte ihm Ohren und Stirn; seine lebhaften dunklen Augen sahen mich fast zutraulich an. „Es ist mir eine Ehre, Herr Doktor Braha", sagte ich, „ich heiße Rolf Kaltendorff." Er riß den Kopf hoch und starrte mich an, dann flüsterte er: „Ich habe es also erraten!" „Sie haben es erraten?" „Ja", sagte er jetzt auf deutsch, „ich hab's erraten, Sie sind Deutscher." „Ja", sagte ich. Der kleine Doktor verneigte sich. „Ich danke Ihnen, mein Herr", sagte er; noch ehe ich etwas antworten konnte, hatte er sich umgewendet und war mit raschen Schritten weggegangen. In einer der dunklen Lücken zwischen zwei Bettgestellen verschwand er.

Ich setzte meinen Weg fort. Als ich die Kehrtwendung vor der Tür machte, hatte ich zum ersten Mal das Gefühl, als sähe mich der Zellenchef an. Als ich den Kopf hob, blickte er zur Seite. –

Es vergingen vier Tage, ohne daß ich den zierlichen Doktor wieder zu Gesicht bekommen hätte. In diesen vier Tagen sprach ich außer mit Trifa mit niemandem; und wenn Trifa an den Abenden vor dem Einschlafen redete, dachte ich unwillkürlich an die helle Stimme des Doktors und wünschte mir, er würde mich bald wieder ansprechen. Eine Woche, nachdem ich die Zelle betreten hatte, stand er zum zweiten Mal vor mir.

„Erlauben Sie, Herr Kaltendorff", sagte er, lächelte freundlich und nahm mich am Arm, „ich darf Sie doch ein Stück begleiten?" „Gerne", sagte ich. Wir schritten Arm in Arm der Türe zu. Je näher wir ihr kamen, umso kleinere Schritte mußte ich machen, denn ich meinte zu bemerken, daß der alte Herr Mühe mit dem Gehen hatte. Während der Kehrtwendung vor der Tür konnte er mir kaum folgen, er hing wie gelähmt an meinem Arm. Wenige Schritte danach hörte ich ihn tief aufatmen; mit einem Druck auf meinen Arm zog er mich rasch ans andre Ende der Zelle. „Herr Kaltendorff", sagte er erregt und blieb stehen, „Sie haben es anscheinend noch nicht gemerkt, daß Sie hier der einzige Mensch sind, der sich Buby nähert?" „Buby?" fragte ich, „wer ist das?" Mit einer Kopfbewegung zeigte der Doktor zur Tür: „Der Zellenchef ... Nur Gordan weiß, wer er ist", sagte er, „aber seit Gordan kurz nach ihm in die Zelle kam, ihn stellte und dafür bezahlen mußte, fürchten ihn alle. Doch Gordan schweigt, er sagt nicht, woher er ihn kennt, nur den Namen ‚Buby' hat er uns genannt." „Verzeihung", sagte ich jetzt, „Sie müssen mir sagen, wer Gordan ist, Herr Doktor Braha." „Der Hirte mit den Ketten und der Zehn-Kilo-Kugel an den Füßen", sagte der Doktor, „er ist zu dreimal ‚lebenslänglich' verurteilt, hat einige Ausbrüche hinter sich und gilt als der ‚schwerste' Mann im Fort. Gordan sprengte im Alleingang mehrere Male die Erdölleitungen, die von Ploieşti hinüber zu den Sowjets gelegt wurden. Er soll, als sie ihn fingen, fünf Offiziere von der Sicherheit zusammengeschlagen haben, zwei starben an den Folgen ... Ich darf Sie sehr bitten, Herr Kaltendorff, solange ich das Vergnügen haben werde, Sie zu begleiten, sich der Tür – ich meine Buby nicht mehr zu nähern!"

Auch dies gehört zu den Seltsamkeiten der Ereignisse in der Zelle 139, daß mich die Bitte des Doktors mit einem Mal kalt werden ließ. Ich sagte: „Bitten dürfen Sie mich, Herr Doktor Braha, aber ich sehe keinen Grund, es trotzdem nicht zu tun. Wenn ich Ihnen dafür eine Erklärung geben muß: es gibt da etwas, was mich beschäftigt. Ich will wissen, was es ist." Und seltsam war auch dies, daß der Doktor mich nun mit einem Blick ansah, als wollte er sagen: Ich habe es nicht anders erwartet! „Kommen Sie", sagte er und hakte sich unter, „gehen wir."

Dr. Braha war ein außergewöhnlich weltgewandter und belesener Mann. Sein akzentfreies Deutsch war flüssig, die

Anwendung des Genetivs ohne Fehler, auch als er sagte: „Während meines langjährigen Aufenthaltes als Student und später als Diplomat in Paris . . ." Mitten in unser Gespräch hinein — der Doktor hatte über die Stelle aus Rilkes Duineser Elegien gesprochen, an der es heißt: „Überholt und spät, so drängen wir uns plötzlich Winden auf . . ." — fragte er mich mit einem schnellen Seitenblick und in verändertem Ton: „Sagen Sie, Herr Kaltendorff, Sie haben doch auch, wie alle hier, den ‚Empfang' hinter sich bringen müssen?" Er hatte das so vorsichtig gefragt, so unüberhörbar behutsam, daß mir die Spannung nicht entgehen konnte, die in seiner Frage lag — so, als hinge von meiner Antwort sehr viel ab. „O ja", sagte ich, „selbstverständlich, der gehört doch zu Jilava."

Er atmete, wie mir schien, erleichtert auf, nickte heftig und machte eine Bewegung mit der Hand, die auf meinem Arm lag und leicht zitterte. Als wir die Kehrtwendung unter dem Lichtloch machten, fiel mir wieder die klare Zeichnung dieser Hand auf. „Und Sie haben", fragte er, „trotzdem keinen Tag Bettruhe nötig gehabt? Die Wachen hätten es Ihnen erlaubt. Ich meine, Sie mußten sich nach dem ‚Empfang' nicht erholen? . . ." „Erholen?" fragte ich, „nein. Aber warum fragen Sie mich danach? Ach so", unterbrach ich mich, „ich bin anschließend noch drei Tage auf ‚13 bis' gehalten worden; ich war dort allein und hatte Ruhe, um das Ärgste zu überwinden . . ." Der Doktor blieb stehen, hob die Hand von meinem Arm und sah mich entsetzt an. „Was sagen Sie?" flüsterte er, „auch noch ‚13 bis'? . . . Das wußten wir nicht, nein . . ." Er ließ mich stehen, ohne die übliche Verbeugung gemacht zu haben. Während er auf die Lücke zwischen den Bettreihen zueilte, wendete er sich noch einmal kurz um.

Es gab keinen Grund für mich, lange über Dr. Brahas sonderbares Verhalten nachzudenken; ich hatte in den zurückliegenden Jahren einiges erlebt, worüber den Kopf zu zerbrechen ich mir abgewöhnt hatte. Aber der Blick, der mich bei der nächsten Kehrtwendung vor der Türe traf, ließ mich frieren. Ich unterbrach meinen Spaziergang zum ersten Mal lange vor Abend. Das war Haß, dachte ich, indem ich zu meiner Bettstelle ging. Es war eigenartig, daß ich das verstand, ohne eine Erklärung zu haben. –

Trifas Brutwärme tat an diesem Abend besonders gut. Der Schweiß- und Rauchgeruch seines Körpers erinnerte mich aus irgendeinem Grund an meine Kindheit – ach ja, die Geigen waren es, die mein Vater von den Zigeunern gekauft hatte; auch an ihnen haftete dieser Geruch.

Aber Trifa wollte an diesem Abend nicht wie sonst in ansteckender Selbstgenügsamkeit einschlafen. „Die spinnen, domnule neamţ", flüsterte er hinter mir, als ich mich mit dem Rücken an seine Brust gelegt hatte, „gescheit sind sie, o ja, und wie! Aber sie sind einfältig, sie leben mit dem Kopf in den Wolken..." „Von wem redest du, Trifa?" fragte ich. „Von wem?" schnaufte er, „ha, von Ihren Freunden, domnule neamţ. Von diesen Doktoren und Professoren und Generalen und Philosophen, über die hier alle mit dem Hintern lachen, mit dem Hintern, sage ich Ihnen... Pah, spielen die Minister!" Trifa barst fast vor Verachtung.

„Seit wieviel Jahren sitzt du eigentlich?" fragte ich. „Seit sechs, domnule neamţ. Aber meine Sinne – wenn Sie das meinen –, die habe ich noch alle beisammen, das können Sie mir glauben." „Und warum sitzt du?" „Warum ich sitze? Wegen einem Wahsinnigen! Bei Gott, der Kerl war nicht bei Trost. Doch mir gleich acht Jahre aufzubrummen, nein, das war eine Sauerei, weil ja im Grunde diese Großkopfeten Schuld an dem ganzen Unglück hatten. Wissen Sie, ich bin von Beruf Sprengmeister; aber da muß ja nun überall gespart werden, auch Personal, und so mußte ich auf einer Baustelle zusätzlich auch den Lokführer machen – Lokführer, stellen Sie sich das mal vor! Vergebens erklärte ich, das kommt nicht in Frage. Und da ist mir doch der Narr mit meiner Lok eines Tages weggefahren und hat sich und zwei andere umgebracht. Na ja, und da habe ich meinen Buckel dafür hinhalten müssen. Und das war auch so ein übergescheiter Professor wie Ihre Minister und Philosophen." „Ich kenne keinen Minister, Trifa", sagte ich, „beruhige dich also." „Jetzt lügen Sie, domnule neamţ, oh, wie Sie jetzt lügen. Den ganzen Tag sind Sie mit diesem kleinen Hampelmann von Minister auf und ab spaziert. Hat er Sie nicht auch schon zum Minister gemacht, he?" „Sag mal, Freund", fragte ich, „sitzt du seit sechs Jahren hier in Jilava, unter der Erde?" „Gott bewahre", flüsterte er, zog rasch die Hand von meinem Arm, und ich fühlte, wie er ein Kreuz vor seinem Gesicht schlug, „hier bin ich erst seit drei Monaten, und wenn mir der liebe Gott hilft, komme ich aus dieser steinernen Nacht auch bald wieder raus. Vielleicht in die Gemüsegärten der Offiziere, zur Arbeit." Ich schwieg. Aber nach einigen Minuten fing Trifa wieder an: „Was die alten Scheißer bloß wollen? ... Freiheit! Vaterland! Menschheit! Nicht daß ich lache, ich platze vor Lachen." Er kicherte mir seinen heißen Atem in den Rücken. Ich stupste ihn mit der Schulter an die Nase. „Domnule neamţ", sagte er aufgeregt, „jetzt hören Sie mir gut zu. Obwohl man mit Ihnen reden kann, sind Sie auch einer von diesen Übergescheiten. Ich will Ihnen jetzt sagen, worum es hier für uns geht. Das ist nicht das Gelabber, das den Alten aus den Mundwinkeln rinnt. Nein, worum es hier geht, das sind ganz andere Dinge. Das will ich Ihnen jetzt sagen. Zum Beispiel, mit wieviel Schweinen meine Frau mich betrügt, während ich hier am Tag zehnmal vor Angst verrecke; unter wievielen sie die Beine spreizt und ihnen ins Ohr flüstert, daß sie von mir niemals so befriedigt worden ist wie von ihnen, von wievielen sich das Luder mit den Madonnenaugen schwängern läßt, und was für stinkende Ausreden sie sich zurechtlegt, wenn sie hört, daß ich nach Hause kommen werde..."

„Trifa", sagte ich, „warum bespuckst du dich?" Aber er

schwieg nicht, er fauchte hinter mir: „Das, domnule neamţ, das sind meine Sorgen, und geben Sie es doch zu, es sind auch Ihre. Weil ich noch alle Sinne beisammen habe, passe ich wie der Teufel auf, wo ich hier ein Stück Brot oder einen volleren Teller ergattern kann. Nicht wie Sie! Herumstolzieren wie sein eigenes Denkmal, sich was vormachen. Als ob Ihnen das was hilft . . ." „Trifa", sagte ich, „ich will hier lebend hinauskommen. Einer wie du hilft mir dabei nicht." Gleichzeitig wurde mir bewußt, daß ich meine plötzliche Erregung nur mit Mühe unterdrückte.

Ich schlief in dieser Nacht wenig und schlecht. Ich hörte die Männer schnarchen, einzelne stöhnen und andere sich auf den nach faulem Stroh stinkenden Matratzen herumwälzen. Jeder quälte sich auf seine Art im Schlaf, mit den Nächten unter den Steingewölben fertig zu werden; es waren einige Tausend, die es in dem unterirdischen Fort versuchten, das den Namen eines hübschen, malerischen Bauerndorfes trägt. Ich lag auf dem Rücken und sah die graue, einen Meter über mir liegende Gewölbedecke an; über ihr häuften sich fünf Meter Erde. Und plötzlich mußte ich alle Kraft aufbieten, die Gespenster zu verjagen, die mit den Schnarchlauten, mit dem Stöhnen und Wimmern wie aus einem einzigen geschundenen Leib wuchsen und von allen Seiten nach mir griffen. –

Am nächsten Morgen – ich hatte die Zelle erst einmal durchwandert – stand plötzlich der Zellenchef vor mir. Ich spürte die Kälte, noch ehe ich ihn sah; sie war von einer aufreizenden Herausforderung, die mir das Blut in den Kopf trieb. „Ich empfehle Ihnen, der Tür nicht mehr so nahe zu kommen", sagte er und blickte an mir vorbei. „So", sagte ich, „Sie empfehlen mir das . . ." „Ich kann es Ihnen auch befehlen", sagte er und sah mich kurz an. „Ach so", sagte ich, „ich beginne zu verstehen." Wieder fühlte ich beim Anblick seiner mißgebildeten Nase, wie die Spannung in mir wuchs.

„Hören Sie mir jetzt genau zu", sagte ich, „ich bin in einigen Dutzend Zellen und Gefängnissen herumgekommen, ich weiß, was es mit Leuten Ihres Schlags auf sich hat. Dies, damit Sie sich keine falschen Vorstellungen machen – außerdem stört es Sie nicht, daß ich der Tür zu nahe komme. Aber da gibt es etwas, woran ich mich erst erinnern muß, und das wissen Sie . . . Gehen Sie mir aus dem Weg!" Ich ging an ihm vorbei.

Meine Kehrtwendung machte ich in der Folge einen Meter vor ihm. Aber etwas von der Spannung, die mich bisher immer nur einige Schritte vor der Tür befallen hatte, blieb nun. Das hatte nichts mit seiner Aufforderung zu tun, nein, meine Spannung entsprang, stärker noch als bisher, meiner Neugierde, Gewißheit über diesen Mann zu erhalten. Gleichviel, wie diese aussehen mochte, ich wünschte sie mir.

Ich sah Dr. Braha unter dem Lichtloch auf mich warten.

Doch ehe ich ihn erreichte, hörte ich von einem der letzten Bettgestelle das Klirren der Kette und das Aufschlagen der Eisenkugel auf mich zukommen. Ich wendete mich nach rechts. Vor mir stand Gordan.

Der Mann war von einer Breitschultrigkeit, wie ich sie bei keinem Menschen gesehen hatte, und in den Lenden schmal wie eine junge Tanne; aus der Nähe sah sein Gesicht noch wilder aus. „Herr", sagte er mit einer Stimme, die mich gefangennahm, „bedenken Sie alles gut, bevor Sie sich mit ihm anlegen. Wenn Sie es tun, scheut er kein Mittel. Ich hab's einmal getan, seither schweige ich. Nein, ich schweige nicht wegen der Ketten an den Füßen. Ich schweige, weil ich an meine Mutter denke . . . Er", Gordan blickte zur Tür hinüber und hob leicht das Kinn, „er und ich, wir kennen uns. Er wird frei – ich nicht. Ich kann meine Mutter und meine Schwester nicht beschützen vor ihm. Er ist imstande, auch über sie herzufallen. Der feigste Wolf ist der gefährlichste . . ." Der Hirte sah mich mit einem

Blick an, der mir bis ins Mark ging. „Kennen auch Sie ihn?" fragte er. „Nein", sagte ich, „nein, erst nahm ich es an, aber das ist wohl falsch . . ." „Aber es läßt Ihnen keine Ruhe? Dann hat das seinen Grund", sagte er, „wenn es Ihnen keine Ruhe läßt, hat es seinen Grund, Herr."

Ich sah ihm nach, wie er im Klirren der Kette und im Knallen der Eisenkugel, eingehüllt wie in Musik, zum Bett hinüberging. Ich verstand, wieso die Männer schwiegen, wenn dieser Hirte sprach.

Als ich das Lichtloch erreicht hatte, fiel mir gleich auf, daß Dr. Braha anders war als sonst. „Herr Kaltendorff", sagte er und verneigte sich knapp, „Sie werden mir, ich bitte Sie darum, heute einen Augenblick länger als sonst Gehör schenken." „Ich tue es gerne", sagte ich. „Herr Kaltendorff, ich habe die Ehre, Ihnen im Namen meiner Freunde einiges vorzutragen. Sie gestatten?" Er faßte meinen Arm; wir schritten durch die lange Zelle – durch die Geruchzonen, durch das gleichmäßige Gesumme der Stimmen, auf die dunkle Tür an dem einen und auf den hellen Lichtfleck am andern Ende des Tunnels zu.

„Wir haben uns erlaubt", begann der Doktor, „Sie vom ersten Tag Ihres Aufenthalts in dieser Zelle zu beobachten; ich hatte außerdem das persönliche Vergnügen, mich einige Male mit Ihnen zu unterhalten. Ich darf Ihnen sagen, daß ich darüber berichtet habe . . ." Er blieb stehen, sah mich ernst an, und nach einigen Sekunden sagte er fast feierlich: „Gott hat Sie uns geschickt." Ich schwieg abwartend. „Herr Kaltendorff, es ist nicht nötig, daß Sie uns etwas verschweigen." Aha, dachte ich, darauf läuft's also hinaus, dann versicherte ich dem Doktor, das ich das nicht getan habe, sofern unsere Gespräche einen solchen Punkt überhaupt berührt hätten; aber ich verstünde nicht, sagte ich . . . Er unterbrach mich. „Ich weiß, mein Herr", sagte er, nahm mich am Arm, und wir gingen weiter, „ich weiß, niemand hat das Recht, dem andern den Fußbreit Boden, die Spanne

Lebensgrund zu nehmen, auf der er hier steht, um durchzuhalten, ich weiß das. Mein Freund Călinescu, der Sprachwissenschaftler, den Sie kennen und schätzen lernen werden, hat sechs Jahre lang allein in einem Raum dieser Festung leben müssen – eingemauert . . . Meinem Freund Dr. Bondarciuc, dem Armeegeneral – auch ihn werden Sie kennen und schätzen lernen –, haben im Dunkel die Fingernägel und die Haare zu wachsen aufgehört; er war acht Jahre lang eingemauert . . . Was weiß einer, der ähnliches niemals erfahren mußte, was in solchen Menschen vor sich geht? In diesem Fort des Grauens, in den Massengräbern des Réduit, sind die Toten lebendig, Herr Kaltendorff, keiner hat sie je gezählt, aber ebensowenig kann einer die Macht ermessen, die sie auf die Lebenden ausüben. Vielleicht, nein mit Sicherheit sieht das, was draußen geschieht, anders aus, als es sich einer hier vorstellen kann und darf. Wir wissen aber – um mit einem Ihrer geschätzten Dichter zu sprechen – von der Gebrechlichkeit alles Menschlichen, und daher, meine ich, sind die Menschen draußen in der Gebrechlichkeit ihres Denkens und Tuns zumindest ebenso fragwürdig wie wir hier in der Unwirklichkeit unseres Ausgesetztseins. Die sogenannte Wirklichkeit, die Wahrheit?" Er blieb stehen, sah mich lange an und schüttelte dann den Kopf: „Nur der Unmündige, den das Grauen nicht reifte, nur der verwöhnte Rohling bringt es fertig, sie selbstgerecht über alles zu stellen. Was wir nicht mit Liebe tun, mein verehrter Freund, wird in unseren Händen zum Tötungswerkzeug, sei es noch so wirklichkeits- und wahrheitsnah."

Ich sah den Doktor immer noch abwartend an, ich verstand seine Abschweifung nicht. Die paar Handbewegungen, mit denen er seine Sätze an einigen Stellen begleitet hatte, waren sicher und genau gewesen, so wie vor Tagen, als er über Rilke gesprochen und die zehnte Elegie in einem Ton aufgesagt hatte, als führte er ein Gespräch mit einem Vertrauten an einem warmen Herbstnachmittag in einem Bukarester oder in einem Pariser Park.

„Ich wollte Ihnen durch nichts zu nahe treten", sagte ich, „verzeihen Sie, wenn ich es unwillentlich tat. Aber ich bitte Sie trotzdem, mir zu sagen, was ich Ihnen denn verschwiegen haben könnte, und – wem Sie über mich berichtet haben; ich denke, Sie verstehen hier etwas falsch . . ."

Wieder unterbrach er mich, und als er diesmal zu sprechen begann, war in seinen Augen etwas, das Bitten und Fordern zugleich ausdrückte. Beides so unausweichlich, daß es mich verwirrte. Aber ich wußte, daß er nun auf meine Frage antworten würde. „Mein Herr", sagte der Doktor, „obgleich Sie es aus verständlichen Gründen verheimlichen, besteht sowohl für meine Freunde wie für mich nicht der geringste Zweifel daran, daß Sie im letzten Krieg Offizier in außergewöhnlicher Stellung waren – und das nicht auf der Seite derer, die uns eingekerkert haben . . ."

Eine Sekunde lang empfand ich über diese Wendung des Gesprächs fast Zorn, dann lachte ich auf, nahm den Doktor am Arm und setzte den Spaziergang fort. „Nein, Herr Doktor Braha", sagte ich, „lassen wir doch den Unsinn dieser psychotischen Zellenvermutungen! Was wollen Sie mit dem Scherz? Nein, ich bitte Sie! Außerdem, wäre ich Offizier gewesen, ich sähe keinen Grund, es zu verschweigen. Warum auch? Sie wissen ebensogut wie ich, daß unser leisester Seufzer hierzulande höheren Orts aktenkundig ist. Nein, ich war nicht Offizier, ich war nicht einmal im Krieg. Ich bin zweiunddreißig Jahre alt. Ich war noch nicht vierzehn, als der Krieg zu Ende ging. Aber wie kommen Sie denn darauf . . ." „Herr Kaltendorff", sagte der Doktor, als sei er nicht unterbrochen worden, „Sie haben mich nicht aussprechen lassen." Und nun setzte er die Wörter nebeneinander wie zerbrechliche, kostbare Gegenstände: „Ich wollte Ihnen noch sagen, daß Sie Offizier in einer Elite-Einheit des deutschen Heeres waren."

Ich lachte nicht mehr. Ich blieb jäh stehen und sah dem Doktor in die Augen. Ich überlegte, was das sollte. Haben die fünfzehn Jahre im Kerker dem Doktor den Verstand zerrüttet? dachte ich. Wieder kam er mir zuvor. „Ich habe den Auftrag", sagte er sachlich, „Sie im Namen meiner Freunde und Kollegen darum zu bitten, heute Nachmittag um achtzehn Uhr an unserer Sitzung teilzunehmen; das Kabinett wird vollzählig zugegen sein. Die Sitzung findet im Salon zwischen den Betten siebzig und zweiundsiebzig statt. Aus Sicherheitsgründen sind wir leider genötigt, die Räumlichkeiten häufig zu wechseln. Mein Herr, Sie werden uns nicht enttäuschen!" Er verneigte sich. Im Weggehen kehrte er mir das Gesicht zu, blieb stehen und sagte mit veränderter Stimme: "Wir sprachen doch vor kurzem über Rilke. Entsinnen Sie sich der Fortsetzung der besprochenen Stelle? Ich darf sie Ihnen sagen, Herr Kaltendorff: ‚Und irgendwo gehn Löwen noch und wissen, solang sie herrlich sind, von keiner Ohnmacht . . .'" Er verneigte sich noch einmal und ging.

Ich gebe zu, daß ich mir diesmal über Dr. Brahas Äußerungen einige Gedanken machte. –

Beim Mittagessen saßen Trifa und ich im Türkensitz auf dem Bett einander gegenüber und verzehrten den dünnen Gerstelbrei. In der Zelle war nichts als das Klappern der Löffel an den Näpfen zu hören – ein Riesenorchester, das Blechgerassel und Schmatzlaute hervorbrachte. Trifa wünschte mit einer fragenden Kopfbewegung zu wissen: was ich denn am Vormittag so getrieben hätte? Durch ein Verziehen der Mundwinkel gab ich ihm zu verstehen, daß er das sehr wohl wisse und jetzt bloß seinen Zorn darüber los werden wolle, daß ich nicht mit ihm in einer Ecke gehockt, sondern mich wieder mit dem Doktor unterhalten hatte. Als Antwort machte er eine Handbewegung, die grenzenlose Verachtung ausdrückte, fast im selben Augenblick aber hob er mir besänftigend die Hände entgegen. Ich ließ die drohend erhobene Hand sinken. Wir aßen weiter. Nach einiger Zeit stieß er mich mit den Zehenspitzen an und zeigte mit den Augen zur Tür. Dort stand der Zellenchef und schob sich den Löffel in den Mund; er hatte die Mütze neben sich auf den Boden gelegt. Mir fiel zum ersten Mal auf, daß er schlank und gutgewachsen war; ohne den Grund zu wissen, sah ich gespannt zu ihm hin. Da stieß Trifa mich wieder an, er kniff die Augen zu und knirschte mit den Zähnen. Ich nickte, ich weiß – ein Schwein. Trifa riß die Augen kurz und erschrocken auf und legte sich den Zeigefinger auf den Mund. Ich nickte wieder und kippte mir den Rest der Gersteln in den Mund, warf ihm den leeren Napf zu und sprang vom Bett. Da packte er mich von hinten am Arm; als ich mich umwendete, sah er mich mit einem flehenden Blick an, er hatte sich die Hand auf die linke Brustseite gelegt. Ich lachte und streckte ihm die Hand hin. Er grinste dankbar – nein, ich würde ihn nicht verpfeifen, klar, domnule neamţ, wir sind doch Freunde! Dann begann er meinen Napf hingebungsvoll auszulecken.

Als die Blechnäpfe, zu Türmen gehäuft, hinausgereicht worden waren, stand der Zellenchef noch eine lange Zeit zwischen den beiden uniformierten Wachen vor der offenen Tür und sprach mit ihnen. –

Um achtzehn Uhr fand ich mich vor der Bettlücke siebzigzweiundsiebzig ein. Der Doktor wartete; er bat mich, „einzutreten".

Im Halbdunkel der schmalen Öffnung zwischen den Eisengestellen saßen neun alte Männer einander gegenüber. Ich sah ihnen trotz ihrer Häftlingskleidung sofort an, daß sie alle einst in übergeordneten Rängen tätig gewesen waren. Der Doktor erhob sich vom Bettrand; er nickte mir zu und bat die Herren, sich von den Plätzen zu erheben. „Geehrter Herr Kaltendorff", sagte er, „gestatten Sie mir, mich meiner Muttersprache zu bedienen." Auf rumänisch wendete er sich an seine Freunde: „Meine Herren Minister, ich darf Ihnen Herrn Rolf Kaltendorff vorstellen!"

Ich zwängte mich ganz in die Lücke und reichte den Männern die Hand. Ihre Hände fühlten sich trocken, einige welk und kalt an. Die Bekanntmachung verlief unter peinlicher Beachtung der Formen. Es befanden sich, wie ich erfuhr, zwei ehemalige Universitätsprofessoren, ein Großindustrieller, ein ehemaliges Mitglied der wissenschaftlichen Akademie, ein Arbeiter, ein Armeegeneral und zwei seinerzeit berühmte Schriftsteller unter ihnen. Im Zusammenhang mit Titeln wie „Kultusminister", „Wirtschaftsminister" oder „Finanzminister" hörte ich Namen, die ich mir erst später einprägte; als ich einem breitschultrigen Mann mit in die Augen hängenden Lidern vorgestellt wurde – er war, wie ich hörte, zweiundachtzig Jahre alt –, sagte Dr. Braha: „Der Herr Ministerpräsident." Dr. Braha, das fiel mir gleich auf, war der jüngste unter ihnen. Sie waren alle seit fünfzehn Jahren eingekerkert; und alle waren sie nach dem Krieg wegen „potentiell unproletarischer Gesinnung" zu „lebenslänglich" verurteilt worden.

Der Doktor bat mich, Platz zu nehmen, er lud auch die Herren ein, sich zu setzen, und eröffnete, wie er sagte, die „dreihundertundelfte außerordentliche Sitzung des Kabinetts für die Stunde der Volksbefreiung aus Schmach und Unterjochung." In dem Gesumme, das die Zelle füllte, hörte ich ihn dann, zu mir gewendet, ungefähr folgendes sagen:

Die Herren Kabinettsmitglieder hätten seit mehr als einer Woche die Ehre, mich beobachten zu dürfen; und sie hätten dies – wofür er mich um Verständnis bat – sehr angelegentlich getan. Dabei seien sie mit wachsendem Erstaunen, ja, mit Bewunderung zur Feststellung gekommen, daß ich trotz durchstandenen „Empfangs", mehr noch, trotz der Hölle in „13 bis", schon am ersten Tag nach meiner Einlieferung in die Zelle 139 in korrektester körperlicher Konduite, in unanfechtbarer Selbstdisziplin die auch für einen

Mann meines jugendlichen Alters kaum erträglichen Schmerzen unterdrückt habe. Ja, ich habe diese, dank meiner Contenance, in eine „Manifestation von Willen und Luzidität", wie er sich ausdrückte, umgesetzt. Die während der verflossenen Tage von ihm im Auftrag mit mir geführter Gespräche – erlesene Gelegenheiten geistiger Regenerierung – hätten außerdem meine ausgreifende Bildung, vielschichtigen Kenntnisse und meinen aufrechten Charakter bewiesen. Daß ich als Offizier – sie vermuteten sicherlich richtig, wenn sie in mir einen Generalstäbler sähen – in einer der bravourösesten Armeen aller Zeiten gedient hätte, sei ein Glücksfall, der für sie, freilich, einer höheren Fügung entspränge.

Ich hatte mich längst an das düstere, die Umrisse leicht verwischende Grau gewöhnt, und während der Doktor sprach, sah ich mich unter den Versammelten um. Sie saßen aufrecht und mit Würde da. Die Flächen ihrer alten, von den Jahren in den unterirdischen Steinräumen des Forts Nr. 13 entstellten und erschöpften Gesichter hoben sich vom Halbdunkel ab. Ein todesnaher Ernst lag auf ihnen. Und wiewohl dem „Ministerpräsidenten" beide Hände ununterbrochen zitterten, wiewohl der Armeegeneral Dr. Bondarciuc das regelmäßige Zucken der linken Gesichtshälfte nicht unterdrücken konnte und der „Kultusminister" Călinescu neben mir von Zeit zu Zeit mit einem nervösen Ruck zusammenfuhr, dem jedesmal ein kurzes Beben des ganzen Körpers folgte, kam mir keinen Augenblick der Gedanke, diese Unglücklichen und ihre Phantasien zu belächeln.

Für Menschen, sagte Dr. Braha gerade, die an das sittliche Gesetz und damit an den Sinn ihres Daseins glaubten, stünde es außer Frage, daß alle Unfreiheit sich eines Tages in Freiheit wandeln müsse, weil die Schöpfung selber auf dem Gedanken der Freiheit gründe. Und für diesen Tag – der Doktor wendete sich wieder mir zu – hätten die Aufrechten sich bereit zu halten, auch dann, wenn sie mit Sicherheit voraussähen, daß sie ihn nicht mehr erlebten. Denn eben dies bedeutete, aufrecht zu leben. „Verwerflich ist nicht das Unvermögen, die Sklaverei abzuschütteln", sagte der Doktor, „sondern der Geist, der es aufgibt, sich ihr zu widersetzen."

Sie, die anderthalb Jahrzehnte durch die harten Prüfungen der Kerker, Straflager und steinernen Kammern gegangen seien, hätten sich daher in Verantwortung zusammengefunden, ohne Ansehen des Namens, allein Befähigung und Festigkeit in Rechnung stellend, hätten sie die Ämter verteilt. Die Ergebnisse der bisher abgehaltenen Sitzungen, die Erörterungen der Fachberichte, Gesetzesvorlagen, Fragen der Bildung, Wirtschaft, Forschung, der Innen- und Außenpolitik und Landesverteidigung haben bestätigt, daß keine Unwürdigen hier säßen. Sie alle seien willens und vorbereitet, schon morgen, wenn es gelte, die Geschicke des geschlagenen und gedemütigten Volkes zum Besseren zu steuern. „Widerfährt uns die Gnade dieser Stunde nicht", sagte der Doktor, „sind wir vielmehr dazu bestimmt, zwischen diesen Mauern zu vergehen, so wie viele vor uns: es wird sich kein Diktator je brüsten dürfen, den Willen zur Freiheit in den Geschändeten getötet zu haben."

Ich weiß nicht mehr, was mich an diesem Punkt plötzlich auf den Gedanken brachte, daß Dr. Braha sich sehr wohl dessen bewußt war, was seit Jahren mit seinen erbarmungswürdigen Freunden vorging – daß er nämlich der einzige in diesem Kreise war, der den Spuk ihres Tuns begriff, und daß er dennoch mitspielte . . . Ich sah den Doktor bewundernd an, und jetzt erst verstand ich, daß ich aufgefordert war, ihm bei diesem letzten Liebesdienst an den sterbenden Greisen zu helfen.

In diesem Augenblick ertönte auf dem Korridor der Gong; fast gleichzeitig brach in der Zelle eine kaum zu beschreibende Unruhe aus. Überall sprangen die Männer auf, schoben sich die Nachbarn aus dem Weg und liefen durcheinander. Gordans Kette und die Eisenkugel waren zu hören. „Zur Essenausgabe antreten", schrie der Zellenchef. Trifa kam an den Bettreihen entlanggelaufen. Als er mich sah, steckte er den Kopf zwischen den Eisenstangen herein und rief: „Hier stecken Sie, domnule neamț? Verdammt nochmal! Kommen Sie sofort zum Essen!" Dann war er fort.

Von den Greisen hatte keiner eine Bewegung gemacht. Dr. Braha wartete, bis sich der Lärm einigermaßen gelegt hatte, dann sagte er: „Als Sprecher der Regierung ist damit meine Aufgabe beendet. Mehr wird Ihnen, verehrter Herr Kaltendorff, der Herr Ministerpräsident persönlich mitteilen; heute Abend zwanzig Uhr setzen wir fort. – Ich danke Ihnen, meine Herren Minister. Ich darf Sie bitten, sich zu erheben und das Abendbrot einzunehmen. Ich wünsche Ihnen eine gesegnete Mahlzeit. Herr Ministerpräsident!" Der „Ministerpräsident" verließ als erster den „Raum" zwischen den Betten. Wir folgten ihm.

Trifa war wütend. Er hatte mir mit Mühe den Platz neben sich freigehalten. „Wenn Sie da rumsitzen wie ein fetter Pope, kriegen Sie eine Scheißportion", fuhr er mich an, „sollen doch die alten Kacker wieder mal die letzten sein, wenn's ihnen so paßt!" Ich beruhigte ihn; wir schoben uns Schritt für Schritt in dem Gedränge nach vorne. Danach gingen wir zu unserm Bett, hockten einander gegenüber und verzehrten den Gerstelsud.

Ich hatte meinen Napf schon fast geleert, als die neun Greise vor der Tür ankamen und sich nach den übriggebliebenen Näpfen bückten, als letzter Dr. Braha. Der Zellenchef reichte sie ihnen nicht zu, wie den anderen, er schob sie ihnen mit dem Fuß entgegen. Trifa sah es und grinste mich schadenfroh an. Aber schon im nächsten Augenblick stieß ich den Zigeuner an und zeigte zur Tür. Mit der Wucht seiner Schultern stand Gordan vor dem Zellenchef. Der zögerte und streckte dann den Fuß langsam nach dem Napf aus. Noch ehe er ihn erreichte, trat Gordan ihm den Fuß nieder. „Heb ihn auf und gib ihn ihm", sagte er. Der Zellenchef bückte sich und reichte dem Doktor den Napf. Als Gordan zu seinem Bett zurückging, hämmerten die Kettenschritte in der eingetretenen Stille wie Akkorde.

Die Glühbirne über der Tür beleuchtete den Kopf des Zellenchefs; das schmale Mephistogesicht schien noch mehr als sonst um die verkrüppelte Nase herum zu einer Grimasse der Anstrengung geschrumpft. Irgendwo, dachte ich, sitzt eine grenzenlose Angst in ihm, seit er weiß, daß außer dem Hirten auch ich jetzt da bin; er weiß nur nicht, wann und ob sich mein durch die jahrelange Unterernährung geschwächtes Gehirn erinnern wird . . . Ich goß den letzten Schluck hastig hinunter und sprang vom Bett.

Erst als ich eine Zeit lang unter dem Lichtloch im Kreis gegangen war, wurde mir bewußt, daß mir diesmal der Mut fehlte, mich der Tür zu nähern. Ich machte kehrt, wo ich gerade stand, versuchte meine Gedanken zu sammeln und ging auf die Tür zu. Aber diesmal kam es nicht soweit, daß wir uns die halbe Sekunde in die Augen sahen. Als ich mich Buby auf zehn Schritte genähert hatte, krachten die Eisenriegel, unerwartet, da die Blechnäpfe schon hinausgereicht worden waren. Ich spürte die Bewegung der dreihundert Männer hinter mir. Es durchfuhr mich, ich wollte einen Schritt zur Seite weichen. Da sah Buby mich an. Ich blieb stehen. Von einem Fußtritt flog die Tür auf und krachte gegen die Wand. Plötzlich war der Türrahmen mit der Schwärze des Korridors ausgefüllt.

Was vor mir stand, war ein Tier. Ein Raubtier, das vorgestern noch im Urwald gelebt, das man gestern in die Uniform eines Offiziers von der Sicherheit gesteckt und unter die Erde von Jilava losgelassen hatte. Die Fäuste hingen wie nackte Fleischklumpen in Kniehöhe an ihm. Außer den kleinen Augen im Schatten des Mützenschilds bestand das Gesicht nur aus dem mächtigen, ausladenden Unterkiefer. Der ganze Kopf war nur brauner Unterkiefer.

In der Zelle hinter mir war kein Laut zu hören. „Welcher ist es, Buby?" fragte das Tier ohne sich zu bewegen. Der Zellenchef zeigte mit dem Kopf auf mich: „Der da, Herr Leutnant." „Komm mit", sagte das Tier. Ich folgte ihm wie hypnotisiert. Die Tür flog zu. Hinter mir ging der kleine gelbäugige Unteroffizier.

Am Ende des langen Korridors blieben wir stehen. Irgendwoher fiel ein Streifen Licht und blendete mich. Von dem Leutnant sah ich nur die Stiefelschäfte und die Fäuste. Ich hörte seine leise, eintönige Stimme: „Wenn ich dich jetzt anfasse, wird in einer halben Minute ein Kothaufen aus dir. Aber ich habe mir gerade die Hände gewaschen." Plötzlich waren die Stiefelschäfte und die Fäuste verschwunden. Unter der Steindecke hallte es, eine Eisentür knallte; der Nachhall geisterte durch die unsichtbaren Gewölbe. Der Unteroffizier packte mich am Arm. „Los", sagte er. Die Hand an meinem Arm tat mir ungemein wohl. Ich wurde ruhig.

Eine Minute später stand ich allein zwei Stockwerke tief unter der Erde in einem Raum ohne Licht; die Schritte des Unteroffiziers hatten sich entfernt.

In der Stille hatte ich das Gefühl, als schwebte ich in eine unendlich hohe Eisglocke hinaus. Da erst bewegte ich mich. Mit kleinen, suchenden Schritten ging ich ins Dunkel hinein. Ich stieß gegen eine Wand und erschrak, obwohl ich gewußt hatte, daß ich gegen eine Wand stoßen würde. Ich tastete mich an den nassen Steinen entlang. Es dauerte sehr lange. Dann wußte ich, daß der Raum quadratisch und leer war und außer der Eisentür keinerlei weitere Öffnung hatte. Meine Hände waren kalt geworden. Fast gleichzeitig begann ich vor Kälte zu zittern. Bald danach hatte ich die Zeitorientierung verloren.

Doch erst sehr viel später, vielleicht einen Tag später, überfiel mich der Hunger wie ein Schmerz; die Magenwände rieben sich aneinander, es schüttelte meinen ausgemergelten

Körper. Die Zähne schlugen mir aufeinander, und sooft ich stehen blieb, kam der Widerhall wie Maschinengewehrfeuer von allen Seiten auf mich zu. Es half nichts, daß ich die Zähne aufeinander zu pressen versuchte; es gelang mir nicht, und wenn ich's versuchte, drang der Atem in zerhackten Stößen aus mir; der Laut des Widerhalls machte mich schaudern.

Und wieder sehr viel später, als ich die Beine kaum noch heben konnte, begann es mir warm von den Knien aufwärts zu strömen. Da wußte ich, daß ich jetzt das Letzte aufzubieten hatte. Ich bewegte mich seit mindestens drei Tagen durch die eisige Finsternis. Nur nicht stehenbleiben, sagte ich mir, sonst bist du in dieser Eiskälte verloren.

Ich begann, laut zu sprechen. „Der Doktor hat gesagt, auch wenn es nur der Wille zur Freiheit ist, den die Sterbenden am Leben erhalten und weitergeben, sind die Bestien besiegt", sagte ich, „das Leben ist für die Greise oben, zehn Meter über mir, die künstliche Ernährung ihres Restdaseins mit einer selbstgestellten Aufgabe, die außer ihnen niemand ernst nimmt, der Hirte mit den Ketten hat gesagt, daß ich alles bedenken soll, der Zigeuner leckt jeden Blechnapf aus . . ." Ich redete ununterbrochen, alles, was mir einfiel. Meine klappernden Kiefer zerbissen die Wörter zu Lautfetzen. Die Schultern schlackerten mir in den Gelenken, als gehörten sie nicht zu mir.

Ich weiß nicht mehr, wieso mir in dieser höchsten Not das Ende der vom Doktor aufgesagten Duineser Elegie einfiel. Ich lehnte mich an die Wand und röchelte: „Stehn am Fuß des Gebirgs. Und da umarmt sie ihn, weinend. Einsam steigt er dahin, in die Berge des Urleids. Und nicht einmal sein Schritt klingt aus dem tonlosen Los . . ." Ich fiel nach vorne auf das Gesicht. Danach hatte ich die Kraft nicht mehr, mich aufzurichten. Das Letzte, woran ich mich aus dem Verlies unter dem Fort Nr. 13 erinnere, ist der rauhe und feuchte Steinboden. Da ich mich nicht mehr hatte erheben können, war ich noch eine Zeit lang auf den Knien über ihn gekrochen. Als das Donnern der Eisenriegel erklang, hatte ich gerade noch die Kraft, die angeschwollenen, blutigen Hände vom Boden zu heben.

Der Unteroffizier hatte Geduld – er wartete bei jedem Schritt, bis ich vor der Zelle 139 ankam.

Trifa und zwei Freunde trugen mich zum Bett und hoben mich hinauf. Trifa jagte die beiden fort und preßte meinen schlotternden Körper gegen sich. Ich hatte das Gefühl, als seien meine Lungen Eissäcke, die von der einströmenden warmen Luft zerrissen würden. Wie in großer Ferne hörte ich die Eisenketten näherkommen; zwei mächtige Hände packten mich und begannen mir Arme, Beine und Rücken zu reiben. Das einzige, was ich verstand, war der Satz: „Domnule neamţ, was haben die Hunde fünf Tage und fünf Nächte mit Ihnen gemacht?" Dann schlief ich völlig erschöpft ein.

Erst gegen Abend des nächsten Tages erwachte ich. Das Essen war eben hereingereicht worden; die Schmerzen in der Brust und in den Lungengegenden waren so groß, daß ich mich nicht aufrichten konnte. Trifa fütterte mich. „Das ist von Gordan", sagte er und zog einen zweiten Napf heran; ich verzehrte den Inhalt und sah, wie der Zigeuner beide Näpfe ausleckte, gierig und hemmungslos.

Es war mir angenehm, daß Dr. Braha mich nicht mit Fragen belästigte. Zwar kam er zum Bett, drückte mir die Hand – was er bisher niemals getan hatte – und brachte mir ein paar trockene Brotstücke, die er und seine Freunde für mich beiseitegelegt hatten, aber mit keinem Wort erwähnte er meine Abwesenheit aus der Zelle. „Herr Doktor Braha", sagte ich, als er gehen wollte, „ich werde Sie benachrichtigen, sobald ich mich wieder in der Lage fühle, an der Fortsetzung der Kabinettsitzung teilzunehmen; sagen Sie das, bitte, Ihren Herren Kollegen." Er machte eine tiefere Verbeugung als sonst und ging.

Schon am Abend des folgenden Tags fühlte ich mich kräftig genug, meine Spaziergänge wieder aufzunehmen. Vor Gordans Bett blieb ich stehen und bat die beiden Männer, die neben ihm auf dem Bettrand saßen, uns einen Augenblick lang allein zu lassen. „Ich weiß, warum Sie kommen, Herr", sagte der Hirte, „aber Sie müssen es selber finden. Ich habe ihn nach zwölf Jahren auch nicht gleich wieder erkannt. Nur wenn Sie es selber finden, ist es gut. Ich will nicht schuldig werden an Ihnen, wenn es so ist, daß Sie ihn vergessen sollen."

Ich saß noch eine Zeit lang neben ihm. Seine Ruhe hatte die Unbeirrbarkeit eines Berges. Dann setzte ich meinen Spaziergang fort. Ich hörte, wie der Hirte hinter mir zu den zwei Männern sagte: „Ihr könnt jetzt wiederkommen."

Ich ging langsam und mit Mühe. Ich war benommen, aber ich wußte, daß ich die nächste Kehrtwendung erst vor der Tür machen würde – nicht, weil ich Mut beweisen wollte, nein, ich hatte Angst, aber ich konnte nicht anders.

Buby kam mir entgegen und verstellte mir den Weg. „Hören Sie, Kaltendorff", flüsterte er heiser vor Wut, „Sie sind verrückt, Sie sind total verrückt, Sie sind irrsinnig. Lassen Sie sich mit dem Hirten nicht mehr sehen! Am besten auch nicht mit den Alten. Und kommen Sie dieser Tür nicht mehr zu nahe, sonst mache ich Sie fertig. Nehmen Sie Vernunft an."

Einige in der Nähe stehende Männer hatten ihre Gespräche unterbrochen; ich sah, wie sie sich anstießen und herüberzeigten. „An irgendeinem Punkt meines Lebens", hörte ich mich sagen, „haben Sie die Rolle einer Kanaille gespielt, Buby. Nichts von dem, womit Sie sich hier gegen mich wehren, wird mich aufhalten können. Ich kann mir selber nicht ausweichen, obwohl ich Angst davor habe."

Dann ging ich geradewegs zum Doktor und teilte ihm mit, daß ich mich imstande fühle, an der Sitzung teilzunehmen. Am darauffolgenden Abend bat er mich in den mir bekannten „Salon".

Die Herren standen schon, als ich zwischen die Bettgestelle trat; sie reichten mir die Hand, und ich fühlte verwundert, daß ihre Hände mir diesmal warm vorkamen. Der Doktor bat den „Ministerpräsidenten" — einen ehemaligen Arbeiter, der sich in den fünfzehn Jahren Kerker durch den Umgang mit hochgebildeten Menschen eine geradezu unglaubliche Menge an Kenntnissen angeeignet hatte —, seinen Vortrag zu beginnen.

Der Zweiundachtzigjährige hatte eine kräftige, wohltönende Stimme. Er müsse, begann er ohne Umschweife und verneigte sich zu mir herüber, er müsse, wenn auch kurz, einiges vorausschicken. Die Ministerposten seien bisher vollzählig und durchaus zu seiner Zufriedenheit besetzt gewesen. Nun habe ihn jedoch einer der Herren Kollegen ernsthaft darauf hingewiesen, daß es ihm aus Gründen der Gesundheit nicht mehr lange möglich sein werde, die hohe Last zu tragen. Es handle sich um den Herrn Armeegeneral Dr. Bondarciuc, der das Verteidigungsministerium betreue. Er, der „Ministerpräsident", bedaure das bevorstehende Scheiden seines Verteidigungsfachmannes aus dem Amte außerordentlich. „Geehrter Herr Kaltendorff, lieber junger Freund", sagte er und faltete die zitternden Hände über den Knien, „der Herr Regierungssprecher hat mir berichtet, daß Sie als Sohn dieses Landes nicht nur unsre Heimat, ihre Sprachen und Menschen kennen. Sie haben darüberhinaus als Front- und Generalstabsoffizier auch den Osten Europas kennengelernt. Zu Ihren militärischen Kenntnissen kommt, wie Herr Kollege Dr. Braha uns informierte, Ihre tiefschürfende gedankliche Auseinandersetzung mit dem Geist des Ostens in seiner heutigen schrecklichen Erscheinung. Sie werden es daher verstehen, wenn ich sage: helfen Sie uns, im Kreise der großen und freien Nationen, dem anzugehören Sie die Ehre haben, in einer so Gott will nicht mehr fernen Zukunft eine würdige Stellung einzunehmen. Im Namen des Kabinetts bitte ich Sie, in meiner Regierung das Amt des Verteidigungsministers bekleiden zu wollen."

Während ich die neun Augenpaare auf mich gerichtet sah und daran dachte, daß es seit fünf Jahren zu meinen wenigen Wünschen gehörte, bald wieder in den Physik-Stunden vor meinen Studenten zu stehen, begannen die Greise auf mich einzureden. Mit ihren Worten erreichte mich die Ausdünstung ihrer erregten Körper, ihre Hilflosigkeit und Verzweiflung. Die aufgerissenen Augen über den Tränensäcken, die unruhigen Hände, die sich vor mir hoben, der Speichel, der einigen auf den Lippen klebte, und dazu die Wortfetzen, die ich verstand: „Bolschewistische Sklavenhalter . . . Abendland . . ."

Dr. Braha legte mir seine leichte Hand auf den Arm. Ich müsse mich nicht schon heute entscheiden, sagte er, sie alle hätten die Gewißheit, daß ich den meiner Persönlichkeit angemessenen Entschluß fassen werde. Ich war dankbar für den Takt, mit dem ich entlassen wurde. –

Trifa beschimpfte mich, als ich eine Viertelstunde später auf das Bett kletterte, wie nur ein Zigeuner schimpfen kann – es gab keine Unflätigkeit, die er mir nicht in den Rücken pustete. „Haben Sie noch immer nicht genug?" zischte er, „wie kann ein gescheiter Mensch wie Sie nur so dumm sein, sich wegen dieser alten Idioten umbringen zu lassen? Sie haben wohl keine Kinder, domnule neamţ, die auf Sie warten?" „Doch", sagte ich, „drei, ein Mädchen und zwei Jungen." „Der liebe Gott gebe ihnen Gesundheit, den süßen Kinderchen. Sind sie auch so klug und so mutig wie ihr Vater?" „Hast du Kinder, Trifa?" fragte ich. „O ja, sieben, die Heilige Maria möge sie gesund erhalten. Glauben Sie, domnule neamţ, daß meine Frau mich betrügt, glauben Sie das?" „Nein", sagte ich. „Und warum nicht? Warum sollte sie es nicht tun?" „Nun, sie wird sich sagen, daß du für all deine Nichtsnutzigkeiten jetzt eins auf's Dach bekommst, daß der liebe Gott, indem er dich unter die Erde von Jilava steckte, dir einen so deftigen Tritt ins Kreuz versetzt hat, daß es Sünde wäre, wollte sie ihre Rache auch noch austragen. Das wird sie sich denken."

Ich hörte, daß er den Atem angehalten hatte. Dann riß er mich an sich und fauchte mir ins Ohr: „O ja, Sie sind gescheit, fast so gescheit, daß man Ihnen glauben könnte. Ach, aber nicht einmal soviel wissen Sie, daß der Mensch aus Dreck gemacht ist! Daß er sich niemals wohler fühlt, als wenn er sich im Dreck wälzen kann! Denken, sagen Sie? Ha, wir hier denken mit dem Magen, und unsere Weiber draußen denken mit den Eierstöcken!" Er stieß mich grob von sich. Ich hörte ihn schluchzen. Als ich am nächsten Abend auf das Bett kletterte, war er nicht da. Er hatte sich eine andere Schlafstelle gesucht. Es war die erste Nacht in der Zelle 139, in der mich Trifa nicht bis zum Morgen in den Armen hielt.

Es war meine qualvollste Nacht im Fort Nr. 13. Ich schlief keine halbe Stunde und war einige Male dem Wahnsinn nahe. Aber nicht nur aus diesem Grund entsinne ich mich jeder Einzelheit dieser Nacht. Ich werde sie niemals vergessen können, keiner aus der Zelle 139 wird sie je vergessen können, weil etwas Ungeheuerliches geschah.

Es muß wenig nach Mitternacht gewesen sein – ich war gerade am Einschlafen –, als wir von einem Dröhnen hochgerissen wurden, das wie die Schläge eines riesigen Hammers mitten aus der Zelle stieg, als käme es aus der Erde unter uns. Als ich auffuhr, sah ich die Männer rechts und links von mir mit entsetzten, vom Schlaf verquollenen Gesichtern aus den Eisenbetten springen. Dem Mann auf dem Bett nebenan klapperten die Zähne. Buby, kalkweiß im Gesicht, stand in Unterkleidern vor der Tür. Die unheimlichen Hammerschläge waren von einem Prasseln begleitet, das wie das Niederstürzen eines Eisenberges klang. Der Lärm war ohrenbetäubend. Er brach sich an den Steinwänden und -gewölben und verzehnfachte sich, da er nirgends einen

Ausgang fand. Ich kroch auf meinem Bett hastig nach vorne. Schrittweit von mir entfernt sah ich Gordan, den Hirten.

Er war nackt. Er hatte nur die Kette und die Kugel an den Füßen. Die mächtigen Schultern und die fuchsroten Haare, die seine Brust bedeckten, glänzten. Ich sah ihn zum ersten Mal unbekleidet. Der Körper war von athletischer Wucht.

Gordan tanzte.

Er hatte die Arme hochgestreckt. Die nackten Füße stampften auf den Boden, die Eisenkugel an der Kette sprang ihm zwischen den Knöcheln im Rhythmus der Tanzschritte auf und ab. Die handbreiten, grobgeschmiedeten Metallringe, die ihm um die Fesseln lagen, rissen Kette und Kugel mit. Gordan hatte die Augen geschlossen, die Adlernase gab dem Gesicht das Aussehen eines Raubvogels. Er tanzte mit einer wilden Hingabe, wie ich es niemals wieder bei einem Tänzer gesehen habe. Er schlug sich in die Hände und auf die Schenkel, er schleuderte die Arme nach oben und seitwärts, federte vom Boden ab und drehte sich in den Sprüngen im Kreis, als sei er gewichtslos. Jedesmal, wenn die Fußsohlen in dumpfen Lauten die Wirbel auf den Stein stampften, dröhnten die Kettenglieder und die Kugel. Es sah aus, als trügen die Wirbel den Mann über der Erde.

Ich hatte die Art des Tanzes sofort erkannt – es war ein Hirtentanz aus den Maramurescher Bergen. Die Männer unten hatten einen Kreis um Gordan gebildet; sein Gesicht mit den harten Zügen war wie aufgelöst; Schweiß rann ihm über die Wangen und über die Schultern. Und die ausgehungerten Gesichter rings um ihn, Sekunden vorher noch vom Entsetzen gezeichnet, begannen zu glühen.

Es dauerte nicht lange, bis auf dem Korridor die Alarmsirene ertönte und die Tür auflog. Offiziere und Unteroffiziere, mit Maschinenpistolen und Schlagstöcken bewaffnet, stürzten herein. Die dreihundert Männer, die um Gordan versammelt waren, begannen durcheinander zu rennen, sie suchten ihre Betten, sie versteckten sich, wo sie konnten. Im Nu war die Zelle wie leergefegt und der tanzende Hirte von den Uniformierten umstellt, die Mündungen der Waffen auf ihn gerichtet. Ich sah einen Offizier mit geschwollener Halsader etwas schreien. Aber ich hörte ihn nicht.

Denn der Hirte tanzte seinen Tanz in Ketten weiter, als stünde er allein auf einer Anhöhe seiner Weideplätze, und ein Freund, im Schatten eines Busches liegend, bliese ihm auf einem Grashalm oder auf einem Stück Birkenrinde die uralte Weise von Jubel, Tod und Trauer vor.

Gordan hatte die Augen geöffnet. Er sah die Offiziere der Reihe nach an, seine Augen brannten, sein ganzer Körper war schweißüberströmt. An den Fußknöcheln waren ihm die Ränder der Metallringe durch die Hornhaut gedrungen, die sich während der Jahre gebildet hatte. Das Blut rann ihm über die Riste und bedeckte den Boden. Gordan tanzte in der Blutlache. Er stieß schrille, durch Mark und Bein gehende Schreie aus. Das sind Schreie der Lust, dachte ich plötzlich, des Ausbruchs dieses nach tausend Toden immer noch unbesiegten Lebenshungers, dieser auf das Letzte zurückgeworfenen Kraft, die jetzt durch keine Macht der Welt mehr erreichbar ist.

Ich weiß nicht, was die Uniformierten davon abhielt, sich auf Gordan zu stürzen, auf ihn einzuschlagen, ihn zu Fall zu bringen und in eins der Verliese unter der Festung zu schleifen. Doch solange er tanzte, machte keiner von ihnen eine Bewegung. Als er aufhörte und in der jäh eintretenden Stille die Arme sinken ließ, hallte das Dröhnen nach, und als er zu seinem Bett ging, ließ der Leutnant mit dem riesigen Unterkiefer die Pistole sinken und trat zur Seite.

Wenige Augenblicke später waren wir allein. Die Schritte auf dem Korridor verklangen. Die Stille war nun kaum erträglich.

Ich schlief bis zum Morgen nicht mehr. Ich weiß aber auch nicht mehr, woran ich in den paar Stunden dachte.

Einmal erinnerte ich mich an Bubys Blick – er war mir, während Gordan getanzt hatte, aufgefallen; ich erinnere mich nicht warum. Aber Sekunden, bevor uns der Gong um fünf Uhr aus den Betten trieb, fiel mir dann plötzlich alles ein.

Ich richtete mich rasch auf und sah zur Tür hinüber; Buby stülpte sich soeben die Mütze auf den Kopf und stellte sich zum Morgenappell bereit.

Wenige Sekunden darauf stand ich vor Gordan.

Er saß auf dem Bettrand und knöpfte sich mit langsamen Bewegungen die Hosenbeine über den Ketten zu. Er erhob sich, und bei der Bewegung, mit der er sich das Hemd über die herkulischen Arme warf, klirrte die Kette. Er sah mich an, bis er auch die Jacke übergestreift hatte. Dann nickte er.

„Ich wußte", sagte er ruhig, „daß Sie es finden werden."

Als ich auf Buby zuging, erkannte ich von weitem, daß er mich erwartet hatte. Er stand mit dem Rücken gegen die Wand gepreßt. Es war die Sekunde der Wahrheit. „Sagen Sie es, bitte, niemandem", flüsterte er, noch ehe ich bei ihm war, „ich flehe Sie an."

„Sie haben doch nicht etwa Angst, Herr Staatsanwalt?" sagte ich, „nein, ich werfe Sie den dreihundert nicht zum Lynchfraß vor, auch wenn mir heute Nacht der Text Ihrer Anklage gegen mich Wort für Wort wieder eingefallen ist. Und da fiel mir auch Ihr Drecksgesicht wieder ein, Doktor Buby Tomaşcu. Wie konnte ich es nur vergessen! Nein, daß Sie hier sind, entschuldigt gar nichts. Sie sind nicht hier, weil Sie den Kopf hingehalten haben. Und nur wer den Kopf hinhält, hat kein Gesicht zu verlieren. Mit der gleichen Gemeinheit, mit der Sie mich vor Jahren Ihrer Justiz ans Messer lieferten, ertänzeln Sie sich heute die Note ‚gute Führung', ‚vorfristige Entlassung'. Beide sind Ihnen sicher. Versäumen Sie aber diese Gelegenheit nicht, zu lernen, was Würde ist – von dem Hirten Gordan, dessen Ankläger Sie auch waren, und von den alten Herren, die Sie hassen, weil sie Ihnen täglich Ihre Jämmerlichkeit bewußt machen. Tun Sie's, ehe Sie wieder in Ihren Kot hinauskommen. Und dies Wiedersehen wollen wir uns beide merken. Es zeigt, daß der Zigeuner Trifa recht hat: es gibt eine Gattung von Menschen, bei der nichts unmöglich ist. Sie gehören dazu, Doktor Tomaşcu."

Am Tag nach diesen Vorfällen teilte ich dem Kabinett mit, daß ich bereit sei, das Amt des Verteidigungsministers zu übernehmen. Ich bat, mir bis zu meinem ersten Vortrag Zeit zu lassen, um mit meinem Vorgänger die Übernahme der Geschäfte ins Reine zu bringen.

Zwei Tage danach wurde ich vereidigt. Ich schwor, alles in meiner Kraft Liegende zu tun, um im Geiste der Menschlichkeit für die Freiheit, die Wahrheit und die Gerechtigkeit einzutreten, wo und wann immer es von mir verlangt werde.

Im Laufe der folgenden Monate nahm ich an allen Sitzungen des Kabinetts teil. In Gesprächen mit Dr. Bondarciuc erarbeitete ich mir ein solches Wissen in Fragen des Militärwesens – der Planung, der Strategie, der Taktik und Logistik –, daß ich in der Lage war, Referate allgemeinen Inhalts zu entwerfen und flüssig vorzutragen. Gleichzeitig wurde ich mit den Arbeitsbereichen der anderen Ministerien vertraut.

Die Greise aus dem Schattenkabinett im Fort Nr. 13 sind mir während des halben Jahres, ehe ich in ein anderes Gefängnis gebracht wurde, zu untadeligen Freunden geworden. Wie ich Jahre später erfuhr, starb der General an Leberdystrophie und Tuberkulose, nachdem er dem „Ministerpräsidenten", der keinen Fußbreit von seiner Seite gewichen war, Lungenfetzchen ins Gesicht erbrochen hatte. Professor Călinescu fanden sie an einem Morgen, das Taschentuch zwischen den Zähnen, tot im Bett. Der „Ministerpräsident" starb, auf dem Bettrand sitzend, am Herzschlag – als letzter seines Kabinetts. Dr. Braha, der vom Tag meiner Vereidigung an nur noch über Fragen der Kunst, der Philosophie und Religion mit mir sprach, ist der einzige unter ihnen geblieben, der den Zeitpunkt der Amnestie Mitte der sechziger Jahre erreichte und überlebte. Die Amnestie betraf auch mich; ich hatte sechs Jahre gesessen.

Der Vollständigkeit halber muß ich sagen, daß sich während jener Monate das Gefühl in mir erhielt, Dr. Tomaşcus Eingriff in mein Leben reiche weiter und tiefer als bis zu seiner Anklage und zu der Veranlassung im Fort Nr. 13, mich fünf Tage zu isolieren. Das Gefühl stellte sich, nach meiner Entlassung, als richtig heraus. Der einzige, der das damals schon wußte, war der Zigeuner Trifa.

Und weil von dem Zigeuner die Rede ist, sei noch hinzugefügt, daß Trifa drei Tage, nachdem er mich verlassen hatte, ins Bett im ersten Stockwerk zurückkehrte. Er empfing mich wie vorher mit geöffneten Armen und entblößtem Gebiß. Als ich neben ihm lag, den Rücken an seiner nach Schweiß und Rauch riechenden Zigeunerbrust, flüsterte er: „Sie sind genau so ein armes Schwein wie ich und alle anderen hier. Aber Sie glauben auch an das, was niemals sein kann, und Sie lassen sich davon nicht abbringen. Es ist gut bei Ihnen. Ich werde Sie nie wieder beleidigen ... Gott beschütze uns in dieser Nacht der Raubtiere."

X

Die weißen Segel

Kaltendorff fuhr zusammen, als Riedmeiers gefleckte, dunkelköpfige Dogge dicht unter dem Fenster anschlug. Der Hund stand eine zeitlang wie aus Stein gehauen und blickte durch die Glasscheiben zu dem Mann empor; nur seine Brustmuskeln zitterten. Dann warf er sich jäh herum, lief die Böschung hinab und durchquerte den Garten. Mit einem gewaltigen Sprung setzte er unten über die Goldwindenhecke. Als er längst zwischen den fast mannshohen Gemswurzbüschen am Ufer verschwunden war, rieselten die Tropfen immer noch von den Blättern und hämmerten in das dunkle Randwasser ein Muster aufblitzend ineinanderlaufender Ringe.

Der Nebel hatte sich kurz vor Tagesanbruch gehoben.

Rings um die Bucht funkelten die Bäume und Büsche im Morgenlicht, das wie nasser Silberstaub über der Landschaft lag. Im schrägen Aufprall der Sonnenstrahlen gleißte die riesige Platte des Staffelsees in einer eisgrünen Helligkeit, die von hellblauen Streifen durchschossen war. Über den braunen Waldhügeln am andern Ufer ragte die Felsenspitze des Wettersteins in die blanke Klarheit des Morgens.

Kaltendorff war blaß; um die Augen lagen ihm große Schatten. Seit einer halben Stunde starrte er die drei jungen Tannen neben dem Kiesweg an, die aussahen, als stiegen sie, noch naß, nach einem Bad geradewegs vom Ufer durch das sprühende Licht der Gräser zum Haus herauf. Erst als auf der Höhe der Tannenwipfel weit draußen im See ein weißes Dreieck sichtbar wurde und er begriff, daß es die Segel eines Bootes waren, die sich dort langsam und lautlos durch die stille Landschaft bewegten, hob er wie erwachend den Kopf und machte eine geistesabwesende Handbewegung.

Nach kurzem Zögern blickte er ins Wohnzimmer hinter sich.

Das Zimmer war leer.

Das erste, was er sah, war der Kupferpendel mit dem eingehämmerten Sonnenrad – er hing regungslos hinter der schmalen Glastür der Standuhr. Die Zeiger standen beide auf zwölf. Eigenartig, die Uhr muß also Schlag Mitternacht stehen geblieben sein, dachte Kaltendorff und machte wieder eine Bewegung mit der Hand; er wendete sich mühsam um, begann zu gehen, blieb aber schon nach zwei Schritten stehen. Im Haus war es totenstill.

In dem hier drinnen noch dämmerigen Frühlicht, von dem die Gegenstände umgeben waren, erschienen die Sessel, das Sofa, der Kamin, der Tisch und die Bücherregale leer, wie ausgehöhlt, ja unwirklich und gespenstisch, wie sie so dastanden und ihn ansahen, als erwarteten sie etwas von ihm.

Kaum konnte Kaltendorff die Beine heben, als er auf den Kamin zuging. Beide Hände auf den Sims gestützt, stand er minutenlang und betrachtete aus der Nähe sehr aufmerksam die drei großen, maisgelben Wachskerzen. Sie waren neu. Sie waren unbenützt. Sie hatten noch niemals gebrannt. Mit einem schnellen Blick ins Zimmer überzeugte er sich, daß es die einzigen Kerzen im Raum waren – nein, weder vor den Bücherrücken, noch vor dem Intarsienschrank, noch drüben auf dem Fensterbrett standen welche. Heute Nacht haben sie aber doch dagestanden, dachte er – oder war das alles nichts als . . . ? Noch ehe er den Gedanken zu Ende dachte, wendete er sich hastig nach links und ging in die Küche.

Er sah sofort, daß die Anrichte leer war. Das Geschirr hinter den gläsernen Schiebetüren stand immer noch so, wie er es vor drei Tagen geordnet hatte. Er trat rasch auf den weißen Küchenschrank zu, riß mit beiden Händen gleichzeitig die Lädchen auf und blickte hinein – das Besteck klirrte in schrillen Tönen. Nein, es war nicht benützt worden. Sekunden darauf stand er schweratmend im Schlafzimmer des Obergeschoßes. Die Kinderbetten waren leer.

Sein Gesicht war wie eine Maske aus grauem, fratzenhaft erstarrtem Mörtel, als er das Treppenhaus hinabstieg, steif durch den Vorraum ging und das Wohnzimmer betrat. Es war hier heller geworden. Kaltendorff blieb unbeweglich stehen. Am Ufer unten hörte er die Dogge dreimal kurz bellen ... O ja, die Sessel waren unverrückt, und auf dem Tisch stand der Strauß Wiesenblumen, die er vorgestern gepflückt hatte; von den Margeriten hatte sich feiner gelber Blütenstaub gelöst und zu einem durchsichtigen Belag auf der Tischplatte niedergelassen. Nein, dachte er, an dem Tisch hat heute Nacht keiner gesessen, niemand hat aufgedeckt, Gläser und Flaschen bereitgestellt, nein.

Rolf Kaltendorff fühlte, wie ihm das Blut aus den Schläfen wich; er preßte die Hände zu Fäusten zusammen, er tat es mit solcher Kraft, daß er bis in die Schultern hinauf zu zittern begann. Mein Gott, ich fiebere, dachte er. Mein Rücken schmerzt, meine Beine und meine Arme schmerzen. Ich habe die ganze Nacht vor dem Fenster gestanden. Ich habe im Fieber phantasiert, ich war die ganze Nacht allein im Haus. Ich habe vor dem Fenster gestanden, seit ich gestern Nachmittag von Dr. Bäumler nach Hause gekommen bin. Ich habe die ganze Nacht in Fieberphantasien allein vor dem Fenster gestanden ...

„Stella", flüsterte er und hob beide Hände. Aber noch ehe er den roten Ledersessel erreichte, brach er zusammen. Im Sturz drehte er sich mit einem unterdrückten Aufschrei halb nach rechts. Dann fiel er der Länge nach auf den Teppich.

Als er eine Viertelstunde später die Glastür öffnete, die auf die Steinterrasse hinausführte, war er ruhig und gefaßt. Wie vielstimmiges Rauschen schlug ihm das Vogelgezwitscher entgegen, die Sonnenstrahlen trafen ihn von der Seite, die Steinplatten waren noch feucht. Vor der Brüstung angekommen, blieb er stehen, schloß die Augen und überließ sich dem Gefühl, das die machtvoll nach ihm greifende Sonnenwärme in ihm auszulösen begann. Die Schmerzen in den Gliedmaßen schwangen in eine weiche, sanfte Betäubung zurück, die er dankbar empfand. Er legte die Hände auf die Mauer, und vor dem Erschauern, das ihn durch die Berührung mit dem nachtkühlen Stein überlief, kam er ganz zu sich. Da erkannte er das weiße Segel draußen auf dem Wasser wieder und beobachtete, wie es in einem weiten Bogen von der Mitte des Sees her auf die Bucht vor seinem Haus zuglitt.

Noch erstaunt über die Gewißheit, daß jenes helle Segel die Bucht vor seinem Haus anlaufen würde, ging er ins Wohnzimmer zurück und hörte, als er über die Schwelle trat, daß die Gartentür geöffnet wurde; beim Zuschlagen erklangen die Bohlen in einem weithin durch die friedliche Landschaft hallenden Laut. Gleich danach hörte er die Schritte im Kies. Und obschon er für die Dauer einer Sekunde horchend stehenblieb und dabei jeden einzelnen Schritt deutlich vernahm, wendete er sich nicht um.

Er stand wieder regungslos vor der großen Fensterwand, die Hände auf dem Rücken verschränkt, und blickte auf den See hinaus. Hatte sich wieder Nebel über die Landschaft gebreitet? Kam da nicht wieder eine Gestalt durch den Garten herauf? Und die näherkommenden Schritte auf den Steinplatten? Klopfte jemand an den Türrahmen? Ohne sich umzublicken, sagte Kaltendorff mit tonloser Stimme: „Tritt, bitte, ein. Ich habe dich erwartet."

Wie fremd und weit meine Stimme klingt, dachte er. Aber obgleich ihn schon beim Klang der ersten Schritte unten auf dem Kiesweg eine heiße Freude übermannt hatte und es wie Jubel in ihm aufgeklungen war – wie leicht und sicher sie schreitet! –, stand er nun wie gelähmt, die Stirne nahe an der kühlen Glasscheibe, die Pulsschläge wie aufgebrachtes Stampfen in den Schläfen. Seine Kehle war ausgetrocknet, als er schluckte und sich mit angehaltenem Atem umwendete. „Mutter", stöhnte er und versuchte, der Gestalt entgegenzugehen, „bitte, nimm Platz", sagte er und wich zum Fenster zurück, „bitte", sagte er noch einmal in die Stille und starrte wieder in den Nebel hinaus. „Mutter", flüsterte er erregt und hörte das Stampfen in den Schläfen.

Und wie er jetzt stand und die Frau mit den ausdrucksvollen, schönen Augen in dem roten Ledersessel hinter sich wußte, je länger er stand und je mehr Zeit sie verstreichen ließen, ohne ein Wort zu wechseln und ohne einander zu drängen, umso ruhiger wurde Kaltendorff. Das Stampfen in den Schläfen ließ nach, die Schläge folgten nicht mehr so rasch aufeinander, daß sie sich fast einholten und die Schmerzen davon den Körper zu sprengen drohten. Auch in den vom nachtlangen Stehen steifen Beinen und im Rücken ließ das Brennen nach, und er konnte wieder schlucken, ohne das Gefühl jener entsetzlichen Angst zu haben, eine riesige Faust schiebe sich durch seinen Mund in den Leib und würge das letzte Lebensflackern ab.

„Ich weiß", sagte die Frau hinter ihm, auch sie fast ohne Stimme, „ich weiß, wie dies alles dich peinigt und jagt. Ich weiß es, mein Sohn."

„Nein", sagte er, „es ging ja nicht nur darum, daß ich damals während jener fünf Tage und Nächte unter dem Fort Nummer dreizehn auf den Tod erkrankte und mir holte, was jetzt das Ende ist, o nein, es geht nicht darum, daß der Staatsanwalt, als er mich zum zweiten Mal loszuwerden versuchte, dafür sorgte, daß ich unter die Erde gebracht würde... Aber soll ich dir, Mutter...?"

„Es gibt nichts, was du mir nicht sagen darfst", sagte die Frau hinter ihm, da er schwieg, „sag mir alles. Aber den Haß laß den Lebenden."

Kaltendorff schwieg; hinter ihm war kein Laut zu hören. Er sagte: „Als er mich vor dem Kriegsgericht wegen Hoch- und Landesverrats anklagte, wußte er besser als jeder andre, daß ich mit solchen Dingen niemals etwas zu tun gehabt hatte. Der Grund seiner Anklage war – war sein Verhältnis mit meiner Frau, mit Christiane. Was lag näher für die beiden, als mich auf diese Art auszuschalten. Verzeih, Mutter", sagte er schnell und schwieg.

Merkwürdig, dachte er, der Nebel ist also weg, über den Hügeln beginnt die Luft zu flimmern. Die Seefläche schien zu brennen, die tausend Farben der Landschaft an sich zu saugen und in den Himmel hinaufzuschleudern. Die Nacht liegt hinter mir, dachte er, die hellen Segel kommen näher, das Boot wird in die Bucht einlaufen, an der ich das Haus gebaut habe.

Er sagte: „Er hatte mächtige Bekannte; mich zu beseitigen, war nicht schwer. Aber bald danach überraschte ihn sein bester Freund, ein Staatssekretär mit dem Namen Teofil Ralea, in den Armen seiner Frau. Es war Raleas letzte Amtshandlung, sich an ihm zu rächen – er ließ ihn wegen landesverräterischer Verbindungen zu Pariser Kreisen in den Kerker bringen. Dort trafen wir uns wieder. Kurz darauf kam Ralea selbst in den Kerker – getreu dem Gesetz, nach dem sie alle angetreten sind."

Auf den See hinausblickend, erkannte Kaltendorff am Steven des Bootes ein goldfarbenes, perlendes Licht, das immer stärker wurde, bis es ihn blendete und er die Augen schließen mußte. Es dauerte nur den Bruchteil einer Sekunde, dann konnte er die Augen wieder öffnen. Das Boot hatte nun endgültig auf die Bucht zugeschwenkt und kam rasch näher.

Kaltendorff sagte: „Lange vor mir aus dem Kerker entlassen, überredete er Christiane, sich von mir zu scheiden. Er überredete sie auch, mir die Kinder gegen Geld zu überlassen . . . Dort", er hob den Arm und zeigte auf eins der Regale, wo, an die Bücherrücken angelehnt, ein großer brauner Briefumschlag stand, „vor einer Woche kam die amtliche Nachricht, daß ihnen die Ausreise genehmigt wurde. Sie werden in Begleitung einer Jugendfreundin kommen. Stella..." Er hatte die letzten Sätze mit versagender Stimme gesprochen. Wie er sich nun aufrecken wollte und dabei heiser sagte: „Zwei, drei Monate habe ich noch, aber ehe sie um sind, werden die Kinder in diesem Haus wohnen", krümmte er sich mitten in der Bewegung nach vorne, als hätte ihn ein Hieb getroffen, und stützte sich mit beiden Händen auf das Fensterbrett. Als er danach wieder aufrecht stand, blickte er seinem Spiegelbild auf der Glasscheibe ruhig in die Augen, und es erregte ihn nicht, als er erkannte, daß seine Haare während der verflossenen Nacht weiß geworden waren.

Da war ihm, als hätte er hinter sich ein Stöhnen gehört; mit einer auffahrenden Bewegung blickte er über die Schulter. In der offenen Tür stand Riedmeiers Dogge, den erhobenen Kopf im Schatten des Zimmers; der Hund hatte den gleichmütigen Blick auf die Gestalt im Ledersessel gerichtet. „Bleib ruhig, Mutter", sagte Kaltendorff, „ich kenne den Hund." Er ging an dem Sessel vorbei auf die Dogge zu. Er wankte zum ersten Mal, als er sich über das Tier beugte und seine Stirn auf dessen Nacken legte. Er richtete sich mühsam auf und ging zum Fenster zurück.

„Was ist dies für eine Welt, in der wir leben müssen, Mutter?" fragte er. Die Frau hinter ihm antwortete: „Die einzige Antwort auf die Frage nach ihrem Sinn kommt aus uns selber."

Immer noch sehr aufrecht, ging er zur Standuhr. Er öffnete die Tür, stellte die Zeiger und zog das Uhrwerk auf; dann stieß er den Pendel an. „Warum ist Vater nicht auch gekommen?", fragte er. Als er im selben Augenblick nach hinten stürzte, war die Gestalt schon aus dem Ledersessel gesprungen und mit drei Schritten auf ihn zugelaufen.

Josef Riedmeier, der Nachbar zur Rechten, dessen beide Söhne wie Rolf Kaltendorffs Vater vor zwei Jahrzehnten in Berlin gefallen waren, Josef Riedmeier verstand auch diesmal alles. Sein Gesicht war starr, als er den Bewußtlosen zu dem roten Ledersessel zog, ihn hinaufhob und gegen die Rückenlehne sinken ließ. Dann ging er in den Vorraum und rief Dr. Bäumler an; der versprach, sofort zu kommen.

Die Dogge war ins Zimmer getreten. Sie blieb vor Kaltendorff stehen und begann mit einem dunklen klagenden Laut dessen Hand zu lecken. Als Riedmeier aus dem Vorraum zurückkehrte, hatte Kaltendorff die Augen geöffnet und lächelte zerstreut. „Ach", sagte er, „Sie sind's, Herr Riedmeier. Guten Morgen. Verzeihen Sie, ich hörte Sie nicht kommen, ich muß wohl eingeschlafen sein. Ich träumte, es sei soeben Besuch hier gewesen ... Ich weiß nicht ... Oder waren Sie es?" Riedmeier nickte: „Nein, Sie haben sich nicht getäuscht, Herr Kaltendorff, ich trat gerade zur Tür herein, als Sie erwachten." „Es ist kalt, ich friere; nebenan liegt eine Decke." Riedmeier holte die Decke und legte sie auf den Fiebernden. „Darf ich Sie bitten", sagte Kaltendorff mit einem Blick, der Riedmeier ans Herz ging, „darf ich Sie bitten, ein paar Minuten bei mir zu bleiben?" „Sei ganz ruhig, mein Freund", sagte Riedmeier, „ich bleibe bei dir." Er schob den Sessel mit Kaltendorff vor das Fenster.

Das Boot war vor der Einfahrt zur Bucht angekommen; es umfuhr die Landzunge, hielt auf das Haus zu, und jetzt erkannte Kaltendorff, daß die weißen Segel straff gespannt waren, obgleich sich draußen kein Lufthauch bewegte. Ein seltsames Staunen erfaßte ihn. Steht dort nicht einer? dachte er, die eine Hand am Mast, die andre winkend erhoben – winkte er nicht ihm?

Er sah, wie die Gestalt im Licht der weißen Segel ihm mit beiden Händen von der Bucht herauf zuwinkte, das leuchtende Gesicht ganz ihm zugekehrt. Da richtete er sich im Sessel auf und rief: „Wer immer du bist, Freund, sei willkommen in meinem Haus!" Mit einem Mal war ihm zumute, als seien ihm jetzt erst die letzten Nebel von den Augen genommen; ein Gefühl der Dankbarkeit ergriff ihn.

Er fühlte Riedmeiers Hand auf der Schulter, und er meinte, den hellen Klang von Kinderstimmen im Garten zu hören.

Dort, wo der brennende Rasen sich mit dem See berührte, sah es aus, als träfen Feuer und Wasser aufeinander.

Inhalt

Die Freunde 7
Gaudeamus igitur 26
Die Mutter 63
Die Sache mit Kolár 89
Im Land der toten Augen 133
Der Teufelstriller 168
Die Forelle 185
Die Kinder 211
Das Schattenkabinett 224
Die weißen Segel 259